KB026905

시선으로부터,

시선으로부터,

정세랑
장편소설

문학동네

차례

심시선 가계도

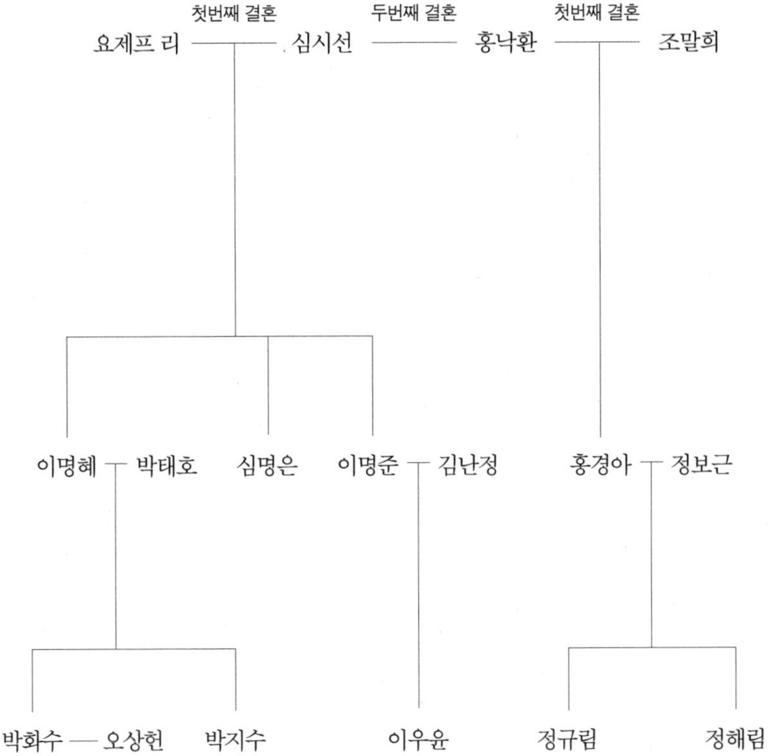
첫번째 결혼
두번째 결혼
첫번째 결혼
요제프 리
심시선
홍낙환
조말희
이명혜
박태호
심명은
이명준
김난정
홍경아
정보근
박화수
오상헌
박지수
이우윤
정규림
정해림

1

진행자 심시선씨, 유일하게 제사 문화에 강경한 반대 발언을 하고 계신데요. 본인 사후에도 그럼 제사를 거부하실 건가요?

심시선 그럼요. 죽은 사람 위해 상다리 부러지게 차려봤자 뭐하겠습니까? 사라져야 할 관습입니다.

김행래 바깥 물 좀 드셨다고 그렇게 쉽게 말하는 거 아닙니다. 전통문화를 그리 우습게 여기고 깔보면 안 돼요.

심시선 형식만 남고 마음이 사라지면 고생일 뿐입니다. 그것도 순전 여자들만. 우리 큰딸에게 나 죽고 절대 제사 지낼 생각일랑 말라고 해놨습니다.

진행자 아, 따님에게요? 아드님 있으시잖아요.

심시선 셋째요……? 걔? 걔한테 무슨. 나 죽고 나서 모든 대소

사는 큰딸이 알아서 잘할 겁니다.

김행래 몹쓸 언행은 아주 골라서 다 하시는군요.

심시선 선생 생각이랑 내 생각이랑 어느 쪽이 더 오래갈 생각인지는 나중 사람들이 판단하겠지요.

—TV토론 〈21세기를 예상하다〉(1999)에서

"엄마 제사를 지내야겠어."

한 달에 한 번씩 남매들이 모여 점심을 먹는 자리에서 명혜가 선언했을 때, 동생들은 모두 깜짝 놀랐다.

"이제 와서?"

둘째인 명은은 두 살 많은 언니의 성격을 알고 있었기에 거스르지 않으려고 노력하며 물었다.

"올해가 십 주기잖아."

"하지만…… 엄마가 지내지 말라고 했잖아?"

막내인 경아는 혼란스러웠다. 심시선의 유일한 아들인 명준은 말 없이 식사를 계속했기에, 나머지 세 딸은 모친이 방송에서 대놓고 '……개?'라고 어이없어했던 것을 기억해냈다. 가끔 자매들끼리 명준 욕을 할 때 흉내를 내며 따라 하기도 하는데 본인이 눈앞에 있으니 그럴 수 없어 아쉬웠다.

"붓다도 제자들한테 아무것도 하지 말라고 했는데, 누가 그 말 듣긴 들었나? 온 아시아가 절로 뒤덮였지. 십 주기니까 딱 한 번만 지내고 싶어."

"하긴 모르는 시댁 할아버지들 제사도 한참을 지냈는걸. 엄마도 한 번쯤 지내주고 싶다."

경아는 평소처럼 쉽게 명혜에게 설득당했다. 심시선의 재혼으로 얻은 딸이었지만, 본인도 위의 세 남매도 그런 것은 개의치 않게 된 지 오래였다.

"본인이 싫다고 그랬는데 그러면 안 되지. 평소처럼 좋은 데 예약해서 엄마 사진 두고 식사나 하면 되잖아."

명은은 굽히지 않았다.

"들어봐."

명혜가 안경을 닦아서 다시 썼다.

"우린 하와이에서 제사를 지낼 거야."

그 말에는 동생 셋이 다 같이 첫째를 의심스러운 눈으로 쳐다보았다.

"뭐? 거기까지 가서 전 부치고 생난리를 치자고?"

"누나, 그건 아닌 것 같아."

명준도 뒤늦게 입을 열었다.

"끝까지 들어보라니까, 내가 미쳤다고 그 멀리 가서 엄마가 싫어하던 방식으로 제사를 지내겠어? 나한테 다 생각이 있어."

장녀는 웬만해서는 지지 않는 심시선의 성격을 가장 많이 물려받은 편이었다. 다른 남매들은 동조와 반박 사이에서 헤맸지만 결국은 명혜 뜻대로 될 것을 알았다.

"명준아, 우윤이도 오라고 해. 미국이랑 한국 딱 중간이네. 네가 비행기 티켓 끊어줘."

명혜가 명확하게 지시를 내렸다.

우윤은 명준이 아닌 지수에게서 먼저 소식을 들었다. 우윤과 지수가 어린 시절부터 유지해온 사촌 사이의 독특한 친밀감은 태평양을 사이에 두고도 약해지지 않았다. 지수는 친언니인 화수보다도 우윤과 더 자주 통화했다.

"큰고모가…… 큰고모가 하겠다면 하는 거지, 뭐."

우윤은 당황했지만 아무도 큰고모를 막을 수 없을 거란 생각에 수긍했다.

"우리 엄마 갑자기 왜 그러는지 모르겠어. 그동안 제사 안 지내는 집안이라고 얼마나 자랑하고 다녔는데 이게 뭐야?"

"뭔가 계획을 세우신 거겠지."

"다들 평생을 그 계획에 휘둘리며 살잖아."

지수의 푸념에 우윤은 다른 사람은 몰라도 언니는 별로 휘둘리지 않는 편 아니냐고 말하고 싶었지만 참았다.

"화수 언니는 잘 지내?"

물을까, 묻지 말까 망설이다가 물었다. 전화기 너머에서 지수가 신음했다.

"아니, 잘 못 지내는 것 같아. 어쩌면 엄마가 언니 때문에 이 모든 일을 벌이는지도 모르겠어."

"하와이가 그렇게 좋다잖아. 화수 언니한테도 좋겠지."

"글쎄…… 어쨌든 할머니가 젊을 때 잠깐 살았다던 곳이니까, 가보는 것도 의미가 있을 것 같긴 해."

"가끔 그런 생각 안 해? 할머니가 계속 하와이에서 살았으면 모든 게 다르지 않았을까, 하고."

"아이고, 우리 할머니 조그매서 계속 거기서 일했으면 골병들어 죽었을 거야."

"그래도 엠앤엠M&M을 만나지 않았다면……"

"그럼 우리 할아버지도 못 만났을 거고 우리도 없었겠네."

"할머니는 행복했을 거야."

"난 항상 할머니가 행복했을 거라고 생각했는데? 그 시대 여자들 중에는 말야."

그 지점에서 우윤의 의견은 지수와 갈렸다. 우윤은 할머니가 행복했는지 확신할 수가 없었다. 우리가 가진 조각들이 다르네, 할머니가 나눠준 조각들이 다른가보네, 하고 말하고 싶었지만 역시 하지 않았다.

2

마티아스 마우어Matthias Mauer에 대해서는 더이상 이야기하고 싶지 않다. 사람들이 여전히 내 말과 글과 행동과 표정에서 마우어의 흔적을 찾는다는 걸 알지만, 소용없는 일일 테다. 그에게는 명망과 별개로 많은 문제가 있었고, 우리에게 있었던 일은 사람들이 그리는 것처럼 절절하게 아름답지도 바닥까지 추악하지도 않았다. 온갖 억측들을 뒤로하고자 하는 노력들은 왜 소용이 없는지? 나는 그의 부인이 아니었고, 대개의 기간 동안 연인도 아니었다. 그를 이용했기에 입을 다무는 게 아니냐고 묻는 사람들에겐, 몇 년 전에 내가 국제적으로 몸을 굴려 지금 자리에 다다랐을 뿐이라며 함부로 써대던 논설위원이 어찌되었는지 상기시켜주고 싶다. 나에게는 유능한 변호사가 있고, 그자가 몇 년치 번 돈을 빼앗아 마음에 드는 그림을 한 점 샀으니까.

—『잊은 것에 대해 묻지 마시오』(1988)에서

화수는 식탁에 앉아 할머니에게 물려받은 그림을 보고 있었다. 작고 푸른 추상화로, 매일 한 시간씩 바라보고 있어도 매번 새로운 부분을 발견할 수 있는 그림이었다. 어린 시절 그 그림에 반해 화가에 대해 알아보았다가 누군가의 부인이란 설명이 먼저 오는 것에 아연함을 느꼈었다. 이렇게 대단한 걸 그려도 그보다 중요한 정보는 남성 화가의 배우자란 점인지, 지난 세기 여성들의 마음엔 절벽의 풍경이 하나씩 있었을 거라는 생각을 최근에 더욱 하게 되었다. 십 년 전 세상을 뜬 할머니를 깨워, 날마다의 모멸감을 어떻게 견뎠느냐고 묻고 싶은 마음이었다. 어떻게 가슴이 터져 죽지 않고 웃으면서 일흔아홉까지 살 수 있었느냐고.

할머니가 유언장에 부엉이처럼 보이는 파란 그림은 화수 주어라, 그애가 그 앞에 가장 오래 앉아 있었다, 써둔 것을 떠올리면 언제나 조금 울고 만다. 화수는 동생인 지수나, 사촌인 우윤만큼 할머니와 살갑지 못했다. 장녀의 장녀인지라 특유의 무뚝뚝함에서 벗어나지 못했는데 그래도 할머니는 화수가 그 그림을 좋아하는 걸 알고 있었던 것이다.

찻잔의 차가 비었지만, 의자에서 일어나 몇 걸음 걷는 것도 버거워 물이 든 전기포트의 스위치를 켜지 못하고 있었다. 몸을 일으켜 움직이는 데 전에는 상상할 수 없을 정도로 에너지가 든다. 오전만 지나도 지쳐, 조종하는 실이 끊어진 인형처럼 손가락 하나 마음대로 못하는 상태가 되고 마는 것이다. 복직일이 다가오고 있는데, 복직이 가능할지 회의적이었다. 복직이 정말 하고 싶은 거냐고, 아무도 화수가 무리하길 기대하지 않는다고 가까운 이들이 조심스럽게 말을 걸어왔지만 대답하고 싶지 않았다.

할머니와 이야기를 하고 싶었다. 다른 사람이 아닌 할머니와. 할머니의 죽음은 화수에게 이상했다. 처음 이삼 년은 무척 단단하고 확실히 느껴졌는데 어느 정도 시간이 지나자 할머니가 계속되고 있다고 생각되었다. 계속된다는 말은 좀 미묘하지만, 육체의 죽음을 받아들이자 육체가 아닌 부분은 지속성을 가지고 있는 것처럼 여겨졌던 것이다. 할머니는 강렬한 인물, 보편적이지 않은 인물이었다. 성격상 쉽게 분쟁에 휘말리는 편이었고, 그럼에도 자기 의견을 좀처럼 굽히지 않았으며, 대중의 가벼운 사랑과 소수의 집요한 미움을 동시에 받았다. 쉽사리 희미해지는 사람이 아니었다. 시대에 따라 다른 평가를 받았는데 세상을 뜨고 십 년이 지나자 사람들이 어디선가 자꾸 조각 글과 영상 들을 발견해냈다.

"아이고, 우리 심시선 여사, 언제 이렇게 티브이에 많이 나갔대? 이건 우리도 못 본 거네."

엄마가 엄마의 엄마를 여사로 부를 때엔 애정과 거리감이 함께 깃들어 있었다. 가족들이 쓰는 여러 그룹의 메신저에는 그때껏 존재하는지도 몰랐던 기록들이 자주 공유되었다.

"엄마가 우리 정말 열심히 먹여 살렸다. 온갖 쪽글들 마다하지 않고 쓰면서."

명은 이모가 말했고, 화수는 할머니로선 고된 일이었겠지만 자신이 세상의 다른 손녀들에 비해 유리한 입장에 있다는 걸 깨달았다. 할머니가 쓴 스물여섯 권의 책이 있고, 책 바깥의 다른 편린들도 적지 않게 존재했다. 그것을 모조리 입력한 인공지능을 만들어 이야기를 나눌 수 있다면 좋겠지만 아직 그런 시대가 오지 않았으므로, 손에 넣는 대로 읽고 봄으로써 어느 정도 대화에 가까운 효과를 누리고자 했다.

하루에 몇 번씩 고장난 것처럼 멎는 화수였기에 진도는 느렸다. 오래된 책들에선 책벌레가 나오곤 해서 도서관에 가 소독기를 빌려 써야 했다. 멀지 않은 곳이었지만 화수에겐 멀었다. 네 권쯤 읽었을 때 화수는 생각했다. 할머니는 왜 마티아스 마우어가 가학적인 학대자였다고 제대로 말하지 않았을까? 가족들은 알고 있는 사건들에 대해 더 정확히 쓰지 않았을까? 시대가 달라서였나? 요즘이라면 말할 수 있었을까? 그 망할 자식은 할머니에게 나이프를 던졌는데 말이다. 뭉툭한 유화 나이프였지만 그래도 나이프였고, 할머니의 팔뚝 바깥쪽엔 흉터가 남았었다. 염을 할 때 보았다. 그

희미한 흉터를. 20세기에 생겨 21세기에 불타 사라진 흉터에 대해, 화수는 자주 오래 생각했다.

빈 찻잔을 앞에 두고 허벅지가 불편할 때까지 앉아 있었더니, 액자에 햇빛이 들어 반사가 심해졌다. 화수는 액자 유리에 비친 자신을 보았고 관자놀이와 턱, 목 아래로 이어지는 흉터를 살폈다.

분노로 겨우 자리에서 일어날 수 있었다. 테이블을 손바닥으로 밀며, 한 발을 딛고 또 한 발을 디뎠다. 무릎과 어깨가 어색하게 움직였지만 무시하고 벽을 짚었다. 숨을 고르고 욕실로 걸었다.

분노를 연료 삼아서는 안 된다고 말하는 사람들을 비웃어주고 싶었다. 당신들은 아무것도 모른다고, 나와 내 할머니만 알고 있다고 쏘아붙이고 싶었다.

십 분쯤은 활기가 지속될 것이었다.

3

질문자 선생님은 그럼 세 분 중에 어느 분을 가장 사랑하셨나요?

심시선 마티아스는 스승이었지 사랑이 아니었어요. 그보다, 왜 나한테 세 사람밖에 없었을 거라고 생각하죠?

(좌중 웃음)

심시선 여하튼 죽은 이들이 땅 밑에서 듣고 있을 것 같아 못 말하겠네요.

질문자 그럼 질문을 좀 바꾸겠습니다. 성공적인 결혼의 필수 요소는 무엇이라고 생각하시나요?

심시선 폭력성이나 비틀린 구석이 없는 상대와 좋은 섹스.

(좌중 웃음과 웅성거림)

심시선 왜요? 할머니가 섹스라고 말하면 웃긴가?

질문자 선생님도 참, (웃음) 폭력성과 비틀린 구석이 없다는 건 너무 베이직 아닌가요?

심시선 베이직을 갖춘 사람이 오히려 드물다고 봅니다. 안쪽에 찌그러지고 뾰족한 철사가 있는 사람들, 배우자로든 비즈니스 파트너로든 아무데도 못 갖다 써요. 꼭 누군가를 해치니까.

질문자 그런데 그런 상대를 어렵게 만나…… 섹스를 한다고요? 흥미로운 대화나 서로에 대한 이해 같은 건요?

심시선 아이, 남편들이랑 무슨 대화를 해요? 그네들은 렌즈가 하나 빠졌어. 세상을 우리처럼 못 봐요. 나를 해칠까 불안하지 않은 상대와 하는 안전한 섹스, 점점 좋아지는 섹스 정도가 얻을 수 있는 것입니다.

질문자 렌즈요?

심시선 아무리 똑똑해서 날고 긴다 해도, 다정하고 사려 깊은 성품을 타고났다 해도 우리가 보는 것을 못 봐요. 대화는 친구들이랑 합니다. 이해도 친구들이랑 합니다.

질문자 그렇지만 그건…… 그럼 육체적인 것만이……

심시선 한 사람에게 모든 것을 구하면 실패할 수밖에 없습니다. 우리가 인생에 간절히 필요로 하는 모든 요소를 한 사람이 가지고 있을 확률은 아주 낮지 않을까요? 그리고 규칙적인 근사한 섹스의 가치를 너무 박하게 평가하지 마세요. 스트레스 핸들링에 그만큼 도움되는 것도 잘 없습니다. 제법 괜찮은 섹스는 감은 눈에 존재하지 않는 색깔이 떠오르게 하니, 그림일기를 쓰고 싶어질지 몰라요.

질문자 육체적 관계를 그다지 즐기지 않는 사람은요?

심시선 사흘에 한 번씩 섹스를 하고 싶은 사람들 말고는 결혼을 안 하는 게 좋지 않겠습니까?

—『여성XX』 주최 다과회 녹취록(2003)에서

이거 자기네 시어머니 아냐, 하고 모임 친구가 휴대폰을 내밀었을 때 난정은 마음의 준비를 했다. 어머님, 또 뭐라고 하신 거야? 누군가 빙글빙글 웃으며 곤란한 내용의 무언가를 불쑥 내미는 일이 처음은 아니었다.

"아, 맞는 말인 듯 궤변인 듯 엄청 애매하네……"

다 보고 나서 난정이 말하자 모임 친구들이 깔깔 웃었다. 우윤의 중학교 때 반 친구 엄마들이었다. 막상 아이들은 서로 만나지 않는데 엄마들만 오랜 기간 모임을 유지했다.

"살아 계실 때 싫은 부분은 없었어? 아무래도 보통의 시어머니는 아니었잖아."

"음, 늘 소문과 분쟁에 휩싸여 사셨으니 그런 면이야 가족으로선 신경쓰였지만…… 편애가 없어서 편했어. 아들에 대해서나 딸에 대해서나, 자기 자식에 대해서나 데려온 자식에 대해서나."

"무관심하셨나? 그거 좋았겠네."

"아니, 무관심하진 않았어. 뭐, 워낙 본인 일에 몰두해 있었긴 한데…… 그건 우리 남편도 그렇지. 꼭 닮아서는. 그런데 몰두해 있다가 자식들이든 손녀들이든 보면, 이것저것 물어보시는 게 싫지 않았어. 겉도는 대화는 절대 안 하는 분이었달까."

"겉도는 대화?"

"보통은 며느리가 뭘 하고 사는지 그렇게까지 궁금해하지 않잖아. 그런데 어머님은 정말로 내가 뭘 하고 지내는지 궁금해했어. 무슨 책을 읽는지, 어떤 내용인지, 나는 어떻게 생각하는지."

"아, 자기 책 많이 읽지. 그래서 잘 지냈겠네."

친구의 말에 난정은 웃었다. 난정이 책을 많이 읽어서, 평생 책을 쓴 시어머니와 딱 한 번의 격한 말다툼을 하게 되었다는 걸 어떻게 설명할 수 있을까?

원래도 책을 좋아하긴 했지만, 본격적으로 읽게 된 것은 우윤이 아팠던 시기와 겹쳤다. 대학병원의 대기 시간은 길었고, 난정은 마음 붙일 곳이 필요했다. 아픈 아이를 들여다보고 있으면 비명을 지르고 싶어져서, 그러나 비명을 지를 수 있는 성격은 아니어서 머리를 통째로 다른 세계에 담가야만 했다. 끝없이 읽는 것은 난정이 찾은 자기보호법이었다.

우윤이 낫고 나서도 읽는 일을 멈출 수 없었다. 우윤의 병이 재발할까봐, 혹은 다른 나쁜 일들이 딸을 덮칠까봐 긴장을 놓지 못했다. 언제나 뭔가를 쥐어뜯고, 따지고, 몰아붙이고, 먼저 공격하고 싶었다. 대신 책을 읽는 걸 택했다. 소파에 길게 누워 닥치는 대로 읽어가며, 아이를 먹이고 입히고 키웠다. 죽을 뻔했다 살아난 아이의 머리카락 아래부터 발가락 사이까지 매일 샅샅이 검사하고 싶은 걸 참기 위해 아이가 아닌 책에 시선을 고정했다. 낙관을 위해, 현재에 집중하기 위해, 자기중심성에서 벗어나기 위해 책만한 게 없었다. 그렇게 가까스로 키워놓았더니 미국으로 날아가버렸지, 내 딸…… 난정은 우윤이 보고 싶어 내내 우는 대신 계속 읽었다. 읽고 읽었다. 소원을 비는 사람처럼 책 탑을 쌓았다. 딸이 남기고 간 빈 공간을 책으로 채웠다.

"너같이 많이 읽는 애는 언젠가 쓰게 된다."

어느 날, 어쩌다가 그런 생각에 다다랐는지 심시선 여사가 난정에게 말했던 것이다.

"아뇨, 전 그런 욕구는 없는데요."

"넌 나보다도 많이 읽잖니? 아인가베Eingabe가 있으면 아우스가베Ausgabe도 있기 마련이야."

"네?"

"인풋이 있으면 아웃풋이 있다고. 그게 자연스럽지."

독일어와 영어와 가끔 일본어까지 사용하는 시어머니는 점쟁이라도 된 것처럼 난정의 미래를 가늠하려고 했다. 거칠게 마른 손가락에 난정이 모르는 사연이 깃든 반지들을 끼고 일부러 찾아와 난정의 서재를 살폈다. 난정의 서재가 난정의 머릿속이라도 되는 듯 말이다. 하여간 쉽게 몰두하는 성격은 알아줘야 했다. 20세기의 숨막히는 참혹함에서 살아남아, 여러 언어를 마구 섞어 생각하는 작고 완고한 머리를 보며 난정은 어떻게 테두리를 만들고 울타리를 쳐야 할지 난감했다.

"온갖 분야를 읽는구나? 아아, 이 수필가 좋아하니? 아는 사이인데 한번 만나볼래? 이 식물도감은 뭐니? 아, 정원 가꾸려고 읽는 건가? 한국에도 정원 에세이스트가 필요하지. 아파트가 유행이라 아직은 아니지만, 곧 필요해질 거야. 미리 관련 공부를 하고 싶으면 말해라. 명준이가 너 집에 두는 거면 내가 이야기할게. 그렇게 키우지 않았는데 누굴 닮았는지. 제 아비도 그런 사람은 아니었어."

두 집 사이의 격한 내리막과 오르막은 가족들 사이에서 V자 협곡으로 불리곤 했는데, 심시선은 별로 힘들이지 않고 오락가락하며 난정의 서재 책등에서 무언가를 읽어내려 했다. 갑골문을 해석하려는 사람처럼 미간을 좁혔다.

"우윤이 아프고 너희 둘 다 직장 그만뒀을 때, 나는 네가 돌아가고 명준이가 못할 줄 알았다. 그 반대로 일이 풀리다니 영 씁쓸했어. 그렇게 영특한 너랑, 심지라곤 하나도 없는 명준이랑……"

"그런 시대였잖아요. 지금도 그렇게 달라지지 않았고요."

자기 이름을 들었는지 명준이 작업실 문을 조용히 열고 나왔다. 눈짓으로 도와달라고 신호를 보냈지만 못 봤는지 모른 척하는지 작업실 문가에 기대어 섰을 뿐이었다. 도움이 안 되는 인간 같으니, 원망스러웠다.

"뭐든 쓰렴. 출판사를 알아보자. 물론 내가 나서면 청탁처럼 되어버리니까 조심해야겠지만, 네가 누군지 말 안 하고 슬그머니 이런 원고가 있다고 가벼운 소개 정도는 해도 되지 않겠니?"

"어머님…… 저는 쓰고 싶은 마음이 없어요. 벌써 몇 번이나 말씀드렸는데 왜 그렇게 제 말을 튕겨내세요? 우윤이 아팠을 때 저희 경제적으로 지탱해주셨던 거 감사하게 생각해요. 제가 일하러 돌아가지 못한 것에 대해서도 신경써주시는 거 알고요. 그런데 전 읽는 걸 좋아하는 거지 쓰고 싶은 마음은 없어요. 저는 어머님이 아니에요."

"그렇게 많이 읽는데? 별의별 것에 대해 읽는데? 아니야, 그럴리 없어. 애벌레처럼 읽는 사람은 결국 쓰게 되는 거야."

"애벌레……"

난정은 자신의 어지러운 서재를 돌아보며 바로 부정하지는 못했지만 곧 반격할 거리를 생각해냈다.

"그렇게 단언하시면 안 돼요. 세상에 단언할 수 있는 건 하나도 없고, 단언하는 사람은 쉬이 믿으면 안 된다고 어머님이 네번째 책에서 한 단원 분량으로 말씀하셨잖아요?"

그때 심시선이 지은 망연한 표정을 난정은 잊을 수가 없었다. 자기 책을 인용해 반격한 며느리를 보고 입을 벌렸다 다물었다, 어떻게든 뒤집어보려 애쓰다가 힘이 빠졌는지 애처롭게 난정의 독서 의자에 쭈그리고 앉았다. 난정은 너무했나 싶었지만, 영역을 지키려면 어쩔 수 없었다.

"우리 엄마를 이기다니 대단하다. 유효한 전략을 발견했잖아?"

시어머니가 시무룩하게 돌아가고 나서, 희희낙락하는 남편을 보며 난정은 빈정이 상했다.

"좀 도와주지, 뒤에 멀뚱멀뚱 서 있기나 하고."

"내가 어떻게? 잘하던데, 뭐. 명혜 누나도 그렇게 못했을걸."

착한 척하며 사실은 심지 없는 놈, 만날 '개……?' 하고 놀림받아도 쌌다. 명준은 배우자의 야박한 평가에 굴하지 않은 채 누나들과 여동생에게 '유효한 전략'을 전파했고, 심시선 여사는 이내 자식들과 말다툼을 할 때마다 인용 공격을 당하며 머리를 싸매야 했다.

"말을 너무 많이 했어. 무슨 말을 했는지 기억도 사실 잘 안 나.

너희 먹여 살리려고 그런 건데 이 배은망덕한 것들……"

"엄마가 재작년에 자식들에겐 절대 보상을 바라면 안 된다고 신문에 썼잖아."

"시끄러워!"

가끔 그렇게 꽥 하고 성질을 부릴 때도 있었다. 언제나 교양인은 아니었다. 외국어도 잘하고 욕도 잘하는 사람이었고, 어쩌면 그것은 같은 능력일지도 몰랐다.

아, 어머님 보고 싶네. 난정은 생각했다. 피곤할 때가 없었던 건 아니었지만 싫지 않았다. 어떤 순간엔 좋아하기도 했다. 그런 관계였다.

"하와이? 하와이에서 제사를 지낸다고?"

놀라서 높아진 목소리에, 멀리 가 있던 마음이 현재로 돌아왔다. 대화에 기계적으로 참여하는 버릇은 고치고 싶은 버릇이었다.

"뭐, 가풍을 생각하면 보통의 제사는 아닐 것 같지만."

묻는 사람과 눈을 마주쳤다.

"자기도 가야 해?"

"우윤이가 올 거니까."

난정의 말에 모임 친구들은 안쓰러움을 숨기지 못했다.

"자기 또 공항에서 울면 안 된다?"

"자신이 없네."

일 년에 한 번, 혹은 두 번 딸을 만났고 그것은 이제 살면서 운이 좋아야 서른 번 남짓 더 볼 수 있다는 이야기였다. 우윤이 돌아오기로 마음먹거나, 난정이 미국으로 향하지 않는다면…… 같은 상황에서 울지 않을 수 있는 사람 있다면 그래보라고 해, 난정은 의자 깊숙이 몸을 기댔다. 지난번에 우윤을 만나러 갔을 때 트렁크에 두꺼운 책 여섯 권을 들고 갔더니 우윤이 절레절레하며 인터넷으로 주문해준 전자책 단말기를 이제 박스에서 꺼낼 때인 듯했다. 노안도 있는데 글씨 크기를 조절해가며 읽으면 좋을 테지만, 평소 난정은 정글 같은 서재에서 언제 샀는지 기억도 나지 않는 책을 우연히 고르는 것을 좋아해 별로 사용하지 않았었다. 포장 겉면에는 천 권도 넘게 들어간다고 쓰여 있었다. 천 권과 함께라면 시누이들과의 여행도 견딜 수 있을 터였다.

4

창작의 욕구와 자기 파괴의 욕구가 다른 이름을 가진 하나라는 것이 언제나 나를 슬프게 했습니다. 20세기는 끔찍한 세기였고, 끔찍한 걸 지나치게 많이 목도한 이들은 견디지 못하고 목숨을 버리기도 했습니다. 한국이 다른 나라보다 자살률이 높다지요? 한국 예술가들의 자살률은 아마 그보다 더 높을 겁니다. 언니들, 친구들, 동생들…… 거의 격년으로 한 사람씩을 잃었습니다. 예민해서 아름다운 사람들이었다는 건 압니다. 파들파들한 신경으로만 포착해낼 수 있는 진실들도 있겠지요. 단단하게 존재하는 세상을 향해 의문을 제기하는 모든 행위는 사실 자살을 닮았을 테고요. 그래도 너무 많이 잃었습니다.

다 포기하고 싶은 날들이 내게도 있습니다. 아무것에도 애착을 가질 수 없는 날들이. 그럴 때마다 생각합니다. 죽음으로, 죽음으로 향하는 내 안의 나선 경사로를 어떻게든 피해야겠다고. 구부러진 스프링을 어떻게든 펴야겠다고. 스스로의 비틀린 부분을 수정하는 것, 그것이 좋은 예술가가 되는 길인지는 몰라도 살아 있는 예술가가 되는 일임은 분명합니다. 매혹적으로 보이는 비틀림일수록 그 곁에 어린 환상들을 걷어내십시오. 직선으로 느리게 걷는 것은 단조로워 보이지만 택해야 하는 어려운 길입니다.

—XX예술대학 특별 초청 강연(1996)에서

엄마가 자살했을지도 모른다고, 명은 남매는 오래 의심했었다. 그건 너무 갑작스럽고 공교로운 죽음이었다. 심시선 여사는 생일날, 가족들과 점심식사를 하고 바로 다음날 새벽에 세상을 떴던 것이다. 누가 그렇게 죽는단 말인가?

팔월이었다. 늘 가는 부암동 중국집의 원형 테이블 위로 오래된 에어컨 바람이 시들시들 불었고, 시선은 식은땀을 많이 흘렸다. 음식을 많이 먹지 못하고 힘들어했다. 그렇긴 해도 그 중국집까지 본인 다리로 걸어왔다 다시 걸어갔으므로 그리 우려할 만한 상태로는 보지 못했던 것이다.

임종을 지킨 건 명은이었다. 그렇게 될 줄 모르고 부암동 집에서 잤다. 모친이 애틋해서가 아니라 서울에 머물 곳이 없어 하루 자고 갈 요량으로 그랬다. 서울이고 어디고 정처 없는 건 남매들 중 명은 혼자였다. 명혜는 명은더러 다른 모두가 더하기의 인생을 살 때 혼자 빼기의 인생을 산다며 감탄인지 비난인지 알 수 없는 말을 했었다. 명은은 자신이 택한 빼기의 인생이 싫지 않았다. 그날, 빈방은 많았지만 이야기를 하다 자려고 시선의 침대 곁에 요를 깔았던 건 얼마나 다행이었나? 다른 방에 있었다면 아무 소리도 듣지 못했을 것이다. 무슨 이야기를 했는지는 거의 기억나지 않는다. 중요하지 않은 이야기였을 것이다. 그때 명은은 부여에서 지냈고, 발굴하던 절터에 대해 조금 늘어놓았을 테고, 시선의 생각은 결국 T에 가닿았다.

"가깝네, T면에서."

"부여보단 천안에서 가깝지. 어쨌든 한번 가보실래요? 모시고 갈까요?"

"몸이 안 좋아서."

시선의 숨은 그때부터 가빴다.

"아까 식사도 많이 못하시더니. 병원 가야겠어요."

"안 가, 병원 너무 자주 갔어."

그러다가 좀 편해지는 것 같기에 명은도 곧 잠이 들었고, 다시 신음 소리에 깼을 때는 상황이 훨씬 심각해져 있었다. 명백히 괴로운 상태에 있는 모친을 보자 잠이 확 달아났고 다른 것들이 그

자리를 채웠다.

"앰뷸런스 부를게요."

"싫어. 나 집에서 죽을 거야."

"그래도."

"부르지 마. 절대 부르지 마."

"그럼 언니 부를게."

"아니야, 자게 내버려둬. 다른 애들도 다 자게 내버려둬."

명은은 그 말을 듣지 않았고, 언니와 동생들에게 전화를 걸었지만 그날따라 다들 곧바로 받지 않았다. 시선의 생일이 막 지난 참이었고 방심했던 것이리라. 설마 그날은 아니리라고.

시선의 팔이 허공을 휘저었고, 누군가를 보고 있는 것 같았다. 몇 번이나 그랬다. 부르는 말은 입안에서 뭉개져 누구를 부르는지 알 수 없었다. 명은은 그 손을 잡아주며 엄마를 데리러 온 사람이 자신의 아버지일지, 경아의 아버지일지 아니면 완전히 다른 사람일지 알고 싶어했다. 시선에겐 마중나올 사람이 많았다. 죽은 사람들이 많았다.

다섯시가 되어서야 명준과 연락이 닿았고, 평소 다니던 병원의 장례식장으로 시선의 시신을 옮겼다. 일곱시에 경아가 그쪽으로 왔고 수면제를 먹고 잔 명혜가 가장 늦었다. 막이는 하필 그날 수면제를 먹었던 걸 오래 후회했다. 명은을 보자마자 울면서 힘껏 안았다.

"어떻게 이렇게 갑자기……"

장례식장의 냉방이 세서 뺨에 닿는 언니의 뺄테가 차가웠다. 명은은 명혜에게 변명해야 할 것 같았다.

"엄마가 병원에 가기 싫다고 그랬어. 절대 가기 싫다고."

"못 이기지, 넌. 못 이겼을 거야."

명혜는 짧고 강하게 운 다음 완벽한 상주가 되었다. 손님들이 폭풍처럼 몰아닥칠 것이었으므로 명혜가 능률적으로 지휘해야 했다. 명은은 언니에게 남은 결정들을 맡기고 실컷 슬퍼할 수 있었다. 명준은 명혜의 수족처럼 움직였고, 경아는 둘째가 어려 안쪽 방에 머물러야 했지만 제일 많이 울었다. 미국의 우윤 말고는 조카들도 다 있었기에 명은은 사흘 내내 시선이 남기고 간 것들에 대해 되새김질할 수 있었다.

장례식이 끝나고 나서야 의심이 고개를 들었다. 그 모든 것이 석연치 않게 느껴졌던 것이다.

"엄마가 약을 먹었나?"

명혜가 입 밖으로 이야기를 꺼냈을 때 명은은 부정하고 싶었다.

"무슨 소리야, 전형적인 심근경색 증상이었잖아. 식은땀에 소화불량에……"

"심장약 같은 거 그날 아침에 왕창 먹어버린 거 아닐까? 걸어다닐 수 있을 때까지만 살고 싶다고 말했잖아, 입버릇처럼."

"아니면 먹어야 할 약을 먹지 않았든가."

평소 잘 끼어들지 않는 명준도 말을 보탰다.

"하필 생일이었던 게……"

"하지만 많은 사람들이 그래. 생일까지 버티다 숨을 놔. 숫자 같은 것에 은근히 매달리니까."

경아가 나머지 세 사람의 의심에 물들지 않고 말했다. 아마도 유전적인 요인으로 머릿속이 남매들 중 가장 건강한 듯했다.

"심근경색이었으면 엄청 고통스러웠을 텐데."

"고통을 참는 것도 자살인가?"

모일 때마다 슬그머니 엄마의 죽음에 대한 이야기가 나왔다. 자식이나 조카에겐 말하지 못하고 남매들끼리만 그날의 증상을, 그즈음의 언행을 되짚었다. 참다못한 경아가 의료계의 친구에게 긴밀히 자문을 구할 때까지 그랬다.

"아니래."

의기양양하게 돌아와 경아가 세 사람에게 말했다.

"요즘 약은 좋아서 잠깐 거르거나 왕창 먹는다고 죽지 않는대."

"그래?"

명혜의 얼굴이 밝아지던 걸 명은은 기억한다.

"엄마는 자살할 사람이 아니었어. 지지부진한 죽음을 선택하지 않은 건 맞을지 몰라도 그건 자살이 아니었어. 나는 엄마를 믿었는데, 어째 친딸 친아들들이 너무한 거 아니야?"

"아니었구나."

“내가 제일 좋은 딸이었는지도 몰라.”

경아가 깔깔 웃었다. 그 웃음으로 의심은 끝이 났다. 시선은 그냥 자식 손주들 얼굴 한 번 더 보려고 생일까지 꽉 채우고 세상을 뜬 것이었다. 너무 갑작스러워서 남은 가족들에게 충격을 주긴 했지만, 갑작스러운 죽음이 복이기도 하다는 걸 결국 깨닫게 되었고 죽음의 방식도 정말 시선다웠다고 받아들일 수 있었다.

“힘들지 않았어? 엄마 장례식에서?”

장례를 치르고 한참 지나서 명혜가 물어왔을 때, 명은은 무슨 말인지 바로 이해하지 못했다.

“다들 힘들었지. 삼일장 같은 거 이제 없어져야 한다고 엄마가 그랬었잖아. 요새는 하루로 치르기도 한다는데, 점점 그렇게 되어야 할 것 같아.”

명혜가 명은의 대답에 애매모호한 표정을 지었다. 명은은 그제야 언니가 어떤 의도로 물었는지 알아챘다.

“엄마 장례식에서 나만 혼자라서? 남편도 자식도 없이?”

전광판에 자신의 이름만 한 줄이었다. 그것을 알아채긴 했지만 크게 신경쓰진 않았다.

“언니, 내가 그런 거 신경쓰는 사람이었으면 지금까지 혼자 살았겠어?”

“내 가족이 네 가족이야, 알지?”

“아니, 아니야. 냉정하게 이야기하려는 게 아니라 화수, 지수,

다른 아이들 다 사랑하지만 난 조카들에게 짐이 되지 않을 거야."

"냉정하게 들리는데."

"엄마처럼 죽을 수 있다면 좋겠는데, 요즘 보니 그런 복은 드물더라. 하지만 어떻게든 방법을 찾을 거야. 그때까지 난 괜찮아."

"그때 그 사람이 그렇게 내빼지 않았으면……"

"아니야, 언니. 아니야."

명혜가 말하는 그때 그 사람은 젊은 시절 명은이 사귀다가 결혼 직전 파혼한 사람을 가리켰다. 그 오래전 일을 명은은 잊었는데 명혜가 곱씹는 건 희한한 일이었다. 상대의 부모가 상견례까지 한 다음에 사돈 될 사람이 누군지 깨닫고 격이 맞지 않는 집안이란 결론을 내렸던 것이다. 교양 있는 언어로 에둘러 거절의 말이 전해졌지만, 세계적으로 악명 높은 여자의 복잡한 혼혈 자식이란 게 싫었던 듯했다. 덕분에 집안이 발칵 뒤집어졌고, 모두가 격노하는 바람에 명은은 당사자임에도 뒤로 밀려났던 것이다. 시선이나 명혜만큼 화가 나진 않았다. 오히려 비밀스레 어떤 안도감을 느꼈고, 이후 편안한 마음으로 살아왔다. 명백한 피해자는 이쪽이니까 아무도 명은을, 명은의 혼자-됨과 혼자-삶을 힐난하지 못했다. 요즘과는 달리 명은의 젊은 날엔 혼자 사는 이유를 주변에 납득시켜야 했으므로, 명은은 파혼을 기차게 이용했고 잘 먹혀들어간 것에 만족한 후 나쁜 기억을 별로 되새김질하지 않았다.

"길 가던 꼰대들이 엄마를 알아보고 욕하고 그랬지."

명혜의 길고 긴 심지는 똬리를 틀고 오래 타는 모양이었다.

"언니, 그러던 사람들도 이제 죽고 없을걸."

"그래, 다 죽었겠다."

"얼마 전에 티브이에서 예초기 광고를 하더라고. 아주 싼티나게 만든 광고였는데 웬 풀이 무성한 무덤의 비포, 애프터 샷을 보여주는 거야. 삐용삐용 뚜앙뚜앙 하는 음악이랑 같이. 어찌나 웃었던지. 광고 만든 사람들과 관련 있는 무덤인지, 예초기 회사와 관련 있는 무덤인지, 아니면 그냥 지나다 낯선 무덤을 깎아준 건지 정신없이 웃다가 엄마가 그 광고를 좋아했을 거란 생각을 했어."

"아, 나는 스크린 골프 치다가 코스 한가운데 웬 근엄한 무덤이 그대로 재현되어 있는 거 보고 엄청 웃었잖아. 구미 어디 골프장의 세번째 홀이던가? 대충 생략해도 됐을 텐데 굳이."

"역시 무덤 같은 건……"

"그래도 난 가끔 엄마 무덤 만들걸, 후회해. 말을 너무 잘 들었어. 먼바다에 뿌리라고 해서 뿌려버렸더니 찾아갈 곳이 없어졌네."

명은은 어깨에 많은 것을 짊어진 명혜가 가끔 휘청인다는 것을 알고 있었기에 가만히 손을 뻗어 명혜의 어깨를 쓸어주었다.

"너라도 결혼 안 한 게 다행인가? 너까지 결혼했다 이혼했으면 우리 남매 이혼율 칠십오 퍼센트니까."

"그래, 오십 퍼센트에서 만족하고 살자."

존재하지 않는 무덤에 대해 아쉬워하거나 하지 않으며 첫째와 둘째가 지난 십 년을 반추했다. 단조로운 방식으로 괜찮은 십 년이었다. 그 십 년을 기념하는 게 나쁜 생각은 아닐 거라고 드디어 합의에 이르렀다.

5

입안에 말이 고이는 것을 보니 봄이 온 듯하다. 나의 작고 방치된 정원에는 수반이 하나 있고 새들이 와서 몸을 씻고 간다. 그 모습이 내 아이들 어릴 적을 닮았다. 찬물에 머리를 대충 감고 히히 웃는 것과 어찌나 비슷한지 모른다. 꾀바르고 곰살맞은 막내가 벌써 중학생이라니 믿기지 않는다.

볼품없는 정원에 자랑거리가 하나 있다면 아마릴리스 화분일 것이다. 온실이라고 부를 수도 없을 만큼 부실한, 폐목에 아크릴 판을 얹은 안쪽에 자리한 오래된 화분인데 추운 서울에서 용케도 매해 꽃을 피웠다. 어마어마한 붉은색 꽃이 피면 존재감이 지독히 강렬하여 그 시기에 다른 것들은 전연 눈에 들어오지 않는다. 원래부터 내 것은 아니었고 막내의 어머니인 조말희씨가 그 아이와 함께 맡긴 것이다. 둘을 다 잘 키우며 기다리려고 했는데, 말희 씨는 불의의 사고로 타지에서 목숨을 잃고 말았다. 공부를 마치고 무사히 돌아왔다면 좋았을 터지만 세상일은 마음대로 풀리지 않으며 좋은 사람도 나쁜 일을 당한다. 우리가 했던 악수는 마치 계약 후에 나누는 악수와 같았는데, 맞잡은 손이 참 단단했는데, 이제 나 혼자만 남아 약속을 지키고 있다. 다년생 구근이 인주처럼 꽃을 피우는 걸 보면서…… 그렇지만 아이가 중학교에 갔소, 잘 다니고 있소, 어깨가 단단해지고 손이 여물었소, 그 붉은 꽃이 어딘지 모를 곳에 이곳의 소식을 전할 것만 같다.

—『원예와 XX』(1984)에서

경아는 규림과 해림이 학교에 간 사이에, 두 아이가 싸놓은 짐을 체크했다. 자기 짐은 자기가 챙기는 거라고 맡겼지만 빠뜨린 건 없는지 그래도 한번 들여다봐야 할 것 같았다. 규림은 고등학생이지만 어딘지 야무지지 못했고, 해림은 오학년치고는 덤벙거리지 않았지만 한 방향으로 쏠리기 쉬운 성격이었다. 역시나 규림은 가서 수영하고 어쩌고 할 걸 생각하지 않았는지 속옷과 양말을 날짜 수대로만 딱 맞게 넣어놨기에 경아가 몇 개 더 넣었다. 그러곤 해림의 가방을 여니 온통 회색 티셔츠에 후디, 검은 캡모자가

두 개나 들어 있었다. 옷 아래에는 묵직한 망원경도 있었고 말이다.

"꼬맹이는 목적이 확실하군."

첫째는 뭘 좋아하는지 도통 모르겠고, 둘째는 새를 좋아했다. 정확히는 새밖에 좋아하지 않았다. 둘이 반씩 섞으면 좋을 텐데 경아 마음대로 될 일은 아니었다. 회색 옷들을 색깔이나 무늬가 있는 옷으로 몇 벌만 바꿔 넣을까 하다가 난리를 칠 것 같아서 포기했다. 이럴 때면 곧잘 상담하곤 하는 명혜에게 전화를 걸었다. 의외로 회사에서는 서로 길게 이야기할 시간이 없어서 통화가 더 잦았다.

"언니, 바빠?"

"뭐 이것저것 마지막으로 점검하고 있었어. 숙소 주인이랑도 연락하고."

"해림이 때문에 속상해서. 또 칙칙한 색 옷만 잔뜩 넣은 거 있지."

"아, 아직도 그 회색 참새가 제일 좋대?"

"박새야."

해림이 가장 좋아하는 종류는 박새과였고, 다른 새들을 관찰하기도 좋다며 일 년 내내 회색 옷에 검은 캡모자를 썼다. 그러면 박새가 된 것 같은 기분이 든다고 했다.

"좀 화려한 색깔 새를 좋아하면 좋을 텐데, 걔도 참."

"아, 지겨워 죽겠어. 좀 있으면 중학교 갈 텐데 학교엔 전혀 관심도 없고 집에 오자마자 가방 던져놓고 요 앞 개천으로 나가. 언니, 다음에 만나면 해림이 팔 좀 만져봐. 얼마나 딴딴한지 몰라. 망원경을 하도 들어서."

"뭐, 애들 막 공룡도 좋아하고 그런 시기가 있잖아……"

명혜가 힘없이 말해서, 확신 없음이 느껴졌다. 큰언니가 확신 없이 말하니 경아는 더 속상해졌다.

"일고여덟 살 때 그러다 마는 거 아닌가? 둘째가 딸이라 예쁜 옷 입혀야지, 하고 기뻐했는데 이게 뭐야."

"내가 신문에서 읽었는데 요즘은 성별 구분 없이 입고 자라는 게 교육적으로 좋대."

"아니, 뭐 내가 레이스치마를 입히겠대? 줄창 회색만 입지 않았으면 하는 거지. 내가 디자이너인데 딸이 색깔에 관심이 없는 건 속상하다고. 세상에 색깔들만큼 멋진 게 또 없는데."

"너 안 닮고 제부 닮아서 그렇지."

명혜의 지적에 경아는 말문이 막혔다. 해림의 전체적인 인상은 경아를 꽤 닮았는데, 성격은 제 아빠 판박이였다. 경아의 배우자 정보근은 곤충학자로 된장잠자리를 연구했다. 평범해 보이는 노란 잠자리인데, 칠천 킬로미터 넘게 이동하는 놀라운 생물이라며 몇 년 내내 이 나라 저 나라로 쫓아다니느라 바빴다. 세상 사람들이 모나크나비의 이동에는 관심이 많으면서 된장잠자리엔 너무 없다고, 지극히 인간중심적인 외모 차별이라고 늘 분개해 있었다. 다른 문제에 화를 내는 일은 거의 없다는 점에서 나쁜 파트너는 아니었다. 처음에 해림이 새에 관심을 보이자 어째서 곤충이 아니라 새인지 어리둥절해하는 것 같더니, 결국 받아들이고 탐조의 기본을 가르친 것도 보근이었다. 그런 보근이다보니 해림에 대해 별로 걱정하는 것 같지 않았다. 사학년 때 해림은 학교에서 친구들과 사이가 좋지 않았고, 다른 문제들로도 담임선생님에게 여러 번 전화를 받아야 했는데도 말이다. 덕분에 부부 관계가 매우 악화될 뻔했다. 치우치고 치우친 둘째는 학교를 그저 견디고 있었고, 그것에 대해 걱정하는 건 세상에 경아뿐인 듯했다.

"얼마 전에 생일 선물로 뭘 갖고 싶으냐니까 펠릿이 갖고 싶다는 거야. 그게 뭔가 찾아보니 부엉이가 뭐 잡아먹고 다시 토한 거래. 대체 그게 왜 갖고 싶은 거야?"

"그래서 사줬어?"

"아니, 팔아야 사주지. 파주에 꾸룩새 연구소*란 데가 있어서 찾아가서 보여줬어."

"우리 딸들은 그 나이 때 뭘 갖고 싶어했더라? 가물가물하네."

"엄마가 살아 계셨으면 해림이 좀 잘 구슬려줬을까, 요즘은 그런 생각도 들어."

---

* 『어서 와, 여기는 꾸룩새 연구소야』, 정다미 글 · 이장미 그림, 한겨레아이들, 2018에서 참고.

경아의 말에 명혜가 안타까워하며 한숨을 쉬었다.

"해림이는 엄마 돌아가셨을 때 돌잡이였으니 정말 개만 기억이 없겠네."

"갓 돌 지난 아기 때문에 장례식장에 오래 못 있었는데, 사람들은 내가 의붓딸이라 자리를 자꾸 비운다고 했겠지."

"아이고, 그런 소리 하는 사람들이 못된 거야. 너는 누가 뭐라 해도 우리 동생이지. 내가 너랑 명은이 다르게 생각 안 하는 거 알지?"

"솔직히 명은 언니보다 나 더 예뻐하지 않았어?"

"명준이보다 예뻐한 건 확실해."

두 사람은 어린 날처럼 키득키득 웃었다. 친엄마를 잃고, 아빠를 잃고, 심시선 여사도 잃고 고아가 되어버린 게 아직도 가끔 믿기지 않을 정도였지만 언니들이 있었다. 오빠도 있고. 아빠와 두 엄마를 생각하면 각기 다른 마음으로 슬펐지만 특별한 날이 아니면 슬픔이 일상을 지배하진 않았다.

"그래도 이번에 하와이 가면 해림이 제일 좋아하는 새가 바뀌지 않을까? 거기라면 화려하고 알록달록한 새들 많겠지."

"내 인생, 남편은 잠자리 쫓아다니고 딸은 새 쫓아다니고."

"규림이는?"

"규림이는 뭐, 참 쉽게 흡족해하는 애지."

"엄마가 팔월에 돌아가셔서, 규림이 해림이 여름방학인 건 편하게 됐네."

"가족여행은 정말 오랜만이다."

자매의 마음속에 지난 세기 가족여행들의 풍경이 스쳐지나갔다. 이제 없는 사람들이 운전하는 차에 좁게 끼여 앉아 투닥거리던 시간들이.

"해림이가 자기 할머니 닮았냐고 물어본 적 있었는데 그때는 당황해서 장황한 설명을 해야 했지만, 요즘 생각해보니 닮은 것 같아."

"아, 그럼, 영혼이 닮을 수 있지."

이번에는 명혜가 확언했으므로 경아가 미소 지었다. 전화기 너머의 언니는 알 수 없겠지만 말이다. 기억도 가물가물한 일곱 살에, 엄마를 따라가겠다고 울며불며했다면 모든 것이 지금과 같지 않았을 것이다. 여러 우연이 작용하여 엄마가 사고를 당하지 않았을 수도 있고, 심시선 여사와 아빠는 명절에나 드문드문 보는 사람들이었을 테고, 어쩌면 언니들을 미워하기까지 했을지도 모른다. 어릴 때는 그 삶을 원했던 적도 있는 듯한데, 이제는 이 삶이 아닌 삶을 상상할 수 없으니 짐작 불가능한 시간을 저도 모르게 통과해온 셈이었다.

6

쇼필드 배럭스의 군인들 빨랫감을 픽업해서 오는 길에 사탕수수 농장, 파인애플 농장 일꾼들의 빨랫감까지 더하여 긴 국도를 달렸다. 99번 국도와 82번 국도를 가장 사랑했다. 도로 양옆으로 펼쳐지는 작물들의 풍요로움과 멀리 떠 있는 바다, 차 보닛에 떨어지는 햇빛이나 석양이 아름다워서 질리지 않았다. 고되고 고되면서도 풍경이 눈에 들어온다는 게 신기했다. 그 모든 일을 겪고도 풍경에 마음을 빼앗기다니, 그게 인간이란 생각을 했다. 매일 그럴 수 있는 건 아니었고 보통은 세탁소에서 일했다. 말이 세탁소지 세탁 공장이나 다름없었다. 운전수가 쉬는 날에만 내가 트럭을 운전했다. 운전을 곧잘 했던 게 내 자랑이었다.

99번 국도의 허리쯤에서였을 것이다. 차가 퍼져 있는 마티아스 마우어를 발견한 것은. 딱 봐도 스스로 차를 고칠 수 없을 것 같은 인상이었다. 고칠 의지도 없어 보였고 말이다. 트렁크 위에 올라앉아 스케치를 하고 있었는데, 그때만 해도 나는 그림 그리는 사람들은 기본적으로 선하고 친절할 거라는 잘못된 생각에 사로잡혀 있었다.

"탈래요? 전화가 있는 곳까지 데려다줄 수 있어요."

무엇을 초대하는지도 모르면서 초대했다. 마우어는 입에 물고 있던 담배를 끄고는 양철로 된 간이 재떨이에 넣었다. 매끈한 재떨이를 가지고 다니는 사람이라니 강간범은 아닐 거야, 뒤늦게 겁이 나서 스스로를 다독였던 기억이 난다. 나는 그 달리는 깡통이나 다름없었던 트럭에 누구인지도 모르고 마우어를 태웠고, 마우어는 내가 영수증 뒤에 심심풀이로 그려놓았던 게를 보았다.

"그림 그려요?"

"여기 오기 전까지는 그렸어요."

마우어는 전 세계가 자신에게 암시를 준다고 믿는 사람이었다. 지침을 주고 방향을 주고 영감을 준다고 말이다. 하필 그 경탄할 만한 길에서 차가 고장났고, 그에게 도움을 베푸는 이는 그가 보기엔 신비해 보이는 동양 여자였고, 심지어 그림을 그린다…… 마우어가 여행 수집품처럼 나를 수집하기로 마음먹었던 것에는 나름의 맥락이 있었다. 하와이 체류가 끝나갈 즈음 나에게 교육의 기회를 주겠다고 제안해왔다. 20세기 여자들이 교육의 기회라는 말에 따라나섰던 수많은 길들은 정말 교육에 닿기도 했고, 위험한 나락에 닿기도 했다. 그럼에도 교육과 기회를 원했던 여자들을 생각하면 울고 싶어진다. 벌어질 일들을 하나도 모른 채, 신문에도 나는 유명한 사람이니 좋은 사람일 거란 두번째로 잘못된 생각에 사로잡혀 도박을 했다.

만약에 마우어를 따라가지 않고 하와이에 남았다면 어땠을까? 이민자들은 그때 이미 농장에서 벗어나 수완 좋게, 성실하게 섬 전역에 자리잡고 있었다. 나의 삶도 그와 비슷했을까? 내가 어디서 왔는지 마우어에게 분명 말했는데도, 마우어가 나를 그의 '하와이안 걸'로 불렀던 것은 나에게도 하와이 사람들에게도 무례한 대접이었다.

—『어쩌다보니 마지막으로 남은 사람』(2002)에서

명혜가 거칠고 집요하게 깨워서, 지수는 어쩔 수 없이 마음먹었던 것보다 훨씬 이른 시간에 일어나야 했다.

"엄마, 제발…… 난 밤에 일하는 사람이잖아. 깰 때까지 안 깨우면 안 돼?"

"밤에 일하는 게 뭐 자랑이라고? 얼른 가서 화수도 깨워 와."

버틸 때까지 버티다 방에서 나가니 박태호가 지수의 호두까기 인형으로 호두를 까려고 애쓰고 있었다. 심시선이 화수와 지수의 조그만 손을 잡고 크리스마스 발레 공연에 데려갔을 때 사준 것이었다. 화수와 지수가 한방에서 같이 잘 때에 둘의 머리맡 가운데 놓여 있다가 결국은 지수가 챙겼는데, 코가 부러져서 한번 강력본드 신세를 진 이후 오랜만에 다시 위기를 맞은 듯했다. 한순간 인형의 얼굴에서 아득한 표정을 읽을 뻔했다.

"그만해, 아빠, 제발 그만해."

아침부터 부모 양쪽에게 다 애원하게 되었다.

"안 되겠지?"

"당연히 안 되지. 그게 될 것 같았어? 공연장 앞에서 파는 기념품인데?"

"그래도 일단은 호두까기 인형이잖아? 이름값은 하지 않을까 시도해본 거야."

은퇴한 이후 태호는 한두 시간 거리의 전통시장에 놀러 다니며 이것저것을 사오는 데에서 즐거움을 느끼는 듯했다. 최근의 전리품은 호두였고, 시중에 파는 것보다 알이 잘고 깔끔하게 깨지지 않았지만 먹을 때마다 수고스럽게 깨니 산화된 맛이 나지 않고 고소했다. 펜치를 쓰기 귀찮아서 지수의 호두까기 인형을 노린 사고 과정이야 따라가겠는데, 다른 구석에서 무능하지 않은 부친이 종종 이렇듯 되도 않는 시도를 한다는 게 지수로선 어이없었다.

"그렇게 얼굴 다 쓰면서 웃지 마. 주름 생겨."

겸연쩍었는지 입을 크게 벌리고 웃는 태호에게 명혜가 톡 쏘아붙였다.

"웃고 싶으면 자연스럽게 웃는 거지, 엄마도 너무한다."

지수가 슬쩍 태호 편을 들었다.

"너희 아빠 얼굴만 보고 결혼했는데 하회탈 되면 무슨 소용이야?"

"으…… 누가 엄마한테 그렇게 이야기하면 좋겠냐고?"

명혜는 딸의 지적을 신속히 검토해보는 듯했으나 굽히지 않았다.

"운좋으면 이십 년쯤 더 써야 하는 얼굴인데 조심스럽게 쓰라는 거지. 판판한 얼굴이면 주름이 덜 생기는데 입체적인 얼굴이라 여기저기 걸리고 구겨지는지…… 가서 레이저 맞아야겠다."

"또? 그거 너무 아픈데. 지난번에 내가 너무 아파하니까 고무공을 쥐여주더라고."

"그런 걸로 엄살은, 난 애를 둘이나 낳았는데."

태호는 명혜의 타박과 권유를 별 저항 없이 받아들이는 듯했다. 비행기는 자신이 조종하고 자신은 명혜가 조종하게 뒀던 인생이었고 이제 와 바꿀 필요는 느끼지 못하는 게 아닐까 싶었다. 젊은 시절 회사 광고에 직원 모델로 발탁될 정도였으니, 허영심이 없기는 어려울 터였다. 광고 촬영장에서 만난 부모의 일화를 지수 자매는 자주 들으며 자랐다. 극적이고 격정적인 이야기였고 머릿속에서 그릴 때는 우수에 찬 흑백영화로 그려지지만, 실생활에서 두 사람을 보면 와장창 이미지가 깨졌다.

"엄마 세대는 외모에 너무 집착해. 눈만 마주치면 평가하는 말들을 한다고. 하루라도 좀 외모 생각을 하지 않고 보내봐."

"얘는 어디서 또 공익 팸플릿 같은 걸 봤대? 언니나 깨워 와."

지수는 부모를 개조하려는 시도를 얕은 한숨과 함께 그만두고, 이슬 젖은 슬리퍼에 발가락을 오므린 채 좁은 마당을 가로질러 언니의 집으로 갔다.

화수가 멀리멀리 이사갈 수 있었음에도 여전히 듀플렉스의 다른 한쪽에 살고 있다는 게 믿기지 않았다. 지수는 부모를 사랑하지만 사랑하는 것과 별개로 같이 사는 건 힘들었고, 돈을 벌게 되자마자 자신만의 공간을 마련했다. 형편없는 공간에서 다시 형편없는 공간으로 뜀뛰기를 하며 살면서도 독립을 유지하고 가끔만 부모의 집에 들렀다. 화수도 부모를 버거워하는 것은 마찬가지일 텐데 다른 길을 택한 것이 지수 입장에서는 신기했다. 문을 두드리자 상헌이 이미 외출 준비가 된 상태로 나왔다.

"언니는요?"

"안 일어날 것 같은데."

지수 역시 화수를 정말로 깨울 마음은 없었고, 시늉에 필요한 시간을 때우기 위해 바 의자에 앉았다.

"형부, 아침은요?"

"아침 먹는 체질이 아니라, 장모님께는 먹고 나갔다고 좀……"

"알았어요. 배가 뚱뚱해질 때까지 먹고 땅땅 두들기면서 나갔다고 해줄게요."

"너무 과하지 않나?"

상헌은 처제에게 여유 있어 보이기 위해 웃었지만, 조바심을 숨기려다가 더 드러내버리는 타입이었다. 그다지 예민하지 않은 편인 지수도 알아챌 수 있을 정도였다. 기장의 집에 식사를 하러 온 부기장이 그 집 첫째 딸에게 한눈에 반해 결혼을 했다. 좀처럼 보기 힘든, 계산 없는 로맨틱한 결혼이었다. 내심 모든 것이 술술 풀리리라, 행복만이 기다리리라 여기지 않았을까? 기대대로 되지 않았을 때 꺾여버리는 사람들이 있었다. 상헌이 아무래도 그런 사람인 것 같아 지수는 있는 힘껏 모른 척을 해야 했다. 도망가듯 출근하는 형부를 있는 여유, 없는 여유를 끌어모아 배웅했다.

지수는 계단을 올라가 언니가 자는 방에 귀를 대보았다. 깨서 부스럭거리는 소리는 들리지 않았다. 깨우려고 시도는 해보았다고 잡아떼기 위해, 드레스룸에 가서 언니 대신 짐을 싸기 시작했다. 여름옷을 다 꺼내지도 않았는지 나와 있는 게 몇 개 없어, 방치된 박스들을 이것저것 열어보아야 했다. 너무 구겨진 것은 스팀다리미로 다린 후 거풍시켰다. 나는 정말 좋은 동생이야, 지수가 중얼거렸다.

그렇게 가까운 자매는 아니었다. 자라면서 친구들의 경우를 보며 지수는 자주 놀랐다. 자매끼리 다들 그렇게 베스트 프렌드로 지낸단 말인가? 화수와 지수의 사이는 나쁘지 않았지만, 친구들을 필요로 하지 않거나 대체할 만큼 가깝진 않았다. 어떤 자매들은 어딜 가든 항상 팔짱을 끼고 나지막하게 자기들끼리만 말하며, 비슷한 옷을 입거나 신발을 바꿔 신기도 하고, 격하게 싸웠다가 격하게 화해한 후 매일 일상을 공유하고 매해 여행을 다녔다. 유년 시절과 성인 시기의 분절 없이 지내는 듯했다. 화수와 지수는 그렇지 않았다. 지수는 차라리 우윤과 가까웠다.

화수는 성실하고 가지런하고 책임감이 있었다. 학급 임원을 인기로 하는 축이 있고 행정 능력으로 하는 축이 있는데 후자였다. 어딜 가나 돈 관리를 맡는 타입이랄까? 경영을 전공하고 경영지원부에 들어간 것은 그럴듯했다. 그에 반해 지수는 "네가 화수 동생이라고?"라는 말을 반복해서 들으며 자라난 오락부장이었다. 오락부장 자리가 대개 남자아이에게 주어지던 이천년대 초반에도, 지수가 있는 반에서는 여지없이 지수가 오락부장이 되었다. 그런 여자아이였다. 명혜는 둘째 딸에 대해 "우리 지수는 아기일 때부터 웃겼어. 뭘 믿고 맡길 수는 없지만"이라고 자주 말했다. 여전히 아무도 지수에게 돈을 맡기고 싶어하지는 않지만 함께 시간을 보내고 싶어했다. 자매는 달랐고, 달랐기 때문에 충돌하는 부분이 적었고, 비슷한 유전자와 환경에서 비롯되었는데도 어떻게 그렇게 다른지 서로 신기해하는 사이였다. 화수는 학교 축제에서 이상한 분장을 하고 막춤을 추는 지수를 보고 어이없어했고, 지수는 화수가 졸업과 취업과 결혼을 유능하게 운영되는 소매점의 사장님처럼 해내는 것을 보고 어이없어했다. 정말로 화수의 취미는 잘 돌아가는 가게에 가서, 모든 게 활기를 띠고 군더더기 없이 움직이는 것 자체를 구경하는 거였으니까.

그런 언니에게 일어난 일, 언니를 언니이게 하는 모든 것을 작동 중지시킨 사건에 대해 생각하면 지수는 세계를 이해할 수 없다는 결론에 이르렀다. 태어났으니 사는 거지만, 정말 여기는 이해할 수 없어. 이따위로 엉망인데 지금까지 유지되어왔단 말이지? 그런 생각들이 지수의 머릿속을 조금씩 점령했다. 과거에 지수는 종종 친구들에게 묻곤 했었다.

"나 엉망이야?"

"아니."

"그럼 진창이야?"

"아니야."

친구들은 항상 아니라고 말해주었고, 지수는 믿지 않았지만 요즘은 그렇게 묻지 않게 되었다. 세상이 엉망이니까 자신도 조금 엉망이어도 될 거라고. 화수 같은 사람들이 너무 가지런한 사람이 되려고 했던 건, 돌이켜 생각하면 과한 노력이었다고…… 변명거리가 생긴 것이다.

지수는 화수와 세상 사이의 완충재가 되기로 마음먹었다. 공기가 든 포장재 같은 것. 인도와 도로 사이의 화단 같은 것. 자동차 문에 붙은 스티로폼 범퍼 같은 것. 가족들만 해도 화수를 어떻게 대해야 할지 몰랐다. 가족들이 그래도 다행이라고 입을 모아 말하던 때는 정말 끔찍했다.

"그래도 눈을 안 다쳐서 정말 다행이야."

"빨리 치료를 받을 수 있었던 게 다행이었어."

"그 새끼가 다시는 널 해칠 수 없게 되었으니, 따지고 보면 다행이잖아."

나쁜 뜻이 없다는 걸 감안해서 가만 듣고 있던 화수가 결국 폭발했을 때, 지수는 놀라지 않았다.

"아무것도 다행은 아니었어. 어떻게 다행이란 말을 할 수가 있어? 한 번만 더 다행이란 말을 하면 다 안 볼 거야. 죽는 날까지 안 봐버릴 거야."

그렇게 다행이란 말은 금기어가 되었고, 사람들은 화수에게 말을 걸기 어려워하며 대신 지수에게 걸었다.

"유산되지 않았다면 지금쯤 태어났겠다, 네 조카."

"그랬겠네."

"보고 싶지 않아?"

"만난 적 없는 애를 어떻게 보고 싶어해?"

"생각하면 참담하네."

"초기 유산은 원래도 흔한 일이니까, 언니한텐 그냥 그 이야기

꺼내지 마요. 뭐, 언니가 무슨 드라마 주인공처럼 울부짖길 바라는 거야? 참담하니 어쩌니 그런 말도 하나도 필요 없어."

"다시 시도할 거래?"

"그것도 언니가 알아서 할 일이니까, 절대 물어보지 마요."

부적절한 대화가 화수에게까지 다다르지 않게 하는 게 지수의 일이었다. 호방한 문지기처럼 지키고 서서 싹둑싹둑 썰어냈다. 아무것도 다행은 아니었다고 외치곤 침묵과 잠 속에 잠긴 화수가 방해받지 않을 수 있게.

화수가 곧바로 하와이에 가기로 한 건 조금 놀라웠다. 설득이 필요할 줄 알았고, 다른 가족들이 너무 집요하게 굴면 지수가 막아줄 마음도 있었는데 말이다. 팔짱을 끼고 속삭이는 가까운 자매였다면 언니의 마음을 들여다볼 수 있었을까? 그랬더라면 문지기 이상의 역할을 할 수 있었을까?

그저 하와이가 화수를 반겨줬으면 좋겠다고, 지수는 생각했다.

7

마티아스 마우어의 미공개작 여덟 점이 독일 뒤셀도르프 코넬리우스 슈트라세의 한 건물 증축 과정에서 발견되었다. 화가가 미주 여행시에 작업한 걸로 보이는 스케치 작품과 미완성 유화 풍경화들이 다수다. 완성작으로는 뒷면에 제목이 적혀 있던 〈마이 스몰 퍼키 하와이안 티츠My small perky hawaiian tits〉가 있었다. 미주 여행에서 돌아온 직후 여정중에 만나 동행하였던 심시선을 그린 것으로 보이며, 나머지 작품들과 함께 복원 과정을 거쳐 K20에 특별 전시될 예정이다.

—『미술XX』, 해외단신(2009)

다른 가족들은 알고 있을까? 할머니의 초상화가 긴 여행 끝에 호놀룰루 미술관에 도착해 있다는 것을. 어쩌면 다 같이 보러 갈 수도 있을지 몰랐다. 그 그림에 대한 감회는 단순하지 않지만 사진으로만 본 게 다였으니 직접 보고 싶은 마음이 컸다. 우윤은 처음 그림이 발견되었다는 소식을 들었던 날 기억이 났다. 생생하게 날 수밖에 없었다.

장마 초입이었다. 우윤은 캔버스화를 신고 나갔다가 발이 푹 젖었다. 젖은 채 많이 걸었더니, 마찰 때문에 피부가 벗겨지고 말았다. 걸을 때마다 신발 안에서 철벅거리는 빗물에 피가 섞여드는 게 느껴졌다.

집에 와서 깨끗이 씻고 연고를 바르고 있는데 지수에게서 전화가 왔다.

"할머니 ……화가 발견됐대."

"뭐라고?"

"할머니 누드화가 발견됐다고. 난리났어, 아주. 지난주에 『빌트』부터 『슈피겔』까지 모조리 보도했나봐. 독일에서 온 재단 사람들이랑 기자들이랑 지금 할머니 집에 있대."

"그 사람이 그린?"

우윤이 이야기를 따라가지 못하고 묻자 지수가 전화기 너머에서 목소리를 키웠다.

"그럼 누가 그렸겠어. 링크 보내줄게, 봐봐."

열어보니 부인할 수 없게 할머니였다. 할머니는 약간 고개를 뒤로 젖힌 채 몸에 비해 훨씬 큰 안락의자에 나쁜 자세로 앉아 있었다. 같은 자세로 반세기를 건너온 것이 대단해서 우윤은 웃고 말았다. 아무것도 입고 있지 않았지만 청록색 광택이 특이한 퍼 워머를 목에 하고 있었다.

"아, 나 이 워머 할머니네 다락에서 본 것 같다. 털이 듬성듬성해진 상태였어."

그림에서는 거의 영롱하다 싶은 청록색인데 실제로 만져본 적이 있는 우윤은 그게 울리 나일론이라는 걸 알고 있었다. 배경은 그림자가 져 희미하게 사라지는 식이다. 창가에 앉아 있는 새 두 마리는 윤곽만 겨우 보였다. 할머니만 매우 명확했다. 흐리게나 그렸으면 알아볼 수 없었을 텐데.

"하필 엠앤엠 탄생 백주년이니까."

"할머니 반응은 어때?"

"엄마한테도 이모한테도 오지 말라고 했대. 부끄러우신가?"

"할머니가 부끄러워하는 사람이 아닌데."

"네가 가봐라."

"내가 왜?"

"네가 제일 가까이 있잖아. 할머니가 너한테 유독 물렁하고."

평창동에서 부암동은 물론 가깝지만 내려가는 경사도 올라가는 경사도 보통이 아니었다. 우윤은 사촌언니한테 등고선을 그려봐라, 하고 화낼 수도 없어서 알았다고 했다. 대체 뭘 신고 가야 할지 감이 오지 않았다. 캔버스화는 익사한 동물처럼 현관에 웅크려 있었고, 장화는 경사 길에 적합할 것 같지 않았다. 어쩔 수 없이 고등학생 때 실내화로 신던 나이키 슬리퍼를 꺼냈다. 슬리퍼도 경사에 적합하지 않기는 매한가지였지만 말이다. 우산은 골프 우산을 골랐다.

가다가 숨을 고르며 그림의 제목을 곱씹었다. 〈마이 스몰 퍼키 하와이안 티츠〉라니, 너무하잖아. 사람을 그렇게 젖꼭지로 불러버리면 어떡한담. 할머니가 마티아스 마우어를 별로 좋아하지 않았던 건 아마 그런 면 때문이었을 것이다. 가학적인 사람이었다고 들었다. 우윤이 직접 들은 건 아니고 고모들과 아빠를 통해 들었다. 불안정하고 공격적인 상태가 되어서, 한두 번은 할머니에게 상해를 입힌 적도 있다고 했다. 그 사람이 죽고 할머니는 놓여난 기분이었을까? 아니면 영영 저주처럼 들러붙겠구나, 했을까?

할머니가 독일에서 지낸 기간은 칠 년 남짓, 이후 오십 년 가까이 삶은 이어졌다. 이해할 수 없는 일인데, 세간에서는 그 뒷부분은 축약해버리고 마치 마티아스 마우어가 할머니 일생일대의 사랑이었던 것처럼 이야기한다. 사랑이 아니었다고 태엽 인형처럼 되풀이해 말했는데도 말이다. 무책임하기 그지없다.

"유명세는 모든 걸 왜곡시켜버리는 경향이 있어."

할머니는 시달림에서 끝내 벗어나지 못했다.

우윤의 가족들이 마티아스 마우어를 종종 '엠앤엠'으로 부르는 것은 애정이 깃든 별명이 아니라 권위를 깎아내리기 위함에 가까웠다. 전후 독일 회화 거장 중의 한 사람, 전성기에 자살한 후 끝없이 애도받고 있는 비운의 예술가…… 마우어가 애도받았던 것만큼이나, 할머니는 자살의 원인으로 끝없이 비난받았다. 우윤의 가족들이 엠앤엠을 떠올릴 때면 언제나 입이 쓰고 떫을 수밖에 없었다.

"영 떨떠름하시던데."

그날, 할머니 집을 나서던 사람 중 하나가 말하는 걸 들어버렸다. 마우어 관련해서는 떨떠름하고 심드렁하지. 그게 우리 할머니지. 우윤은 슬며시 웃었다. 열댓 명이 우르르 대문을 나설 때 옆에서 기다렸다가 조용히 들어갔다. 의아하게 쳐다보는 이도 있었지만 스태프 중 한 사람이려니 하는 듯했다.

화장기도 없이, 늘 입는 옷에 스카프 하나 두른 정도의 차림으로 할머니는 바닥에 앉아 있었다. 우윤을 보더니 식탁 위를 가리켰다. 크래커와 스프레드가 있었다. 할머니가 전채 요리만 먹으며 연명한 지 꽤 되었던 때였다. 다들 할머니의 혈관 건강을 걱정했지만 여간한 고집이 아니었다.

"독일 가시기로 했어요?"

"이 나이에 비행기 잘못 타면 죽는다."

"그래도 그 그림 다시 보고 싶지 않으세요?"

"아이, 그거 어디 있을까 가끔 생각은 했지만 나 죽기 전에 수면 위로 떠오르다니 말이야."

"할머니 예뻤던데요."

할머니가 흐흥, 하고 웃었다. 할머니의 하와이 시절, 뒤셀도르프 시절 사진을 몇 장 본 적이 있었다. 그 사진들도 근사했지만 그림 속의 할머니는 또 달라 보였다. 모니터로 본 것일 뿐이었지만 생동감이 느껴졌다. 화수와 비슷하거나 몇 살 위였을 터였다. 그 나이의 할머니를 만났다면 친해졌을까? 우윤은 가끔 궁금했다.

"다리는 어때요?"

할머니가 대답 없이 손을 내밀었다. 우윤은 웃으며 그쪽으로 가서 할머니를 일으켜 다시 의자에 앉혔다. 전보다 약해졌을 뿐, 거동이 불편한 건 아니었으면서 가끔 그렇게 엄살을 부렸다. 손녀들은 모두 할머니를 닮아 발목도 무릎도 튼튼했다. 지수가 할머니 때문에 전부 알타리무 모양이라고 투덜거렸다가 호되게 혼난 적이 있었다. 오대양 육대주를 다닐 수 있는 다리를 물려줬더니 무슨 돼먹지 못한 소리야, 하고 할머니가 꽥 소리를 질렀었다.

"나는 이 집에서 혼자 살지 못하게 되면 죽을 거야. 곡기를 딱 끊고. 그래도 너무 슬퍼하지 마라."

부암동 경사 끄트머리의 집. 할머니가 혼자 지내기에 낡고 불편했던 그 집은 한때 할머니의 친구들로 북적거렸다 했고 우윤은 상상할 수 있었다. 화가와 조각가와 사진가가, 클래식 연주자와 판소리 고수가, 작가와 배우와 무용가가 어울려 드나드는 모습을. 자주 되풀이되는 이야기들은 유령처럼 실루엣을 갖게 된다. 주말마다 놀러 와 간식을 다 먹어치우는 아저씨가 있어 어릴 적에 미워했는데, 어느 날 보니 큰딸의 교과서에 실려 있더라며 명혜 고모가 놀랐던 이야기는 가족들 사이의 농담이었다.

"어떻게 그렇게 다들 친할 수 있었어요? 분야가 달랐잖아요?"

"가난했던 시절엔 예술 하는 사람들이 적어서 전부 알고 지냈어. 가난하고 유난했던 사람들이었지. 이젠 살아 있는 이가 몇 없어. 살아 있어도 누워 있지. 친구들을 모조리 떠나보내는 건 끔찍해. 얼마나 끔찍한지 몰라. 차라리 젊은 시절 행려병자로 죽은 이들이 부러울 정도야."

할머니가 그런 식으로 이야기할 때는 굳이 대답을 하지 않는 게 낫다는 걸 우윤은 알고 있었다. 냉장고를 열어보니 참치, 올리브, 옥수수, 새우, 마요네즈, 토마토, 계란, 조개 관자가 있었다. 우윤은 조개 관자를 구웠다.

식탁에서 먹지 않고 할머니와 나란히 소파에 앉아 먹었다.

"몇 년 전에 말이다, 문어 초밥을 먹다가 죽을 뻔했어. 테두리의 그 질깃질깃한 것이 기도로 넘어갔지 뭐니. 하임리히, 그걸 할 뻔했다니까? 기도도 늙는지. 너도 조심해. 젊은 사람도 문어 초밥을 먹다가 죽을 수 있다."

할머니는 그러더니 우윤의 손을 잡아끌고 화장대로 갔다. 서랍을 좀 뒤지며 고민하다가 가는 비취 목걸이를 우윤에게 주었다. 우윤뿐 아니라 다른 손녀들에게도 매번 그랬다. 인생 말고 생활에 도움이 되는 팁 하나와 액세서리 하나를, 만날 때마다 주었다. 할머니의 액세서리 취향은 엄마나 고모들보다도 나아서 우윤은 선물을 잘 애용하곤 했다. 고모들은 왜 딸들을 뛰어넘고 바로 손녀들에게 주느냐고 불만을 숨기지 않았다. 원래 한 학번 건너뛴 선후배끼리 더 친해지기 쉬운 법이지, 우윤은 생각하곤 했다.

"이건 언제 사신 거예요?"

액세서리에 얽힌 이야기들도 좋아했다.

"칠십몇 년인가, 너희 할아버지가 사주었지."

"안 만났더라면 어땠을까요?"

"누구를?"

"누구든요."

할머니는 건성건성한 손길로 화장대를 정리하며, 일어나지 않은 일들을 검토해보았다.

"마우어가 아니었으면 나는 계속 세탁소에 있었을까? 언젠가는 벗어났겠지만 몇 년이 걸렸을 테고 아마 공부는 하지 못했겠지. 다른 이민자들처럼 결국은 삶을 일궈내고 다음 세대를 교육시키고 지원했겠지만, 나 자신은 무리였을 거야. 그 점에서 마우어를 만난 건 후회가 없어. 괴로운 방식으로 강렬했지만 가지 못할 세계에 가게 되었으니까. 그리고 너희 할아버지 요제프 리는 나를 마우어에게서 구했는데…… 마우어가 죽고 그 사람 그림자가 희미해지자 우리도 희미해지고 말았던 것 같아. 조력자 없이 그 나쁜 상황에서 벗어나기는 어렵지 않았을까 싶어. 홍낙환씨는 좋은 동료였다가 사랑이 되었고, 언제까지 지속되는 사랑인가 확인하려 했는데 암이 방해했잖아. 만나려면 셋 다 만나야 했고, 만나지 않으려면 셋 다 만나지 말았어야 했던 것 같네."

우윤은 마우어에 대해 여기저기서 읽을 수 있었으나, 요제프 리나 홍낙환에 대해서는 흐린 기억들뿐이었다. 특정 나이 전의 기억은 쉽게 휘발된다는 것에 상실감을 느꼈다. 부모 세대에게서 전해 들은 일화들이 마치 자신의 기억인 것처럼 남아 있었지만, 따지고 보면 자신의 것이 아니었다. 적어도 화수나 지수만큼의 기억 정도는 가졌으면 했다. 몇 살 차이가 컸다. 셋 중에 우윤이 할머니가 돌아가실까봐 가장 안절부절못했던 것은 그래서였을지도 모른다. 그 일은 당연히 일어났지만.

그날, 나란히 앉아 동물 영상 몇 개를 찾아 할머니에게 보여주었다. 할머니는 우윤이 그런 것을 보여줄 때 좋아했다. 유쾌하게 고개를 흔드는 왕관앵무 영상과 포식자로부터 도망치는 정어리떼 영상을 가장 마음에 들어했다. 두 번씩, 세 번씩 돌려 보았다.

"다시 태어난다면 새나 물고기처럼 아주 가벼운 영혼이고 싶어."

책을 좀 읽어주고 잡지도 좀 읽어주었다. 다리가 느슨해진, 그러나 모양만은 근사했던 할머니의 오버사이즈 돋보기는 제 기능을 못했다.

"자고 갈 거니?"

내내 거세던 빗소리가 잦아든 다음이었다.

"그러고 싶은데 엄마가 시래기밥 해준다고 했어요. 엄마가 섭섭해할 테니까……"

"시래기? 웬?"

"이상하게 그게 그렇게 먹고 싶더라고요."

"시카고엔 언제 돌아가니?"

"한 이 주 있다가요. 근데 할머니, 저 조소 그만두려고요."

"무슨 말이야?"

"좀 이상한 이야긴데, 괴물밖에 못 만들어요. 다른 건 하나도 못 만들고 괴물밖에. 이상한 데 재능이 있더라고요. 그래서 LA에 가서 크리처 디자이너가 될까 해요."

"그게 뭐야?"

"영화 같은 데 나오는 괴물을 구상하는 거예요."

"만든 거 있니?"

우윤은 핸드폰의 사진첩을 뒤져 몇 장 보여주었다.

"아이구, 무서워라. 하지만 무서우면 잘 만든 거겠지. 근데 원래 예술보다 예술 조금 옆이 더 재밌다. 나도 그랬었다."

너무 과거형으로 말씀하시는 거 아니야, 우윤은 현관에 서서 할머니 뺨에 뽀뽀를 했다. 뽀뽀는 뺨에, 가볍게, 건조한 입술로. 그것 역시 할머니에게서 배운 것이었다.

"다음에는 언제 들어올 거니?"

"비행기표가 비싸서 겨울엔 못 오지 싶어요. 내년에 또 들어올 거고, 출국하기 전에 자주 올게요. 내일 아빠랑두 오고."

"네가 내년에 올 때까지 내가 살아 있을지 모르겠다."

"그런 말 하지 마세요."

할머니는 정말로 우윤이 다시 귀국하기 전에 돌아가셨다. 우윤은 참석하지 못한 생일 파티에서 모두에게 덕담을 하고 몇 시간 후에…… 우윤은 장례에도 가지 못했지만 괜찮았다. 할머니는 장례 같은 걸 중요하게 생각하는 사람이 아니었다. '예'가 들어가는 단어는 사실 묶어서 싫어했다. 모던 걸. 우리의 모던 걸. 내 모든 것의 뿌리. 아직 태어나지 않은 괴물의 콧등에 기대 많이 울었다.

십 년이 지났고, LA에서 하와이로 가는 비행기에 동행 없이 탔다. 옆 좌석이 빈자리였는데, 어쩐지 할머니가 곁에 앉아 있는 것만 같았다. 또 잔잔히 눈물이 났으므로 일부러 창밖을 바라보는 척했다. 할머니가 준 목걸이를 하고 있었다.

8

프랑크푸르트로 가는 비행기를 탄 게 나의 첫 비행이었다. 뒤셀도르프는 프랑크푸르트에서 가깝다고 했다. 내게 서류를 구비해 주느라 늦어져, 마우어는 원래의 일행들과 헤어졌다. 일행들이 먼저 떠나며 내게 지은 조소를 잊을 수 없다. 비행기에서 우리 둘의 좌석도 떨어져 있었다. 나는 좌석 위로 불쑥 올라온 마우어의 거친 곱슬머리로 덮인 머리통을 뒤에서 보며, 그 모든 게 미친 짓이란 생각을 했다. 위가 너무 오그라들어서 아무것도 먹지 못했다. 중간 기착지에 내려서야 뭘 좀 먹을 수 있었는데, 다시 탔을 땐 결국 다 토했다. 그렇게 비행의 질이 형편없고 비행기가 자주 떨어지던 시대에 사람들이 매일 비행기에 올랐던 것이 가끔 믿을 수 없게 느껴진다.

—『이제는 지나온 갈림길』(1991)에서

출국장 앞에 렌즈가 커다란 카메라를 멘 사람들이 잔뜩 몰려 있었다.

"새 보러 가는 사람들인가?"

해림이 혼잣말을 했고, 지수는 해림이 귀여워 견딜 수 없었다.

"기자들인 것 같은데?"

지수의 짐작이 맞았다. 악랄하기로 유명한 국회의원이 미주 순방에 나서는 모습을 담기 위해 몇 사람이 카메라를 들었고 곧이어 아이돌 그룹이 지나가자 훨씬 많은 수가 검은 구름같이 움직이며 사진을 찍었다.

"너 학교 가면 자랑할 수 있겠다, 아이돌 봤다고."

"누군지 모르는데?"

"몰라? 규림이는?"

규림도 고개를 저었다. 사촌동생들만 믿었던 지수는 아까 팬인 듯한 사람들에게 물어나 볼걸, 아쉬워했다. 못 알아본 게 미안해서 묻지 못했다.

인천에서 하와이로 가는 비행기에선 누가 누구와 앉을지로 가벼운 혼란이 있었다. 명혜는 태호와 탔고, 상헌이 나중에 합류하기로 해 화수와 앉으려던 지수는 화수가 명은과 앉고 싶다고 해서 해림과 앉기로 했다. 명준과 난정, 경아와 규림이 가운데 열에 나란히 앉았다.

"해림이가 지수를 따르네."

경아가 의외라는 듯 말했다.

"이모, 그 말을 좀 덜 놀란 듯이 해줄 수는 없어?"

"아니, 내가 뭐."

"뉘앙스가 너무 실렸잖아."

초등학생의 모범이 되기엔 다소 자유분방한 생활을 하는 지수였지만, 해림의 작고 따뜻한 손이 아무렇지 않은 신뢰를 담아 잡아오면 기분이 좋았다. 어린이가 믿을 수 있는 어른이 되었다는 것이 새삼스러웠다.

한국에 남은 것은 보근이었는데, 이 집 저 집의 화분 관리를 맡아야 했기 때문이었다.

"엄마가 물려준 것들도 있어. 막 서른다섯 살쯤 먹은 애들이라고. 하나라도 죽이면 큰일나. 당신이 생물학자니까 믿고 맡기는 거야."

경아가 출발 열흘 전부터 내내 겁을 주었다.

"아니, 분야가 너무 다른데……"

"농담이 아니야. 집마다 지시 사항을 남겨두고 가니까 제대로 지켜."

그러다가 명혜, 명은, 명준이 설정해둔 현관 비밀번호가 모두 심시선의 생일을 변형한 것임이 밝혀졌다.

"뭐야, 한 집이 뚫리면 다 뚫릴 판이잖아. 도둑이 싹 털어가도 할말이 없어. 여행 다녀오면 바꾸자."

명은이 제안했다.

"네가 바꿔. 난 안 바꿀 거야. 어차피 훔쳐갈 것도 없는데, 뭐."

명혜가 대수롭지 않게 대꾸했다.

"나는 진짜 바꿔야겠다."

복원 작업이 한창인 작품들 때문에 경계심이 강한 명준은 그날로 당장에 바꾸었다. 난정은 배우자가 유난스럽다고 생각했지만 딱히 말리진 않았다.

"집을 오래 비우려니까 좀 신경쓰여."

"그래도 비행 시간이 기니까 너무 짧게 다녀오긴 그렇잖아."

비행기에 타서도 초조해 보이는 명준을 내버려두고 난정은 전자책 단말기를 켰다. 이백 그램 남짓한 무게는 역시 손목에 부담 없이 좋았다. 옛날에 수레로 책을 끌고 다녔다는 사람들이 들으면 얼마나 분할까, 엉뚱한 생각도 했다. 어울리고 맞는 시대에 태어나는 사람들도 있기야 있겠지만 대다수의 사람들은 그렇지 않은 게 아닐까도. 행운이 불운을 상회할 리 없었다.

"역시 더 상세한 노트를 만들어두고 왔어야 했어. 내가 어디까지 어떻게 작업했는지 단계별로 써뒀어야 했다고. 만약 이대로 비행기가 떨어지기라도 하면……"

잠시 난기류에 시달리자, 명준은 중얼거렸다.

"아무거나 집어서 좀 읽어."

난정은 고개도 들지 않고 대답했다. 죽음을 생각하지 않으려면 읽어야 한다는 걸 알고 있었다. 죽음에 대항할 수 있는 가장 간편한 행위는 읽기라고, 동의할 만한 사람들과 밤새 책 이야기나 하고 싶었다.

"이모는 요즘 뭐해요?"

이륙하자마자 잠들었다가 난기류에 깨어 화수가 물었을 때, 명은은 화수의 존댓말이 신경쓰였다. 언제나 반말을 쓰지 않았던가? 다른 조카들은 여전히 반말을 쓰는 것 같은데 언젠가부터 화수는 존댓말과 섞어 썼다.

"지장보살이 하나 발견됐어. 그걸 프로세스하고 있지."

"아."

"사진 보여줄까?"

화수가 고개를 끄덕였다. 명은은 비행 모드로 해둔 휴대폰을 꺼내 사진첩을 열었다.

"어때?"

"머리가 크다. 옛날에 만들어서 그런가?"

"아니…… 이 시대에도 잘 만드는 사람들은 엄청난 걸 만들었어. 비례가 어그러진 건, 만든 사람이 뛰어난 장인은 아니었던 탓이지. 누군지 몰라도."

"몇백 년 후에 혹독한 평가를 받을 줄은 몰랐겠죠."

"거의 천 년."

천 년이라는 명은의 대답에 화수가 눈썹을 치켜올렸다. 조카의 눈썹 쓰는 방식이 언니랑 비슷하다고 명은은 잠깐 생각했다.

"지장보살은 원래 여신이었던 거 알아?"

조카와 대화를 이어나가고 싶었다.

"아저씨같이 생겼는데?"

"응, 그렇지만 원래는 인도의 대지 여신이었대. 흡수되면서 남자가 된 거지."

"시선 처리가 왜 이래요? 어딜 보고 있는 거야?"

화수가 손가락을 벌려 사진을 확대했다.

"어깨 너머. 구제하지 못한 중생 때문에 마음 쓰여서 뒤돌아보는 거야. 동료들끼리 가끔 그런 농담을 해. 모든 사람 챙기고 일 혼자 다 하려는 사람 있으면 그렇게 지장보살처럼 살지 말라고."

명은은 조카를 웃기지 못하고 약간 머쓱해졌다.

"할머니 살아 계실 때 종종 불경 읽지 않았어요? 불교 신자였던 건가?"

"그 불경들 지금 나한테 있는데. 아니, 엄만 신자였던 건 아니고 그냥 오래된 텍스트를 좋아했어. 사람들이 입에서 입으로 전하며 다듬은 텍스트들 읽으면 속이 편해진다고. 성경도 읽고 온갖 걸 읽었는데 좋아하는 부분만 좋아했을걸."

"편해져요?"

"응?"

"속이 편해져요?"

"전근대에 쓰인 거잖아. 위안을 얻다가도 화가 나고, 화가 나다가도 위안을 얻고 뭐, 그럴 수밖에 없지. 읽어보고 싶으면 너 줄까?"

"아니에요."

화수는 얼마 있다 눈을 감았고, 명은은 기척으로 보아 조카가 다시 잠든 건 아님을 알았다. 그래도 명은과 대화하기 위해 노력해준 게 고마웠다.

해림이 한참 새 이야기를 하다가 얕게 코를 골며 잠들었다. 감긴 한쪽 눈꺼풀에서 눈썹까지 붉은 모반이 있어 누군가 장난스럽게 엄지로 문지른 것처럼 보였다. 지수는 엄마와 이모의 통화를 지나가다 얼핏 들었기 때문에, 해림이 작년에 학교에서 문제가 있었단 걸 알고 있었다. 모반 때문에 놀림받은 걸까? 그렇게 보기 싫지 않고, 눈을 뜨면 더 눈에 띄지 않는데…… 화수에게 일어난 일을 잘 몰랐던 해림이 화수의 흉터를 보며 "어? 언니도 있었네. 왜 이때까지 몰랐지?" 하며 착각했던 때의 미묘한 공기를 지수는 기억하고 있었다. 이제는 해림도 알겠지만.

"누나, 나 들을 것 좀."

규림이 화장실을 갔다가 들렀는지 지수에게 손바닥을 내밀었다. 지수가 전화기의 잠금을 푼 다음 건넸다.

"야, 거기 든 거 나 다음 공연 셋 리스트라서 아무도 안 보여주는 건데 너니까 주는 거야."

"알았어."

규림이 진지하게 고개를 끄덕였다. 지수는 경아 이모가 규림과 해림 때문에 늘 재미있겠다고 생각했다.

지수는 기내용 이어폰을 뜯어 연결했다. 이리저리 채널을 바꾸어보았다. 음질은 형편없었지만 매일 새로운 음악을 하나만 발견해도 좋은 하루라고 믿고 있었다. 비행 시간이 여섯 시간이나 남았으므로 기회는 충분했다.

9

『보현행원품』의 다섯번째 대원이 수희공덕隨喜功德인 것에 대해 늘 감탄하게 된다. 풀어 쓰면 다른 사람이 이루는 공덕을 함께 따라 기뻐한다는 것인데, 그렇게 질투 없는 마음이 또 있을까? 문화계에 몸담고 있다보면 어쩌나 자주 질투에 빠지는지 모른다. 남의 작품의 빼어남을 탐내기도 하고, 인생의 곡절 없는 수월함을 시기하기도 하고…… 질투는 문화계를 움직이는 힘 중 하나겠지만, 많은 경우 독으로 작용하고 만다. 질투 없는 마음을 가지고 싶다. 비틀린 데 없이 환한 안쪽을 가진 이만이 가능한 경지, 범인은 끝내 다다르지 못할 경지일지 몰라도 목표로 삼으려 한다. 곱씹을수록 근사해서 딸 이름을 수희로 지을걸 하는 생각까지 했다. 내 딸들 이름은 빛나는 마음, 빛나는 웃음인데 그때는 열심히 지은 이름이었다. 수희를 한 명 더 낳기에는 늦어버렸고 말이다.

—『월간불교XX』, 작가의 경전(1978)에서

착륙 두 시간 전에, 명혜는 악몽을 꾸었다. 꿈속에서는 어째선지 스물두 살에 한 첫 결혼에서 벗어나지 못한 상태였고 악을 쓰고 싸우고 있었다.

"우리 가족에게 일어난 일을, 네가 뭔데 없었던 일이라고 해? 네가 뭔데?"

"너도 거기 없었잖아. 너는 그럼 그 일이 정말 일어났다고 어떻게 확신해?"

첫사랑이었다. 편지를 오래 주고받다가, 간간이 간절하게 만나다가 사람이 너무 많은 집이 지겨워서 직업군인이었던 그와 조금 일찍 결혼하기로 했다. 요즘 시각에는 지나치게 일찍 결혼하는 걸로 보일 테지만 그때는 스물셋이나 넷에는 다들 했으므로 그렇게 유난한 일도 아니었다. 명혜는 엄마를 사랑하는 것과 별개로 엄마가 동생들이나 집안을 방치하다시피 돌보지 않는다고 생각했고, 그 무작스러운 상태를 견디지 못해 스스로를 갈아넣는 데 진력이 난 상태였다. 부암동 집에서 도망쳐 단출하고 깔끔한 제 살림을 꾸리며 자기 자신만 챙기고 싶었다.

"그래, 내가 너에게 심하게 의지했지. 확신이 있다면, 알았다."

시선도, 아무도 반대하지 않았고 소박한 결혼식 후 군인 아파트에 들어갔다. 주변에서는 아이를 가져 결혼한 거라고 수군거렸지만 명혜가 계속 학교를 다니자 소문은 사그라들었다. 한두 해는 소꿉놀이하듯 잘살았는데 어느 날 말다툼이 커졌다.

"어떻게 경찰이랑 국군이 사람들을 막 죽이냐? 말이 되냐? 빨갱이들이 지어낸 거지."

"야산에 묻혀 있어. 내 할아버지 할머니와 삼촌들이 야산에 묻혀 있다고."

"오해가 있었겠지. 조사해보면 그게 아닐 거야."

전쟁중에 심시선은 일찌감치 육촌 오빠 부부를 따라 남쪽으로 피난을 갔다. 다른 가족들의 피난이 늦은 건 서울과 의주에서 내려올 형제들과 그 가족들을 기다리기 위함이었는데, 그들이 도착하기 전에 고발이 있었다고 했다. 일본에서 유학했던 둘째 심시철이 공산주의자 간첩이라고 이웃이 주장했고, 사흘에 걸쳐 온 가족이 끌려가 총살당했다. 부역자라고 뒤집어쓴 마을 사람 수십 명과 함께였다. 그때 묻힌 게 서른 명이란 말도 있었고 일흔 명이란 말도 있었는데 아무도 정확히 모른다. 심시철의 정치적 성향이 정말 어땠는지는 밝혀진 적 없고 이후 행방도 알 수 없다. 고발한 이웃과 무슨 갈등이 있었는지도…… 소식이 심시선에게 전해진 것은 일사후퇴 즈음이었다. 그 마을을 떠난 이가 찾아와 절대 돌아가지 말라고 했다. 불탄 집밖에 남은 게 없다고. 가면 심시선도 살해당하거나 살해당하지 않더라도 험한 꼴을 겪을 거라고.

"엄마는 아직도 그때 이야기를 못해. 괴로워서 못한다고."

"장모님이 잘못 아셨을 거야. 전쟁중에 진짜 무슨 일이 있었는지 어떻게 알아? 인민군이 죽이고 날조한 거야."

육촌 오빠의 아내 쪽이 이후 하와이 이민을 주선했다. 전쟁이 끝나고도 돌아갈 곳 없어진 심시선을 위해 국제우편이 오갔다. 어쩌면 어려운 시절에 입을 하나 줄이려는 마음이었을지도 모르고, 친척 아가씨를 식모로 부리는 게 그저 불편했던 건지도 모르지만 심시선은 이유를 묻지 않고 받아들였다. 하와이로 일찌감치 이민간 그쪽 집안 사람의 옆집에 결핵으로 오늘내일하며 죽어가는 남자가 있는데, 그 남자의 사진 신부로 가면 엄격해진 이민법을 피할 수 있을 것 같다고 했다. 거의 마지막 사진 신부였을 것이다. 정말 결혼생활을 해야 하는 거면 어쩌나 망설였더니 그런 걱정은 하지 말랬다. 말 그대로 기우였고 그 남자는 시선이 도착하기 이틀 전에 죽어버려, 그 남자와 최대한 비슷하게 생긴 다른 이가 항구로 데리러 와야 했다. 남편이 데리러 오지 않으면 입국관리소를 빠져나갈 수 없었다. 당시의 사진 기술과 행정 시스템이 훗날 같지 않아 요행이었다고 시선은 회상했었다. 육촌 오빠는 나중에 T에 돌아가 무슨 일이 있었는지, 어디에 묻혔는지 알아내려 했지만 소용없었다고 소식을 전해왔다. 한 사람이 파헤칠 수 없는 일이었고 캐묻다가는 그 자신까지 위험해지기 쉬운 시절이었다. 흉흉한 눈빛, 죽은 눈빛만 마주하고 돌아왔다고 편지가 왔고 이어 할 수 있는 일이 남아 있지 않았다. 그것이 집안의 역사였다.

명혜는 나머지 모든 부분에서는 문제가 없었던 첫 남편을 더이상 사랑할 수 없었다. 명혜의 가족에게 일어난 일을 일어나지 않았다고 말하는 입을 때리고 싶었다. 집안의 물건을 다 부수고 싶었다. 날뛰고 옷을 찢고 싶었다. 그러고 싶은 마음을 사그라뜨리는 과정에서 애정도 함께 사그라졌다. 결코 말이 막히는 사람이 아닌 엄마가 자식들에게 너무나 힘겹게, 여러 번에 걸쳐 해준 이야기를 통째 부정하는 사람과는 도저히 계속할 수 없었다. 집으로 돌아왔을 때 가족들은 아무도 명혜를 설득하려 하지 않았다. 태호와 만난 것은 몇 년 지나 양아버지의 회사에서 일할 때였다. 요즘 젊은이들처럼 혼자 사는 것은 떠올리지 못하고 세상과 싸우듯 재혼을 택했다.

식은땀을 흘리며 일어나자 태호가 대신 받아두었던 물을 건넸다.

"춥지? 내 담요 줄까?"

모니터에 하와이 섬이 보였다.

"렌터카가 왜 세 대야?"

명준이 렌터카 수속을 할 때 놀라 물어왔다.

"넌 내가 설명할 때 뭘 들었어?"

"설명했었나?"

난정이 쿡 하고 자기 배우자의 팔뚝을 찔렀다. 명혜는 언제나 난정 쪽이 더 마음에 들었다.

"우린 단체 여행을 온 게 아니야. 각자의 모험을 할 거야. 그러려면 차가 여러 대 필요해."

작고 실용적인 하이브리드 자동차 세 대가 두 대는 흰색, 한 대는 빨간색으로 준비되었다. 몇몇은 미국에 온 김에 크고 화려한 차를 좀 타보고 싶었다고 명혜가 듣지 않는 곳에서 툴툴댔다. 적당히 나눠 탄 후 숙소에서 다시 모이기로 했다. 와이키키 해변보다는 호놀룰루 시내에 가까운 숙소까지는 삼십 분 정도가 걸렸다. 도착하니 우윤이 자신의 트렁크를 의자 삼아 앉아 있었다.

"우윤아!"

지수가 반갑게 부르자 우윤이 일어서서 먼저 난정을 포옹하고, 지수를 포옹했다. 오랜만에 봐서인지 조금 낯설어하며 해림도 우윤에게 인사를 했다.

커다란 본채와 상대적으로 작은 별채로 이루어진 숙소는 모두의 프라이버시를 지킬 수 있을 만한 구조였다.

"씻고 쉬다가 두 시간 후에 본채 거실에서 만나."

명혜가 지시했고, 각자의 침실과 욕실로 흩어졌다.

"수압이 어때?"

경아가 샤워기를 틀어보고 있는 명은에게 물었다.

"그냥 그래."

"세게 만들어주는 헤드 들고 올걸 그랬다."

"여행할 때 그런 것까지 어떻게 들고 와?"

"이삿짐만큼 싸왔으니 그 정도 추가하는 건 일도 아니었어."

경아는 방으로 돌아가 소파에 엎드려 있는 규림을 확인하고, 해림은 어디 갔나 살폈다. 정원의 꽃 덤불 사이에 있었다.

"엄마, 동박새가 있어."

정말로 잎사귀 색과 비슷한 연두색 작은 새가 있었다.

"하와이 새답게 생겼네."

"아니야. 어느 쪽이냐면 아시아 새야. 어떻게 여기까지 왔을까?"

"눈가에 하얀 선이 귀엽다."

"엄마, 나 서점 가야 해."

해림은 어디를 데려가든 서점에 가서 그곳의 포켓용 조류도감을 산 다음에 여행을 시작한다는 걸 알고 있었다. 그 점을 먼저 해결해주지 않으면 다른 사람들이 피곤해진다는 것도. 경아는 큰이모의 발표가 있고 나면 바로 데려가주겠다고 약속했다.

젖은 머리를 하고 거실에 모였다. 욕실을 쓰는 데는 불편이 없었는데 드라이어 수가 모자랐다. 다들 누가 가지고 오겠거니 하고 챙기지 않았던 것이다.

"제대로 안 말리면 머리 빠진다고."

태호가 불만족스러워했다.

"자."

명혜가 서서 목소리를 고르자 모두 명혜를 바라보았다.

"기일 저녁 여덟시에 제사를 지낼 겁니다. 십 주기니까 딱 한 번만 지낼 건데, 고리타분하게 제사상을 차리거나 하진 않을 거고요. 각자 그때까지 하와이를 여행하며 기뻤던 순간, 이걸 보기 위해 살아 있었구나 싶게 인상 깊었던 순간을 수집해 오기로 하는 거예요. 그 순간을 상징하는 물건도 좋고, 물건이 아니라 경험 그 자체를 공유해도 좋고."

오랜만에 존댓말로 말하는 큰언니를 보며 경아가 회사에서 쓰는 말투, 하고 반가워했다.

"어려운데."

"하지만 승부욕이 생겨."

"제사에 승부욕이 생겨서 어쩔 거야?"

이색적인 제사 계획에 가벼운 술렁임이 일었다.

"엄마가 젊었던 시절 이 섬을 걸었으니까, 우리도 걸어다니면서 엄마 생각을 합시다. 엄마가 좋아했을 것 같은 가장 멋진 기억을 가져오는 사람에게……"

"상품이 있어요?"

"아니, 그래도 제사니까 상품은 좀 그렇고 박수를 쳐줄 거야."

"에이."

말은 그렇게 해도 설레고 기대에 찬 걸 숨기지들 못하는 눈치였다.

"아참, 훌라는 내가 배울 거야. 예약도 해놨어. 피해서 다른 거 해."

명혜가 선언했다. 언제나 조금 강직한 느낌을 주는 명혜가 훌라를 추는 모습을 상상해보고 몇몇이 웃었지만 웃음을 들키진 않았다.

10

"가, 가버려. 네가 여기 머물면 불바다가 되어버릴 거야."

나마카가 말했다.

"하지만 언니, 나는 이 섬을 사랑해."

"가야 해. 다른 섬을 찾아. 너는 불에 끌리고, 불의 섬이 너를 기다리고 있을 거야."

펠레는 여행의 불가피함을 받아들였다. 나마카의 곁에 남은 사람들이 있었고, 펠레를 따라 떠나기로 한 사람들이 있었다.

—『심시선이 읽어주는 하와이 신화』(1989)에서

명혜, 명은, 경아는 첫날 훌라 원데이 클래스를 함께 들었다. 명혜가 명준과 난정에게도 권하긴 했지만 그 두 사람은 박물관에 가기로 했다고 거절했다. 편안한 거절이었다.

강습소에 도착한 후, 당연히 실내에서 진행할 줄 알고 기다리고 있는데 선생님은 학생들을 정원으로 데려갔다. 잘 관리된 풀밭이 펼쳐져 있었다. 한쪽에 가방과 신발을 모으고 맨발로 풀 위에 서게 했다. 열한시쯤이라 풀이 적당히 마르고 따뜻해서 기분좋았다. 세 자매는 편안하고 알록달록한 치마를 입고 갔는데, 선생님이 차림이 맘에 든다는 듯 고개를 끄덕여줘서 기뻤다. 하얗게 센 머리를 솜씨 좋게 말아올린 선생님은 목소리에 힘이 있었고, 자연스러운 방식으로 권위 있는 인상이었다. 야외용 스피커에서 우쿨렐레 반주의 하와이 민요가 흘러나왔다. 마흔 명쯤 되는, 세계 각지에서 온 여자들이 주춤주춤 적당한 간격으로 자리를 잡고 선생님을 바라보았다.

처음 해와 달과 땅을 배웠다. 그다음에 집을 배웠는데, 집을 표현할 때는 엄지끼리 닿지 않는 게 포인트였다. 절벽과 산, 비와 폭포, 바다와 파도, 바람과 야자수, 눈과 손, 미소와 부드러운 어깨, 꽃과 향기 맡기, 레이와 애정, 알로하와 끝내기 동작…… 모든 것이 근사한 쌍으로 이루어져 기억하기 좋았다. 충만한 경험이었다.

오전의 햇빛 속에, 각기 다른 동선 끝에 하와이에 다다랐을 여행자들이 같은 훌라를 배운다는 것은. 젊은 사람들도 있었지만 중년이 더 많았다. 명혜네처럼 자매들끼리 온 것인지 친구들끼리 온 것인지는 언뜻 보기엔 알 수 없었다. 잔 땀이 나면 바람이 식혀주었다. 건물의 그늘을 잘 이용한 정원이었다. 명혜는 명상을 할 때처럼 안쪽에 빛이 차오르는 걸 느꼈지만, 동작을 잊을까봐 조바심을 내는 마음까지 지우기는 어려웠다. 수업이 끝나자마자 가방 곁에 쪼그려앉아 간단한 메모와 그림으로 기록했다. 명은과 경아가 명혜가 메모를 끝마칠 때까지 곁에서 지켜봐주었다.

"같이 등록할래? 셋이 훌라 출까?"

명혜가 동생들에게 물었다. 두 사람 다 고개를 저었다.

"나는 화산이 보고 싶어, 언니."

명은이 진지하게 말했고, 명혜는 명은의 짐에서 등산화를 보았던 걸 떠올렸다.

"보고 싶으면 봐야지."

"빅아일랜드 다녀올게."

"경아는?"

"나는…… 진짜 좋은 거 할 거야."

막내의 막내다움에 명혜는 웃었다. 명혜가 사람들이 빠져나갈 때까지 기다렸다가 일주일 코스를 등록하자 선생님이 미소를 지으며 바라보았다. 권위 있는 여성의 인정을 받고 싶어하는 경향은 엄마의 딸이어서일까, 첫째여서일까, 잠시 혼자 생각했다.

자매가 강습소에서 걸어나오는데 선생님이 불러 세웠다.

"꽃을 줄게요."

"아, 감사합니다."

"치마와 어울릴 거예요."

문가의 나무에서 희고 향기가 좋은 꽃 세 송이를 따더니, 명혜 명은 경아 순으로 귀 뒤에 꽂아주었다. 나이를 잘 가늠하는 사람이구나 싶었다.

"꽃 이름이 뭔가요?"

"푸메리아."

"저는 내일도 올 거예요."

"알아요."

꽃을 선물받아 들뜬 세 사람은 고개를 푹 숙여 인사하고는 너무 아시아식이었나, 더 나은 인사법은 없었을까 고민하며 강습소에서 멀어졌다. 달콤하면서도 무겁지 않은 향기가 오래갔다.

명준과 난정은 흰 차를 타고 비숍 박물관에 도착했다. 빨간 차를 노렸는데, 이미 지수가 타고 나간 다음이었다. 어쩐지 앞으로도 빨간 차의 인기가 높을 듯했다.

"19세기 말에, 찰스 리드 비숍 경이 아내였던 파우아히 공주의 죽음을 기리며 만들었대."

난정은 여행을 갈 때면 가이드북을 종류별로 산 다음, 반복해서 읽어 내용을 다 흡수해버리는 타입이었다. 명준은 그래서 아무것도 읽지 않았다. 난정의 필터를 통해 간추려진 정보를 곁에서 걸으며 듣는 게 좋았다. 읽고 소화하여 연결된 정보들을 나열하는 난정의 표정이 마음에 들었다. 누나들은 게으르다고 비난하곤 하지만.

"여보가 죽으면 나도 뭐 만들어줘? 건물 하나 지어?"

"나보다 장수할 것 같아? 야심 있네."

난정이 모자를 접어 가방에 넣으며 코웃음쳤다.

"이천사백만 점의 유물이 있다는데, 구경 좀 해볼까?"

건물 자체는 크지 않았지만 나무로 마감된 내부가 근사했다.

"전시품 케이스들은 코아나무로 되어 있어서, 건물 전체보다도 가치가 높대."

"코아나무?"

"하와이 제도에서 자라고 고급 목재로 쓰여. 화산재 속에서도 크는 신기한 나무인데, 악기를 만들면 소리가 좋대."

"여보는 정말 모르는 게 없구나."

난정은 명준의 칭찬을 그냥 흘려버렸다. 그리고 바닥에 그려진 태평양 지도 위에서 아웃리거 카누에 대해 설명을 하고 있는 도슨트에게 다가갔다. 명준의 유학지는 이탈리아였기에 영어는 그다지 대단하지 않았다. 그에 비해 난정은 젊은 시절 비즈니스 영어를 열심히 했던지라, 여전히 툭 치면 고급 영어가 흘러나왔다. 명준은 난정이 직장으로 돌아가지 못했던 것을 이해할 수 없었다. 그것이 어쩐지 자기 탓인 것도 같았다. 아이가 아팠고, 돈이 급했다는 흔해 빠진 이유로 저 특별한 여자를 주저앉힌 것이 세상인지 자신인지 헷갈렸다.

"대충 보고, 이제 미술관 가자."

천장에 매달린 향유고래를 시큰둥하게 보며 명준이 재촉했다.

"저 고래, 자연사박물관에 고래 뼈를 구비하는 게 한창 유행일 때 이 박물관에서도 큰돈을 들여 확보한 건데 나중에 알고 보니 대서양 고래였대."

"진짜?"

"웃기지? 태평양 한가운데 달린 대서양 고래라니."

"흠."

난정이 손가락으로 하루종일 있는 강의 프로그램들을 훑었다. 웬만한 학교 시간표와 비슷해 보였다.

"미술관은 자기 혼자 가라."

"응?"

"여기 걸어다니는 책들이 있어."

난정이 구부정하게 복도를 걸어가는 노인을 눈짓으로 가리켰다. 아까 폴리네시안 항해 기술에 대해 설명하던 도슨트였다.

"하루에 볼 데가 아니네. 며칠 여기 있을래."

"정말?"

"미술 좋아하지만 당신만큼은 아니고. 이따 데리러 와, 폐관 시간에."

미술관을 좋아하는 사람과 박물관을 좋아하는 사람이 결혼을 하면 잘살 것 같지만, 은근히 서로 한 치도 양보하지 않는 상태가 자주 되곤 했다. 명준은 박물관을 배우자에게 넘기고 미술관으로 차를 몰았다.

미술관은 기대 이상의 규모와 컬렉션을 갖추고 있었기에 만족스러웠다. 다만 엄마의 그림이 걸려 있는 전시실은 일부러 들어가지 않았다. 입구에서 청록색이 슬쩍 스쳐 눈 모서리에 남았지만 명준은 고개를 돌렸다. 그 그림은 모두 함께 보는 게 맞을 것 같았다.

11

하와이에서 알고 지내던 사람을 딱 한 번 마주친 적이 있다. 샌프란시스코에서였다. 가까이 지내던 작가가 초청 전시를 하게 되어 함께 간 것인데, 그쪽도 한국 화가가 전시를 한다니 보러 온 것일 터였다. 인파 속에 아는 얼굴이 떠오를 때의 그 반가움이란. 우리는 서로를 보고 웃고 부둥켜안았지만 이름은 질척이다 늦게 떠올랐다. 양쪽이 마찬가지였으므로 서운해하지 않고 더 웃었다.

"이제 본토에 살고 있어요. 시선씨는?"

"떠돌다 한국에 돌아갔습니다."

돌아갔다는 말에 어찌나 놀라던지. 나의 떠돎에 대해서 자세한 것은 말하지 못했지만 말이다.

가끔 생각한다. 하와이에서 계속 살았더라면, 그랬다면 어땠을까? 이승만을 사랑하는 사람들과, 이승만을 사랑하지 않는 사람들로 첨예하게 반분되어 있던 한인 사회는 세대를 내려가며 분위기가 바뀌었다고 들었다. 끝내는 익숙해질 수 있었을까? 아니면 그가 망명한 집에 밤에 몰래 가 유리창이라도 깼을까? 평행하는 세계에 대해 읽어보았지만 역시 그런 게 없었으면 한다.

—『어쩌다보니 마지막으로 남은 사람』(2002)에서

"너무 웃기지 않아? 우리집 어른들?"

지수가 말했을 때, 우윤은 무슨 이야기인지 바로 알아듣지 못했다.

"뭐가?"

"하와이에 와서 뭘 왕창 배우고들 있잖아. 보통은 안 그러지 않나?"

"아아, 참 안 변해."

두 사람은 어린 시절 가족들 다 같이 단체 여행을 갔을 때, 어른들이 버스 앞쪽에 몰려 앉아 가이드의 말을 집중해서 듣고 퀴즈라도 하면 번쩍번쩍 손을 들던 모습을 떠올렸다. 유난히 정보 습득을 좋아하는 사람들이었다.

"어렸을 땐 부끄러웠는데 요즘 보니 좀 귀여운 것 같아. 엄마 아빠도, 고모들도."

"그거 할머니한테서 온 성향 아닐까?"

"아마 그렇겠지."

"할머니 그래서 갔구나. 여기를 떠나서 독일로. 이렇게 좋은 데를 두고도 배우려고. 뭐라도 배워보려고."

지수의 말에 우윤이 고개를 끄덕였다. 와이키키로 가는 트롤리를 타고 있었고, 수영복 위에 바로 입은 가벼운 원피스가 뻥 뚫린 창문으로 들어오는 바람에 날렸다. 두 자리 뒤 해림과 규림은 서로 이야기를 나누는 것 같지는 않았지만 창밖에 정신을 빼앗긴 얼굴이 닮아 있어 지수가 킥킥 웃었다.

"경아 이모는 똑같이 생긴 애들밖에 못 낳나봐."

"놀리지 마, 해림이가 언니 그렇게 따르는데 놀리면 안 되지."

"우리 우윤이도 저만할 때 정말 귀여웠는데."

"얼마 차이 안 나면서 되게 언니인 척하네."

"너는 왜 한국어가 안 녹스니? 한마디도 안 진다니까."

나오니까 좋았다. 우윤은 규림은 물론 해림까지 우윤과 지수가 데리고 나가겠다고 말했을 때, 엄마가 지었던 표정을 떠올렸다. 막상 고모는 아무렇지도 않았는데 엄마의 얼굴에 불안이 스쳐갔던 것이다. 엄마의 등에 손을 대고 말하고 싶었다. 엄마, 그건 엄마의 불안이 아니야, 하고. 지수와 우윤은 조금 더 신뢰를 사도 좋았다. 지수는 갑자기 직업을 바꾸고 여행을 떠나고 파격적인 행동들을 하긴 하지만 위기에 강한 성격이었고, 우윤도 해외에서 독립적으로 지낸 지 몇 년이나 되었으니 말이다.

"언니, 나 해변에 도착하면 서핑 배울 거야."

우윤이 선언하듯 말했다.

"어, 그래."

지수는 돗자리가 든 비치백을 발치에 내려놓으며 대수롭지 않게 대답했다. 우윤에게 서핑이 어떤 의미인지 지수는 몰랐다.

우윤은 어렸을 때 아팠고, 건강을 되찾고 나서도 에너지가 넘치는 젊음 같은 건 한 번도 느껴보지 못했다. 함께 아팠던 친구들을 보면 곧 죽어도 후회 없을 만큼 용감해지거나, 언제나 죽음을 의식하며 조심스레 살아가는 듯했는데 자신은 역시 후자에 속한다는 점이 내심 못마땅했다. 그래서 와이키키에 도착했을 때, 어떻게든 서핑을 배워야겠다고 마음먹었다. 정말로 서핑에 끌렸다기보다는 우윤이 생각하기에 가장 무모하고 위험한 운동인 것 같아서였다. 죽음으로 연결될 수 있는 가능성을 가끔은 마주해야 했다. 나는 특별히 용감하지도 않지만 겁쟁이도 아니야, 스스로에게 증명할 필요가 있었다. 일부러 아침을 일찍 적게 먹고 현금도 넉넉히 챙겨왔다.

"누나, 나도 배울래."

트롤리에서 내려, 규림이 우윤을 따라나섰다. 지수와 해림은 얕은 곳에서 스노클링을 하기로 했다.

어느 부스의 어느 강사가 잘 가르친다는 정보가 가이드북마다 다르게 적혀 있었는데, 막상 가서 낯선 이름의 서핑 선생님을 찾기엔 쑥스럽기도 하고 운에 맡기고 싶어졌다. 가이드북을 쓴 사람도 모든 사람에게 배워본 건 아닐 테고, 서핑을 가르치는 일이 얼마나 장기근속할 수 있는 일인지도 가늠이 되지 않았으니 말이다. 접수를 받는 사람은 우윤을 보며 미묘하게 평가하는 눈빛을 했는데, 근육이 크지 않은 우윤의 몸이 서핑에 적합한지 살피는 게 아닌가 싶었다. 우윤과 규림은 안내대로 아무 보안 장치 없는 테이블에 소지품을 두고 해변으로 내려갔다.

배당된 서핑 강사는 앤디였다. 앤디는 적어도 사십대 후반처럼 보였다. 쓰고 있는 까만 캡은 바닷물에 색이 빠져 있었고 체지방 역시 바다가 핥아가버렸는지 몸이 데생용 인체 모형처럼 보였다. 굉장히 노련한 서퍼겠거니 우윤은 짐작했다.

"레오나르도 디카프리오와 그 여자친구가 나한테 배웠어. 한국에서 온 유명한 배우 '배'도 나한테 배웠고."

배는 역시 배용준씨이려나? 배두나씨일 수도 있겠다. 아니면 배정남씨인가? 앤디는 성밖에 기억하지 못했고 우윤은 캐물을 만큼 사교적이지 못했다. 디카프리오의 여자친구는 하도 많아서 누구일지. 그 세 사람은 서핑 솜씨가 좋은가? 우윤은 앤디의 자랑에 되도록 크게 호응하려고 애썼다.

앤디는 모래 위에 서핑 보드를 두고 일어서는 법을 간단히 가르

쳐주었다. 우윤은 땅 위에서 하는 수업만으로도 지치고 말았지만 티내고 싶지 않았다. 요가 하듯 가슴을 먼저 일으키려면 유연성이 필요했고, 한쪽 무릎을 세우는 데는 균형감각이, 양발로 일어서려면 순발력과 근력이 요구되었다. 과연 물위에서도 할 수 있을지 의심스러웠다. 그에 반해 규림은 좋은 운동신경을 가지고 있는 게 티가 났고 얼른 물로 나가고 싶어 근질근질한 듯했다.

"자, 이제 물로 나가자."

앤디가 제안했다.

"벌써?"

"그럼 계속 땅에 있게?"

우윤은 다른 사람들처럼 보드를 옆으로 들려고 했지만 보드는 예상보다 훨씬 무거웠고 결국 양손으로 바닥에 질질 끄는 형태가 되어버렸다. 몇 번 떨어뜨리기까지 하자 앤디가 자기 보드를 던지고 되돌아와 들어주었다. 지난 육 개월간의 운동이 무용한 것 같아 충격을 받았다. 우윤은 언제나 체격이 더 컸으면 했다. 무거운 물건을 번쩍번쩍 들 수 있으면 했다. 그래서 보기에는 하잘것없어 보이지만 근력 운동을 꾸준히 했고 쌀자루나 물통을 어렵잖게 들게 된 후로 보람도 느꼈는데, 보드를 제대로 가누지 못한 것에 자존심이 상했다.

해변에서 불안정했던 우윤은, 물에 들어가자 더한 꼴불견이 되고 말았다. 팔로 저어 멀리 나아가야 파도를 탈 수 있는데, 잔파도에도 자꾸만 뒤로 밀렸다. 우윤의 짧은 팔과 작은 손바닥으로는 도무지 전진할 수가 없었다.

"누나, 힘 좀 내봐!"

파도를 탈 만한 곳까지 자기 힘으로 간 규림이 응원해주었지만 그것마저 약올리는 것처럼 들렸다.

"내고 있는 거야!"

결국 '이번 수강생은 어디 가서 자랑할 수 없겠는데?' 하는 표정의 앤디가 자기 발을 우윤의 보드 앞부분에 척 붙이고 끌고 가야 했다. 우윤은 앤디의 발바닥, 뜨거운 모래에 수십 년은 단련된 듯한 거친 발바닥을 보며 괜히 배운다고 나섰나 후회했다.

해변에서 멀어지자 우윤처럼 옅은 후회의 표정을 하고 있는 초보 서퍼들이 가득했다. 적당한 파도가 오면 강사들끼리 순서를 봐가며 한 명씩 힘껏 밀었다. 대부분은 몇 미터 가지 못하고 균형을 잃었고, 십 미터쯤 간 사람들은 몸을 일으키려다가 보드에서 떨어졌다. 우윤의 곁으로 능숙하게 서핑을 하는 어린이가 지나갔다. 주인과 함께 보드에 올라탄 보스턴테리어도 한 마리 지나갔다. 자기도 모르게 존경의 눈빛으로 쳐다보고 말았다. 곧 다른 사람을 쳐다볼 여유 같은 건 사라졌지만…… 우윤은 셀 수 없이 물에 빠졌다. 물이 별로 깊지 않고 발목의 안전 끈이 보드에 연결되어 있어 그 자체로는 그렇게 위험하지 않았는데, 문제는 곳곳의 돌과 죽은 산호들이었다. 초보는 물에 떨어질지 장애물에 떨어질지 조절할 수가 없었다. 몇 번이나 안 좋은 곳에 떨어져 온몸을 긁혔다. 그 와중에 머리를 부딪치지 않아서 다행이라고 안도했다. 래시가드를 입었지만 큰 도움이 되지 않았고 팔꿈치에서 피가 나고 있었다는 건 다시 땅에 발을 디디고서야 알았다. 빠지고 떨어지고 허우적거렸고 소금물을 왕창 마셔서 토할 것 같았다.

토할 것 같은 느낌에 대해서는, 늘 잘 알고 있었다. 어린 시절의 입원생활은 흐릿해졌어도 구토감과 통증은 오랜 친구처럼 익숙했다. 무척 심심했던 것도 기억났다. 고모들과 사촌들이 오면 기뻤고 방문객들이 돌아갈 때마다 울어서 엄마를 곤란하게 했던 것도 같다. 그 모든 것은 전생처럼 느껴진다. 사람의 기억이란 어디서 분절이 생기는 것일까?

아직도 그 무렵의 기억에 지배당하고 있는 건 엄마 아빠였다. 우윤이 아팠던 것 때문에 엄마 아빠는 세상이 우윤을 해치기 위해 존재한다고 잘못된 믿음에 빠져버렸다. 피구를 하다가 공에 맞아 얼굴이 좀 부었을 뿐인데 공 던진 아이의 부모에게 전화를 했고, 독감이 심하게 돌면 학교에 보내고 싶어하지 않았고, 자전거나 스케이트보드에 대해서는 말도 꺼내지 못하게 했다. 반려동물이든 야생동물이든 동물은 웬만해서는 다가오지 못하게 했으며, 대다수의 식물을 옻 취급했고, 가까운 곳이든 먼 곳이든 여행 가는 것도 탐탁지 않아했다. 우윤이 자취를 시작했을 땐 대형 소화기를 사오고 비상 완강기를 꺼내 길이를 재보았으며, 최근엔 직장에서

야근을 너무 자주 시킨다며 따지려는 걸 겨우 말렸다. 우윤에게만 그랬다. 막상 자신들이 가벼운 교통사고를 당했을 때는 물리치료도 받기 귀찮아했다.

"뒤에서 쿵 받았다며? 나중에 통증이 심해지면 어떡하게?"

"에에이, 괜찮아."

부모를 설득하다 우윤은 아득해졌다. 원래 불안한 사람들은 아니었던 것이다. 후천적인 불안이었고, 우윤이 원인이었다. 죄책감과 배신감이 함께 들었다. 어쩜 이렇게 속상하게 한담? 우윤이 아팠던 건 우윤 탓이 아니었는데, 이제 와 우윤이 노력해도 우윤의 부모는 변하지 못할 것이었다. 자식만 부모 속을 썩이는 건 아니었고 반대도 가능했다.

특히나 속상할 때는 엄마가 뉴스를 보다가 울 때였다. 누군가 자식을 잃은 뉴스를 보면 엄마는 0.4초 만에 울었다.

"나는 저 마음을 알아. 나는 안다고."

우윤은 엄마가 뉴스를 보지 않았으면 했다. 누군가가 자식을 잃는 일이 지나치게 자주 일어나는 세상이란 게 불만스러웠다. 엄마는 일 년 내내 아픈 아이가 있는 가족들에게 성금을 보냈다. 그런 지속적인 행위도 엄마의 불안을 줄이는 데는 전혀 도움되지 않았다.

"엄마, 나는 죽지 않았어. 죽지 않았으니까 사는 것처럼 살아야지."

우윤은 방에 '리브 어 리틀Live a little'이라고 멋들어진 필기체로

적힌 포스터를 붙였다. 글씨 아래로 커다란 파도와 점처럼 작게 서핑하는 여자아이가 그려져 있었고, 우윤은 더이상 아이가 아니었지만 마음속에 늘 아픈 아이가 있었으므로 서핑을 해봐야겠다고 결정했던 것이었다. 리브 어 리틀. 난 좀 살아볼 거야.

물론 엄마는 우윤이 지금 서핑을 하고 있다는 걸 모른다. 게다가 두 시간 내내 보드에서 떨어지기만 했으니, 이대로 그만둔다면 말할 필요가 없을지도 모른다. 앤디는 두어 번 제대로 탄 규림을 칭찬해주고 난 다음 우윤에겐 애매한 표정을 지었다. 우윤은 보드에 힘겹게 매달려 앤디의 떨떠름한 시선을 외면했다.

"음, 이제 시간이 다 됐어. 내일 다시 나올래? 마지막엔 거의 일어설 뻔했으니까."

그래도 미국인다운 낙천적인 목소리로 격려해주었다.

너덜너덜해진 채로 해변에 올라왔더니 지수는 졸고 있고, 해림은 어디서 주웠는지 지퍼백에 든 색이 다른 깃털들을 관찰하고 있었다. 포켓 도감과 깃털이 든 지퍼백을 번갈아 확인하던 해림이 찌푸린 얼굴로 우윤을 올려다보았다.

"거의 다 외래종 깃털인 것 같아."

"그렇구나."

"하와이 새들은 산속 깊은 곳에 숨었나봐."

"손 씻고 와. 뭐 먹으러 가자."

"응."

우윤은 피곤해서 바로 쓰러질 것만 같았는데, 규림은 아무렇지도 않은 듯했다. 우윤은 사촌동생이 무척이나 부러웠지만 꼬인 마음을 가지지 않으려 노력했다. 누군가는 건강하게, 좋은 운동신경을 가지고 태어나고 누군가는 그렇지 않은 것이다. 그뿐이었다.

"아, 무지개."

졸음에 겨워 기분좋은 얼굴로 지수가 해변 저쪽을 가리켰다. 꽤 선명한 무지개가 보였다. 휴대폰 카메라로 열심히 찍어보더니 아쉬워했다.

"엉망으로 찍히네……"

"그러게. 눈에는 이렇게 잘 보이는데."

"나 결심했어. 할머니 제사상에 완벽한 무지개 사진을 가져갈 거야."

"뭐? 그렇게 단순하게 결정하는 거야?"

지수의 결정에 우윤은 깔깔 웃었지만, 속으로 자신도 결정했다. 완벽하게 파도를 탈 거야. 그 파도의 거품을 가져갈 거야.

12

독일어를 배우고 나서 가장 처음으로 깨달은 것은 내가 함정에 빠졌다는 사실이었다. 그야말로 소문이 나를 휘감았기 때문에 어렵지 않게 알 수 있었다. 마티아스가 지구 곳곳에서 수집하여 뒤셀도르프로 데려왔던 여자들이 어떻게 되었는지, 추적할 수 있는 빵 부스러기는 사방팔방에 존재했다. 나는 독일어 실력이 늘었다는 것을 티내지 않으며 가만히 들었다. 누군가는 울면서 왔던 곳으로 돌아갔고, 누군가는 술과 약물에 중독되어 비참한 꼴이 되었고, 누군가는 더 유명한 다른 남자를 만났고, 누군가는 자살을 했고, 누군가는 어떻게 되었는지 아무도 모른다고 했다. 나는 살아남고 싶었는데 그냥 살아남고 싶었던 게 아니라 화가로 살아남고 싶었기 때문에 숨죽인 채 생존 전략을 짜야 했다. 돌아갈 곳이 없다고 느꼈고 '그 여자는 운좋게 잘 독립했대'라는 이야기의 주인공이 되고 싶었다.

순종적인 아시아 여자라는 역할에 순응한 것처럼 보이려고 양말만 신고 소리 없이 걸었다. 마티아스의 눈에 띄지 않는 게 중요했다. 처음에 친절하고 호탕하고 내게 일생일대의 기회를 줄 것같이 말하던 마티아스는, 나를 만났을 때는 이미 성적으로 불능에 가까웠는데 굴절된 욕망을 폭력성으로 분출했던 건지 예측하기 어렵게 사나워질 때가 많았다. 그리던 그림을 찢고 작업실을 부술 때 절대 근처에 있으면 안 되었고…… 그러나 너무 멀리 가서 더 화를 돋우는 것도 안 되었다.

"K가 너를 그리고 싶대."

K도 화가였는데 그는 커리어 쪽이 불능이었기에, 당시에도 쓸 만한 걸 그린 지 오래된 형편이었고 지금은 완전히 잊힌 사람이다. K는 마티아스의 집에 드나들며 다른 이들과 달리 나에게 자꾸 말을 걸곤 했다. 마티아스는 그럴 때 내 대답이 궁금하다는 듯 웃으며 이쪽을 바라보았고, 나는 본능적으로 위험해질 걸 알았다. 문제의 모델 제안에도 몇 초 동안 뇌세포를 쥐어짠 듯 써서 정답을 찾아냈다.

"그 사람 그림, 수준 낮아서 하기 싫은데……"

마티아스의 오만함에 기대 스스로를 보호한 것이었다. 모델로 그리고 싶다는 말을 말 그대로 받아들일 수 있었다면 좋았겠지만 그런 시대가 아니었다. 게다가 한번 승낙하면 마티아스는 나를 계속 '빌려주려고' 했을 것이다.

그는 나를 가두거나 강간하지 않았다. 나는 국적을 알 수 없는 동양풍 가운을 입은 요부 같은 게 아니었다. 그러나 그는 다른 방식으로 폭력적이었고 나를 비참하게 만들 수 있었다. 전혀 러브스토리가 아니었다. 어린 내가 바로 알았고, 당시 뒤셀도르프 사람들도 다 알았던 것을 요즘 사람들은 모른 척한다는 걸 믿을 수 없다.

탁월한 재능이 엿보인다고, 좋은 기회를 주겠다고, 나에게 관심 있어할 사람들을 소개해주겠다고 후하게 제시하는 사람을 그냥 믿어서는 안 되었다. 나는 경험 부족에서 비롯한 잘못된 판단으로, 유명하고 힘있는 남자의 손에 떨어진 여러 여성 중 한 명이었다. 단지 내가 그중 마지막이었다는 것이 그 모든 오해를 불러일으킨 게 아닐까 싶다. 그러니 이제 정말 마지막으로 말하고자 한다.

나는 그를 파멸시키지 않았다. 그는 나를 사랑해서 죽은 게 아니다.

—『사랑은 아무 관련이 없었다』(2000)에서

화수는 정오 가까이, 모두가 외출하고 나서야 눈을 떴다. 아무

도 깨우려고 하지 않았다는 게 신기했다. 잠 문제를 해결해야 복귀를 하든가 말든가 할 텐데…… 화수의 동료 중 한 사람은 심각한 불면증에 시달리는 중이라고 했다. 같은 일을 겪고 너무 많이 자는 사람과 거의 자지 못하는 사람이 생겼다는 게 불합리하게 느껴졌다. 정원 구경이라도 해야겠다 싶어 나갔다가 나무 사이에 매달린 해먹에서 다시 잠들고 말았다.

두번째로 깼을 때는 오후 세시였다. 긴 시간 먹은 게 없어서 어지러웠다. 여기까지 와서 요리를 하지는 않을 거라는 모친의 선언은 진심이었던 듯 냉장고에는 물과 주스와 맥주 외에는 든 게 없었다. 집 앞을 내다보니 세 대의 렌터카 모두 자리를 비운 상태였다. 화수는 캐리어 바닥에 있던 슬리퍼를 꺼내어 신고 근처에 걸어나가보기로 했다.

와이키키가 아닌 호놀룰루에 가까운 숙소였기 때문에 주변은 관공서와 회사 빌딩들이 조밀해 여느 도시와 비슷한 풍경이었다. 미감보다는 실용성에 중점을 둔 건물들이 이어졌고, 보도도 블록이 아닌 시멘트여서 전체적으로 더 투박한 느낌이었다. 화수는 제대로 갖춰 입지 않고 고무줄 치마에 리넨 니트 카디건을 걸친 자신이 그 거리에 어울리지 않는다고 느꼈다. 팔에 할머니의 책 한 권을 끼고 장지갑을 들었을 뿐이었다. 마지막으로 읽은 페이지에는 할머니가 석판화와 에칭 재료를 사기 위해 마티아스에게 마음에도 없는 말들을 하고 있었고 그의 모델이 되었다…… 어쩌면 뒤늦게 발견되어 세계를 돌다 호놀룰루 미술관에 와 있다는 그 그림이 그렇게 그려졌는지도 몰랐다. 플립플롭은 불편했고 화수는 어지러웠다.

큰길에서 벗어나자, 작은 팬케이크 가게가 있었다. '프로퍼 익스프레션Proper Expression'이라니 이름이 특이했다. 화수는 그것에 대해 별로 깊이 생각하지 않고 창가의 이인용 좌석으로 갔다. 커피의 냄새와 팬케이크의 냄새가 천장의 실링팬을 휘감고 확산되어 허기에 속이 아플 정도였다. 팬케이크가 시간이 어느 정도 걸리는 메뉴라는 걸 알고 있었기에 주문을 한 뒤 어지러움을 숨기려 턱을 괴었다. 그저 창밖 풍경을 구경하는 사람처럼 보일 터였다.

묘기 자전거를 탄 청소년들이 지나갔고, 단체복을 맞춰 입은 관광객들이 지나갔고, 악기 케이스를 멘 노인들이 지나갔다. 길이 한산해지자 유아차 한 대가 가게 앞에 멈추었다. 기세 좋게 유아차에서 내려온 아기가 부모에게 장난감을 꺼내달라고 하는 듯했다. 그런데 유아차 아래칸에서 나온 장난감은 미니 쇼핑카트였다. 하필 아기가 상하로 트레이닝복을 입고 있었고 머리숱이 적고 배가 통통했으므로 그것을 밀고 의기양양 걸어가는 모습은 너무나 마트에 온 아저씨 같았다…… 여기저기서 웃음이 터졌고 부모는 자신들의 아기가 애착을 가지는 장난감이 쇼핑카트라는 것을 다소 민망해하는 표정이었다. 너 좋은 소비자가 되겠구나? 화수도 웃다가 그 뒤에 오는 남자를 보았다. 그 남자의 손에는 비닐봉지가 들려 있었고, 그 안에는 갈색 유리병들이 있었다.

심호흡을 해야 했다.

평범한 사람이 평범한 의도로 평범한 물건을 사서 걸어가고 있을 뿐이야. 나에게 일어난 일과 지나치게 연관지어서는 안 돼.

겪은 일에 당연히 뒤따를 만한 PTSD라고 했다. 화수는 회사가 제공해주는 치료를 받고 있었다. 치료가 도움이 되는 날만큼이나 치료를 받으러 가는 것 자체가 너무나 큰 요구처럼 느껴지는 날이 많았다. 예약을 하고 예약한 날에 외출을 하고, 그런 쉬운 일들이 더이상 쉽지 않았다. 같은 일을 겪은 동료들이 다른 양상을 보였다는 점이 언제나 화수를 생각에 골몰하게 했다. 전혀 다치지 않은 동료가 화수보다 심각한 증상을 보이기도 하고, 화수보다 더 다친 동료가 훨씬 잘 이겨내기도 했다. 몸의 상처와는 별개였다. 화수와 화수의 동료들은 그렇게 확인하고 싶지 않았던 부분을 확인하게 되었다.

경영지원부 한가운데 염산병을 던진 남자는 협력업체의 사장이었다. 기민철. 몇몇 기사에서는 김인철로 잘못 표기되었다. 기민철의 회사는 펄스 폭 조절 부품을 납품했다. 화수의 회사는 산업용 엘리베이터와 무빙워크, 무인 주차 시스템 등을 설비하고 위탁 관리하는 회사였고 기민철의 회사와 몇 년 동안 아무 문제 없이 일했다. 그러다가 어느 날, 회사가 기민철의 회사에 납품 가격의 이십 퍼센트 인하를 요구했고 거부당하자 설계도를 다른 협력

회사에 유출해 복제하게 했다고 한다. 복제품은 십오 퍼센트 낮은 가격으로 납품되었고 기민철의 회사는 도산 위기에 처했다는 게 기민철의 주장이었다. 아마도 그 일은 정말로 일어났을 것이다. 회사가 증거를 남기지 않아 끝내 구체적인 진실은 알 수 없게 되었지만 화수는 회사의 결백을 믿지 않았다.

그렇지만 왜, 공정거래위원회에 가지 않았을까? 다른 법적인 조치를 취하지 않았을까? 왜 염산병을 한 무리의 여직원들에게 던졌을까? 정작 나쁜 결정을 내린 사람들은 따로 있었는데, 어째서 경영지원부의 대리들과 평사원들에게……

"너희들이 사람을 죽이려고! 나를 죽이려고!"

기민철의 외침과 함께 책상과 바닥에 산산조각난 병에서 내용물이 튀었고, 직원 여섯이 다쳤다. 무슨 일이 일어났는지 파악할 틈도 없이 짧은 순간에 일어난 일이었지만, 공포와 통증만큼이나 옆 사람의 비명이 길게 남았다. 동료들은 다리와 손을 다쳤고 얼굴을 다친 것은 화수뿐이었다. 그보다 끔찍한 사건들도 매일 일어나니 크게 보도되지도 않았다. 화수와 동료들을 경악하게 한 것은, 사람들이 가해자인 기민철에게 이입했다는 점이었다. 얼마나 억울하면 그랬겠느냐고, 대기업 놈들은 몹쓸 놈들이라고, 중소기업 하는 사람들은 살지를 못하겠다고, 나라가 약자의 편이 아니니까, 잘 풀려봐야 상대는 가벼운 벌금을 내고 모른 척할 테니까 그랬을 거라고.

화수가 사건 이후 얼마 안 있어 유산을 했다는 걸 언론에 유출한 것은 아마도 다른 직원이나 그 측근이었을 것이다. 가해자에게 이입하는 사람들을 도무지 견딜 수 없어서 그랬을 것이다. 아니면…… 회사였을까? 홍보 위기 전문가의 전략이었을까? 어쨌든 그것은 효과가 있었다. 여론이 들끓었고 사건이 더 제대로 보도되었고 사람들은 드디어 화수와 동료들에게 이입했다. 여자 여럿이 다친 걸로는 꿈쩍도 안 하던 사람들이 격앙되어 편이 되어줬다. 화수는 자신이 만들어내지 않은 흐름에 휩쓸려가며 재판을 기다리고 있었다. 마무리를 지은 뒤 잊고 싶었다.

현장에서 순순히 자수하여 삼 개월간 구금 생활을 한 기민철은 초범이며, 반성하고 있고, 희석한 염산을 사용했다는 점이 참작되어 징역 이 년에 집행유예 삼 년을 받았다. 그리고 피해자들이 민사를 막 시작하려고 할 때 자살했다. 염산을 쓰지는 않았고, 욕실 수건걸이에 목을 매달았다.

죗값을 치르지 않고 도망쳤다. 그건 도망이었다. 화수는 잊을 수 없었고 늘 화가 나 있었고 이제 그 화는 화수만을 해쳤고……

툭, 하고 팬케이크 그릇이 놓였다.

“불렀는데 못 듣더라고. 그래서 내 멋대로 시럽을 뿌렸어요.”

주문도 받고 요리도 하고 서빙도 하는 가게 주인이 웃음기 없는 얼굴로 화수를 내려다보았다.

“미안해요. 다른 생각을 했나봐요.”

화수는 사과가 입 밖으로 잘 나와서 다행이라고 생각했다. 가끔은 나쁜 기억들에 잠겨 몸안에 갇히는 기분이 들었으니까. 그럴 때는 말도 잘 할 수 없었으니까.

두꺼운 미국식 그릇에 담긴 팬케이크는 맛있었다. 폭신폭신하고 따뜻하고 달았다. 몸에 그대로 스며들 것만 같은 팬케이크였다. 유행하는 수플레 팬케이크는 아니었지만, 거의 그만큼 부담 없는 밀도였다. 반쯤만 먹고 말 생각이었는데 남기지 않고 전부 먹을 수 있었다. 무언가 아주 가볍게 낯선 향이 느껴졌고 그게 뭘지 궁금해졌다.

팬케이크를 다 먹어갈 때쯤 들고 온 책을 펼쳤다. 당을 섭취하니 떠오르는 생각이 있었다. 할머니도 PTSD에 시달리고 있었던 게 아닐까? 한참 지나서 젊은 날을 돌아보며 마티아스에게서 왜 더 빨리 벗어나지 못했는지 구구절절 변명에 가까운 설명을 늘어놓고 있지만, 실은 PTSD 때문이었을 것이다. T에서의 학살이 있고 몇 년 지나지 않았으니 조각난 상태, 무척 조종당하기 쉬운 상태이지 않았을까? 할머니에게 그 점을 짚어 알려주고 싶었다. 21세기 사람들은 20세기 사람들을 두고 어리석게도 나은 대처를 하지 못했다고 몰아세우지만, 누구든 언제나 자기방어를 제대로 할 수 있는 온전한 상태인 건 아니라고 항변하고 싶었다. 그러니 그렇게 방어적으로 쓰지 않아도 된다고, 기억을 애써 메우지 않아도 된다고 말해주고 싶었다.

식기를 카운터에 반납하자, 주인이 작은 종이 카드를 내밀었다. 재방문시 할인해주는 쿠폰이었다.

문학동네 편지함

문학동네 편집자가 지금 함께 읽고 싶은 책을 전해드립니다.

2016년 알파고와 이세돌의 역사적 대국은, 인간의 능력을 압도하는 인공지능에 대한 공포를 낳은 사건인 동시에, 그럼에도 인류가 지닌 힘과 희망을 극적으로 상징하는 사건이었습니다. 하지만 우리가 미처 발견하지 못한, 주요한 지점이 있었습니다. 인류를 이긴 최초의 컴퓨터가 탄생하기까지, 아주 오랜 시간 동안 과학사의 많은 천재들이 격돌하고 고뇌해왔다는 사실을요.

2021 부커상 최종 후보작가 벵하민 라바투트는 논픽션소설 『매니악』에서 '물리학자 파울 에렌페스트의 비이성(불확정성·양자역학)의 발견으로 시작되어 → 수학자이자 컴퓨터과학자인 존 폰 노이만에 의해 매니악 컴퓨터가 발명되고 → 그것이 더욱 발전되어 지금의 AI(알파고)로 이어지는 흐름'을 보여줍니다. 특히 3부 대미를 장식하는 이세돌 파트는 바둑과 AI라는 과거와 현재가, 동양과 서양이, 인간과 기계가 충돌하는 격전장이 한 편의 영화처럼 생생히 펼쳐집니다.

무엇보다 이 책의 미덕은 이 모든 이야기가 어둡고 우아한 문장을 통해 빠른 속도로 전개된다는 점입니다. 〈월스트리트 저널〉의 서평처럼 "중독성 강한 흥미를 유발하는 음울하고도 강렬한 내러티브"를 담은 이 책을 과학과 소설을 사랑하는 독자분들께 강력히 추천드립니다.

_R (문학동네 논픽션 편집자)

SINCE 1993 MUNHAKDONGNE

13

요제프 리Josef Leigh는 종종 이름이 Lee로 잘못 표기되기도 하는데, 오기의 이유가 2차세계대전 시기에 미국에 체류했기 때문인지 인종적 편견 때문인지 판가름하기 어렵다. 나는 언제나 후자를 의심하고 있다. 부친은 프랑크푸르트 사람으로 4대째 가족 회사인 무역회사를 운영했고, 그가 사업차 말레이반도에 머물 때 맞은 세번째 부인이 모친이었다. 나를 만났을 때 모친은 병환으로 돌아가시고 부친은 다시 결혼한 후였다.

입지가 애매하고 자신을 둘러싼 세계에 적응하기 힘들어하는 이들이 대개 그렇듯이 예술 애호가였다. 미리 당겨 받은 유산인 작은 갤러리를 가지고 있었다. 쾨니히스알레 근처인 그 갤러리에서 마티아스와 친구들이 자주 전시를 했고, 젊고 이국적인 갤러리

오너를 그들의 모임에 종종 끼워주었다. 요제프를 데리고 다니면 일종의 인증을 받을 수 있으면서 과시도 가능했던 게 아닌가 짐작한다. 그는 터키인으로도 인도인으로도 중국인으로도 보였고, 특히 마티아스의 제자였던 젊은 축들은 자신들이 히틀러 유겐트처럼 보일까봐 늘 신경썼으므로 그를 끼우는 편이 나았다. 세계시민처럼 보이려는, 그림의 문제였다. 요제프도 나처럼 장식품이었다. 나보다야 지위가 나았지만.

요제프가 마티아스의 파티에 와 나에게 말을 걸거나 쟁반이라도 하나 대신 치우면, 사람들은 야유하거나 동물들의 짝짓기를 구경하듯 했으므로 우리는 오랫동안 가까워지지 못했다. 마주치면 고개를 돌리고 멀리 떨어져 섰다. 그게 서로에게 좋다는 걸 즉각적으로 알았다. 얽히지 않는 게, 가까워지지 않는 게, 마음 쓰지 않는 게……

그런데도 어느 날, 쾨니히스알레의 수로를 내려다보고 있는 나에게 요제프가 말을 걸어왔던 것이다.

"뭘 그렇게 유심히 보고 있어요?"

"오리들을 위한 계단요."

오리들은 이상할 정도로 경사에 약해서, 물에서 땅으로 올라오는 데 곤란을 겪을 때가 많았고 뒤셀도르프 사람들은 오리를 위한 돌계단들을 군데군데 만들어두었다.

"수로 가장자리가 좀 가파르니까요."

"오리에게 친절한 사람들이 사람에겐 친절하지 않다는 게 이상해요."

나도 모르게 속엣것을 털어놓자, 요제프는 놀랐던 듯하다.

"있잖아요, 다들 그쪽을 이용하고 있는 거예요. 정말로 좋아하지는 않으면서. 제대로 끼워줄 것도 아니면서."

내친김에 다 말해버렸고, 요제프는 웃음을 터뜨렸다. 키가 크고 마른 그의 몸에 늘 맞지 않게 헐거웠던 밝은색 양복이 펄럭였다.

—『어쩌다보니 마지막으로 남은 사람』(2002)에서

처음부터 커피였다. 경아는 큰언니의 기묘한 제사 상차림에 대한 설명을 듣자마자 마음을 정했다. 다른 사람들은 뭘 하나 간을 보다가 재빨리 선언했다. 숨겼다가 화려하게 내보이고 싶은 마음과 선점하고 싶은 마음이 싸우다가 후자가 이겼다. 제대로 내린 커피야말로 심시선 여사와 경아 둘만의 기호품이었기에 빼앗길 수 없었다.

"꼬맹이가 커서 커피맛을 알아."

엄마는 몇 번이고 반복해서 감탄하듯이 말했다. 나를 키운 여자의 순수한 감탄이 뭣도 아닌 커피 취향에 쏟아졌지, 경아는 자주 웃었다. 위의 삼남매는 알코올은 제법 처리해내면서 카페인에는 약했다.

"저들 아빠 닮아서 그래. 재미없게. 아침에 묽게 마시고, 인스턴트나 마시고, 아이고…… 근데 우리 막내가 향을 알아."

요제프 리에 대해서 친자식들에게는 잘 이야기하지 않았다. 마음 상해할까봐 아예 금기 주제로 삼은 것 같았다. 하지만 경아는 그 모든 일이 다 지난 후 등장한 셈이었으므로 편했던 모양이었다. 한 번도 만난 적 없는 시선의 전남편, 낙환 이전의 사람에 대해 경아가 처음으로 떠올린 이미지는 커피를 잘 마시지 못하는 휘적휘적한 허수아비였다. 휘적휘적하지만 다정한 허수아비.

"그래도 엄마를 위해 갤러리에 커피머신을 들여놨다며. 나 그 이야기 좋아해."

"나는 몰랐지 뭐니, 나랑 오후에 커피를 마시면 밤을 꼬박 샌다는 걸. 그냥 못 마신다고 말하면 되잖아? 소심해서는."

"좋아하는 걸 공유하고 싶었나보지."

"나중에 그렇게 민감한 사람인 걸 알고 속았다 싶었다니까."

"술은 좀 마실 줄 아시는 분이었나봐? 언니들이랑 오빠, 커피는 못 마시면서 술은 꽤 잘 이기잖아."

"아, 뭐 그거야 사분의 일쯤 게르만 간이니까 그렇겠지."

"어쨌든 역시 처음부터 엄마를 좋아했던 걸 거야, 요제프 아저씨."

그보다는 언제나 소품 취급당하던 두 사람이 서로에게 목소리가 있다는 걸 깨닫고 느끼게 된 호감 같은 것이었을 거라고 심시선은 말했다. 가끔 함께 커피를 마신다는 걸 마티아스에게 들키지 않으려 애썼던 것은 둘 사이에 처음부터 애정이 있었기 때문은 아니었다고. 목소리가 있다는 것, 의견이 있다는 것을 숨기고 싶어서였다고…… 마티아스는 오브제가 말을 하면 견디지 못할 인간이었다. 솔직하고 신랄하고 거침없이 이야기를 나눌 수 있는 상대가 있다는 게 시선에게 큰 해방감이었으리라 경아는 짐작할 수 있었다.

"나는 가끔 엄마 그림이 궁금해. 엄마가 그때 그렸다던 그림들이."

"대단치 않은 정물화들이었어."

"정말 다 없어진 거야? 없앤 거야?"

엄마는 가끔 젊은 날 그림을 그린 적 있다는 걸 까먹은 듯한 얼굴을 했다. 그림을 그렸다고, 간절한 마음으로 그렸다고 책에 종종 쓰긴 하지만 다른 사람을 묘사한 것에 가까워 보였다.

"하지만 정말 그런 느낌이야. 수십 년 전의 날 생각하면 다른 사람 같다고. 너무 낯설어. 단절이 있어. 너는 아직 모르지만 좀더 나이들면 알 거야."

"정말로 좋아하던 것을 갑자기 뚝 끊을 수 있다는 게 이해가 안 가."

경아가 몇 번이고 의문스러워하자, 시선은 탄력을 받아야 할 시기에 계속해서 꺾이면 안쪽의 무언가가 소멸할 수도 있다고 설명해주었지만 경아로선 미진한 느낌이었다.

"누구나 꺾이잖아?"

"그야 그런데 운이 안 맞아서, 혹은 준비가 덜 되어서 꺾이는 것과 다른 사람의 악의로 꺾이는 건 다르지. 그리고 그렇게 꺾일 때 다들 물끄러미 보고만 있다면 만정이 떨어진달까?"

전시회들 이야기였다. 한 번의 단체전과 한 번의 개인전. 시선이 마티아스의 악의와 적의에 정통으로 노출되게 된 계기는 사실 요제프가 제공한 것이었다. 마티아스와 그 친구들이 추천한 5인의 신인전에 요제프 리가 시선을 더해 6인으로 만든 것이 시작이었다.

"벽에 이름을 쓸 때가 생각나. 갤러리의 흰 벽에."

요제프 리는 심시선의 이니셜을 마음에 들어하지 않았다고 했다. S가 너무 여러 개 겹쳐서 SS친위대를 연상시킨다고, 활동명을 하나 새로 만들 것을 권했다. 막상 심시선은 코웃음을 치며 거절했지만 말이다. 내가 그걸 왜 신경써야 해요? 그보다, 연상하고 나서 되새김질 좀 하라지. 그렇게 쏘아붙였고 요제프 리도 수긍했다고 했다.

"서양 갑옷 위를 기어가는 작은 게들 그림이었어. 당시 유행하고는 전혀 동떨어진 그림들이었지만 나는 좋았어. 나만 아는 이야기였어."

게는 갑甲. 처음으로 오는 최상의 것, 뛰어나고 단단한 것이란 의미로 병풍에 자주 그려지던 동물이었다. 그것은 아시아 사람들에게만 보편적이고 익숙했을 시각적 코드였다. 그때도 엄마가 했던 작업은 언어에 맞닿아 있었던 걸까, 경아는 생각했다. 그리고 홀로 던져진 상태에서 갑옷을 원했던 게 아닐까, 하고도.

마티아스는 사악한 인간이었지만 그런 면을 손쉽게 드러내진 않았다. 전시 오프닝 날에서야 심시선의 그림도 함께 걸린다는 걸 알게 된 그는 그 자리에서 얼굴 붉힐 일을 만드는 것을 피했다. 오히려 퍼즐을 순식간에 맞춘 아이처럼 기쁜 표정을 했고 심시선을 위해서 건배하며 쾌활한 듯 굴어 시선과 요제프를 더 불안으로 몰았다.

공격은 천천히 왔다. 마티아스는 친구들에게 요제프가 자신의 애인을 꾀어내려고 갖은 수를 쓰고 있고, 그동안 요제프에게 베푼 배려들을 생각하면 심히 상처받을 수밖에 없다고 토로했다. 교묘함도 함께 갖추고 있었던 것이다.

"상처받은 연기의 장인이었을 거야. 나는 보지 않아도 알 수 있어."

마티아스는 사람들을 조종해 요제프를 그룹에서 고립시켰다. 배은망덕하고 건방진 혼혈인이라고. 가장 큰 기회를 준 자신을 뒤에서 찌른 것이나 다름없다고. 그의 음식을 먹고 그의 술을 마셔 놓고 그의 여자를 건드렸다고.

"아니, 잠깐. 엄마 의견은?"

"말했잖니, 당시 사람들 내 목소리는 없다고 생각했다고."

"엄마를 괴롭히진 않았어?"

"의외의 수를 뒀지, 그 더벅머리."

프러포즈를 했다고 한다. 첫번째 부인과 이혼 후, 내내 연애만 했었는데 이제 제대로 정착할 때가 된 것 같다며.

"무슨 고관대작이라도 시켜주는 것처럼 거드름을 피우며 그렇게 말하는데 기가 막혀서. 그렇지만 내가 두 번 속을까봐? 제자로 발 딛게 해주겠다고 끌고 와 내내 감정적으로 고문해놓고는."

"나 왜 프러포즈 이야기 처음 듣는 것 같지? 얘기한 적 있어요?"

"아니. 말하면…… 사람들이 정말 사랑이었다고 그럴까봐 말 안 했다."

당신을 존경하지만 사랑하지는 않는다고, 요제프 리와는 아무 사이도 아니라고, 대학원을 졸업하면 뒤셀도르프를 떠나고 싶다고 완곡한 거절을 했다. 애쓴 것에 비해 상대는 완곡하게 받아들이지 않은 것 같았지만 말이다. 더는 견디지 못하고 이사를 감행했다. 한 번에 이사를 나가면 눈치챌까, 방을 구해두고 매일 조금씩 짐을 옮겼다. 요제프 리의 도움이 있긴 있었다. 마티아스의 압박에 대항하느라 한층 가까워진 것은 사실이었다. 하지만 그때까지도 정말로 연인은 아니었다. 친구였다. 심시선은 독일에 도착한 이래 처음으로 다시 혼자가 되었고, 친구도 있었고, 가뿐한 마음이었다. 회화와 미술사 공부를 하며 일을 했다. 주로 어린아이들을 돌보는 일을 얻었는데, 아시아인이라고 좋아하지 않았으므로 청소 일도 했고 종종 통번역 일도 맡았다. 파독 광부와 간호사들이 도착하기 직전이었다.

그렇게 바쁘게 일하다가 한두 달에 한 번쯤 요제프 리와 커피를 마시긴 했는데, 그 모습을 목격한 마티아스의 친구들이 말을 전한 게 틀림없다고 시선은 의심했다.

"그럼 언제 연인이 된 거야?"

"개인전을 하고 나서였지."

"아."

그 참혹한 사건에 대해서는 경아도 자세히 알고 있었다. 시간이 흘러 마티아스도 다 잊고 시들시들하게 여기고 있으리라 판단한 요제프 리는 심시선에게 개인전을 제안했다. 그의 작은 갤러리를 채우는 건 어렵지 않을 것 같았다. 주제는 여전히 어울리지 않는 세상에 잘못 도달한 것 같은 작은 게였지만, 캔버스에 직접 염색한 굵은 털실로 서양 자수를 놓거나 캔버스를 떠나 세라믹과 황동으로 조형한 작품들로 지난번보다 폭을 넓혔다.

"어디에서든 시작은 해야죠, 말하는데 설득당했어."

그리고 그 시작은 바로 방해받았다. 상상할 수 있는 중 가장 저열한 방식의 방해였다. 처음에, 거의 모든 작품이 신속하게 팔려 요제프와 시선은 기뻐했다. 그런데 구매자들은 구매한 작품이 당장 배달되길 원했다. 몇 점은 벽을 비우고 원하는 대로 보내주었고, 전시 기간 동안 갤러리를 휑하게 만들 수는 없으므로 그 이상은 거절했는데 복수의 구매자들이 기묘할 정도로 집요하게 요구해왔다. 어딘가 찜찜함을 느낀 요제프가 사람을 써서 조사를 하자…… 작품을 사들인 건 마티아스였다는 게 어렵지 않게 밝혀졌다. 이름을 빌리고 주소를 빌려서 심시선의 작품을 사들인 것이다.

"파티 소품으로 쓴 거지. 비웃고 파괴하고 태웠다고 했어. 전부."

함께 웃으면 웃었지 편들어주는 사람은 없었다. 화가 나면 얼굴이 창백해지는 사람이었던 요제프 리는 고소를 원했는데, 대리 구매도 구매한 작품의 처분도 위법은 아니어서 포기했다.

"마음에서 뚝 부러지는 소리가 나지 뭐야."

그때야말로 가까워졌다고 했다. 뒤셀도르프에 두 사람만 남은 느낌이었기 때문에. 부당한 도시에서 오로지 서로만 서로의 존엄을 지켜주었기에. 사람을 꺾는 모멸감 속에서 사랑이 싹텄던 것이다. 독한 토양에서 자라는 식물처럼.

"아, 커피가 식어버렸네."

너무 심각한 이야기가 나오면 컵을 드는 것조차 잊어버리게 되었다. 경아와 시선은 식은 잔 가장자리를 만지작거렸다.

"엄마, 재밌는 이야기 해줄까? 우리 회사에 커피머신이 하나 있어. 휴가 다녀온 사람이 엄청 비싼 코나 원두를 사온 거야. 다들 기대에 차서 그 머신에 내렸는데……"

"어떻디?"

"코스트코 원두랑 똑같은 맛인 거야."

"뭐어? 그럴 리가?"

"충격이었지. 그럴 리가 없다, 뭐가 문제인가? 그래서 드립으로 내려봤더니 풍미가 다르고 눈물이 날 것같이 맛있어서, 커피머신이 문제였던 게 밝혀졌어. 애초에 드립으로 내렸어야 했는데 원두 낭비한 거지. 사온 사람 당황하는 얼굴을 엄마가 봤어야 하는데."

"그렇지만 대단한 기계네."

"왜?"

"그렇게 다른 원두를 똑같은 맛으로 내려버린다는 게, 대단한 항상성이잖아?"

경아는 오래전에 식어버린 커피와, 오래전에 끝난 대화를 하와이에서 곱씹었다. 만약에 경아가 완벽한 코나 원두를 사서 엄마가 좋아하던 묵직한 미국식 머그에 내려 제사상에 올리면 죽고 없는 사람이라도 웃을 것이다. 그것은 두 사람만의 유머였으니까. 엄마, 그때 말했던 그 코나 원두야, 하고 죽고 없는 사람을 웃게 하고 싶었다.

처음엔 화산을 보겠다는 둘째 언니와 함께 빅아일랜드로 갈까 했었는데, 아무리 조카들이 잘 봐준다고 해도 아이 둘을 두고 갈 수는 없었다. 큰아이는 수중 스포츠에 푹 빠진 듯했고, 작은아이는 커피 농장에 관심이 없다고 딱 잘라 말했다. 농장을 돌며 한 잔씩 커피를 마시면 하루에 대여섯 잔은 대수롭지 않게 마셨던 엄마 생각이 날 텐데 아쉬웠다. 경아는 타협에 능했으므로, 대신 농장에서 오아후로 찾아오는 지역 마켓 부스들을 노리기로 했다. 요일과 시간과 교통편을 체크했다. 원두맛을 비교 기록하기 위해 작은 수첩을 사용하기로 했다. 수첩은 엄마의 유품으로 앞의 몇 장에 알 수 없는 형태로 색연필이 칠해져 있었다. 언니들도 오빠도 그게 뭔지 몰랐는데 난정만 수첩을 보더니 깔깔 웃고는 설명을 해주지 않았다. 어쨌든 그 뒤 페이지들에 꼼꼼하게 메모할 계획이었다.

근사한 원두를 천천히 신중하게 고른 다음에, 내리는 연습을 여러 번 할 것이다. 모두 감탄할 만한 한 잔을 엄마에게 올리고, 그 다음에 더 내려서 나눠 마실 것이다. 상상하는 것만으로도 어깨가 내려가고 가슴이 펴졌다. 경아는 소중히 들고 온 드리퍼를 얼른 사용할 수 있길 바랐다.

14

어쨌든 그때의 경험으로, 나는 평생 공격성이 있는 사람들을 알아볼 수 있었다. 그 공격성이 발현되든 말든 살밑에 있는 것을 꿰뚫어볼 수 있었다. 기분좋게 취했던 이가 돌변하기 직전의 순간을 알았고, 발을 밟힌 이가 미처 내뱉지 못한 욕설을 들었고, 겸손을 가장한 복수심을 감지했다. 누구에게나 공격성은 있지만, 그것이 희미한 사람과 모공에서 화약 냄새가 나는 사람들의 차이는 컸다. 나는 단단히 마음먹고선, 어찌 살아남았나 싶을 정도로 공격성이 없는 사람들로 주변을 채웠다. 첫번째 남편도 두번째 남편도 친구들도 함께 일했던 사람들도 야생에서라면 도태되었을 무른 사람들이었기에 그들을 사랑했다. 그 무름을. 순정함을. 슬픔을. 유약함을.

마티아스 마우어는 그런 면에서 예방주사에 가까웠던 셈인데, 그런 예방주사 두 번 맞았다간 죽을 일이었다. 폭력은 사람의 인격을 조각한다. 조각하다가 아예 부숴버리기도 하지만. 폭력에서 살아남은 사람은 폭력의 기미를 감지할 수 있게 되는데, 그렇게 얻은 감지력을 유용하게 쓰는 사람도 있고 절망해 방치해버리는 사람도 있어서 한 가지 결론으로 말할 수는 없다. 나는 치욕스러운 경험도 요긴한 자원으로 썼으니 아주 무른 편은 아니었던 듯하다.

—『잃은 것들과 얻은 것들』(1993)에서

우윤이 단호하게 서핑을 계속 배우겠다고 말했을 때, 지수는 표정 관리를 잘 하지 못했다.

"아니, 나도 내가 서핑을 잘 못한단 걸 알아."

"근데 왜?"

"예전부터 마음먹었으니까, 할 거야. 꼭 잘해야 하는 것도 아니고."

"희한한 일이네. 처음부터 잘 탔던 규림이는 이제 다른 걸 배우겠다고 하고, 너는 계속 배우겠다 하니까."

규림은 서핑 강사인 앤디로부터 프리다이빙 강사를 소개받았다. 앤디는 규림이 물을 편안해하고 물도 규림을 편안해하는 것 같다며, 관심 있으면 가보라고 너덜너덜한 명함을 주었다. 명함 뒤에는 노스쇼어 주소가 있었으므로 지수가 태워주기로 했다.

"너랑 시간을 더 보낼 수 있을 줄 알았더니."

그 말에는 우윤도 미안한 얼굴을 했다.

"언니, 이 여행 끝나면 나랑 같이 LA 가자."

"그러고 싶지만……"

사촌 자매는 가볍게 서로를 껴안은 다음, 다른 차를 탔다. 그날따라 지수가 운전하는 차에 타는 사람이 많았다. 난정 숙모를 박물관에 내려주고, 경아 이모를 파머스 마켓에 내려주고, 경아 이모가 데리고 내리려 애썼지만 거부한 해림과 꽤 설레 보이는 규림을 태운 채 노스쇼어로 갔다.

"대충 이 어디쯤이 할머니 살던 데 같은데."

주소와 도로 번호를 외우고 있는 건 화수나 우윤이었다. 지수에게 그런 정보는 강처럼 흘러가버렸다. 규림 남매도 창밖을 한번 더 유심히 봤을 뿐이었다.

"언니는 근데 무지개 사진 찍으려면 카메라 더 좋은 거 사야 하는 거 아냐?"

"에이."

"누나, 내가 찾아봤는데 무지개 해시태그를 쫓아다니면 될 것 같아."

"으응, 근데 뭐 그렇게까지. 만나질 거야, 운명적으로."

제일 어린 둘은 지수의 반응이 못마땅한 모양이었지만 지수를 좋아하는 마음에서 참는 듯했다. 그게 눈에 보여서 무척 귀여웠다.

앞서 운전하는 차 범퍼에 '파라다이스에 오신 걸 환영합니다 Welcome to the Paradise' 스티커가 왕왕 붙어 있어 지수는 조금 놀라웠다. 자신이 사는 곳을, 속한 곳을 한 번이라도 낙원이라고 불러 본 적이 있던가? 너무나 생소한 태도였다. 전 세계에서 온 사람들에게 환영의 팔을 벌리는 듯한, 편안한 자부심이 깃든 문구가 아닐 수 없었다. 문구 앞머리나 끄트머리에 무지개가 걸려 있기도 했다. 스티커만 따로 놀지는 않아서, 운전자들이 유난히 친절했다. 육차선이 교차하는 사거리에 신호등이 없을 정도였다. 신호등이 없어도 교통량이 적고 서로서로 양보할 테니 문제없으리란 확신이 엿보였다. 한번은 지수가 양보하자 양보받은 차 창문에서 손이 쓰윽 나와, 흉내낼 수 없는 그루브의 손짓으로 감사 인사를 해왔다. 사촌동생들과 그 손짓을 따라해보려고 몇 번이나 연습했지만 실패했다. 낙원에서 나고 자라야 할 수 있는 손짓임이 틀림없었다.

세 사람은 노스쇼어에 도착해 쉐이브아이스를 먹었다. 곱게 간 얼음에 색색의 시럽을 뿌린 것뿐이라 한국식 빙수에 익숙한 세 사람에게는 좀 심심한 느낌이었지만 더위와 싸워 이겨야 했다.

"태워줘서 고마워."

파도가 많이 높으면 수업이 취소될 수도 있다고 그랬는데, 다행히 그런 날은 아니었다. 규림이 수업을 받으러 가고 해림과 지수는 다시 해변에 돗자리를 깔았다. 푸푸케아비치와 선셋비치의 경계쯤이었다.

"언니, 그렇게 누워 있다가 날짜까지 무지개 못 찍는다?"

"그럼 못 찍는 거고."

지수가 돌아누워 스마트폰을 해보려 했는데 햇빛이 강해 화면이 잘 보이지 않을 정도였다. SNS의 쪽지함에 몇 개의 제안이 들어와 있었다. 쪽지로 일을 받다니, 이상한 인생이었다. 분명 이메일 주소를 명기해놨는데도 다들 쪽지로 보냈다. 공연 기획자도 디제이도 누군가 '아, 걔가 있었지' 하고 지수를 떠올려야 계속할 수 있는 직업이었고, 떠올려진다는 것은 다행이었지만 아직까지 경제적으로 대단히 실속 있지는 않았다. 지수가 주로 활동하는 이태원 클럽들의 성수기는 10월부터 연말까지였다. 지구촌 축제와 핼러윈, 크리스마스와 12월 31일이 중요 포인트였다. 트랙터로 찍어놓은 큐처럼…… 바쁘지 않은 계절에는 음악에 대한 글도 썼다. 그것도 처음에는 원고료 없는 명예직이라 전혀 돈이 되지 않았는데, 음원 사이트나 음반사와 함께 일하게 되며 그나마 사정이 나아졌다. 뭐가 왜 좋은지, 어떤 장르와 계보에 있는지 쓰는 일에는 지치지 않았다. 친구들의 레이블에서 A&R 일도 가끔 도왔다. 가리지 않고 모조리 하며 버티는 데는 일가견이 있었다. 버티고 버텨서 스타 디제이까지는 아니라도 '스트리트 지인' 정도는 되고 싶었다. 성공한 디제이는 누가 판별해주는가 하면, 스트리트 브랜드들이 운동화나 헤드폰을 보내주는 걸로 판별해준다는 게 업계의 우스개였다. 어떤 직업들의 성장 단계는 누구나 알 수 있었고, 그에 반해 어디가 디딤돌인지 전혀 짐작이 안 가는 직업들이 또 있었다. 어쨌거나 생계를 유지하면서, 남의 허울을 위해 이용당하지는 말아야겠다는 게 지수의 최근 목표였다. 사기꾼들 참 지겨워, 하며 대충 거절의 말을 몇 개 보내고 나니 남은 쪽지는 심지어 모르는 남자로부터 온 한번 만나보자는 제안이었다.

"내가 왜 널 만나? 웃기는 새끼네."

바로 지워버렸다. 친교의 범위가 단정하고 좁은 우윤은 새로운 사람과 만나고 친해지는 것을 별로 두려워하지 않는 지수가 해코지를 당할까봐 늘 걱정했다. 지수의 입장에선 기우처럼 느껴졌다. 지수에게는 잘 작동하는 촉이 있고, 약간의 아슬아슬함을 감수하더라도 지금까지 몰랐던 세계를 보여주는 것은 언제나 다른 사람들이라 여겼다. 사람이 제일 신나는 모험이었다. 쪽지 보내는 변태들만 잘 걸러내면……

"언니, 저기 좀 봐. 저 사람 진짜 오래 잠수한다."

해림이 삼십 미터쯤 떨어진 곳에서 불쑥 올라온 스노클링 호스를 가리켰다.

"오, 진짜네. 여기 있는 사람 중에 제일 잘하는 것 같아."

그때 그 스노클러가 고개를 번쩍 들었다. 지수와 해림은 멈칫했다가 크게 웃고 말았다. 개였다. 검은 리트리버였다. 두 사람이 스노클링 호스라고 생각했던 부분은 까만 귀였다.

"사람보다 훨씬 낫잖아. 진짜 잘하잖아."

그 개가 떠나고, 곧이어 짙은 갈색 리트리버가 나타났을 때 지수와 해림은 내심 기대하지 않을 수 없었다. 아까의 검은 개만큼 수영과 잠수를 잘하지 않을까 했다. 그러나 주인 두 사람과 함께 온 갈색 리트리버는 비슷하게 생겼던 친구와는 대조적으로 물에 발도 담그지 않으려고 했다.

"같은 종인데도 성격이 정말 다르네."

주인 두 사람은 허벅지까지 물에 들어가 개에게 들어와보라고, 재밌다고, 괜찮다고 설득하다가 마지막에는 거의 애원을 하는 지경이었지만 갈색 리트리버는 규탄하는 듯한 컹컹 소리를 내며 물가를 피했다. 가끔 구경하는 사람들을 돌아보며 '내 주인들이 뭘 잘못 먹은 것 같아' 하는 눈빛을 보냈으므로 다들 낄낄 웃었다.

"서핑하는 개도 보고 잠수하는 개도 봤는데 전혀 들어가고 싶지 않은 개도 있구나. 새들도 성격이 있을 텐데 그런 거 알고 싶다……"

해림이 중얼거렸다.

"키우고 싶진 않아?"

"응, 완전 야생 새 취향이야. 방해 안 하고 멀리서 보면 돼."

"그렇구나. 박새라고 했지?"

"검은머리박새가 제일 똑똑하지만 별로 똑똑하지 않은 박새도 좋아해. 사실 다 좋아. 산새도 물새도."

지수는 해림이 들고 있는, 며칠 사이에 꾸깃꾸깃하고 꼬질꼬질해진 하와이 새에 관한 얇은 책을 힐끔 보았다.

"너 들고 다니는 그 책, 영어잖아. 대단하다."

해림은 미국 아이처럼 어깨를 으쓱했다.

"영어는 채팅하니까 금방 늘었어."

초등학생이 해외 채팅이라니, 위험하지 않을까 조심스레 캐물으니 미국 이곳저곳 높은 빌딩에 알을 낳은 맹금류들을 실시간 스트리밍으로 볼 수 있고 거기서 채팅을 했다고 했다. 매를 구경하며 하는 채팅이라면 대충 건전하겠지 싶어 더 묻지 않았다.

"언니, 그거 알아? 비둘기들도 매들도 원래 바위 절벽에 앉는 새들이라 도시에 적응한 거야."

"하긴 나뭇가지에 앉는 건 별로 본 적이 없네."

문득 해림이 이렇게 함께 시간을 보내기 좋은 아이인데 왜 학교에 적응하지 못했는지, 이상하다는 생각이 들었다. 깃털 같은 걸 자꾸 길에서 줍다보니 손이 좀 끈적끈적하긴 하지…… 그런 걸로 괴롭힘을 당했나? 걱정되어서 슬금슬금 찔러보았더니 돌아온 대답은 예상 밖이었다.

"작년에 내가 화를 내지 말았어야 했다는 건 알아. 그렇지만 우리 반에 엄마가 중국인인 애한테 다들 짱깨라고 불렀단 말야. 그

거 나쁜 말이잖아. 언니들도 십육분의 일쯤 중국인이라며? 화가 날 수밖에 없었다고."

지수는 깜짝 놀랐다. 해림이 화수와 지수와 우윤을 위해 화를 내준 것이라고는 상상도 하지 못했기 때문이었다. 자신이랑은 별 관계 없지만, 말레이반도의 중국인이었던 증조할머니에게서 뻗어 나온 이모와 삼촌과 사촌언니들을 생각하며 친구 편을 들었구나, 역시 이 녀석은 귀여워, 지수는 해림을 꼭 끌어안았다.

"선생님이랑 엄마한테 제대로 이야기했어? 화낼 이유가 있었다고?"

"언니, 더워."

"제대로 이야기했으면 이모가 덜 걱정했을 텐데?"

"응, 했는데 그래도 친구를 밀면 안 된대."

"밀었구나."

"그쪽이 먼저 밀어서 나도 민 건데 내가 힘이 세서……"

"으음, 다음부터는 욕만 해."

욕을 하라는 말에 해림이 웃었다. 해변과 주차장과 푸드트럭들 사이로 유유히 오락가락하는 닭들을 구경하며 무릎을 안고 앞뒤로 몸을 흔드는 해림은 한없이 강단 있어 보이기도 하고 한없이 연약해 보이기도 했다.

"저 닭들은 대체 누구 닭들인 거야?"

"아무 닭들도 아냐."

"응?"

"책에 나와. 옛날에 천 몇백 년 전에 동남아시아에서 배를 타고 온 사람들이 데려와서 키우다가, 폭풍에 닭장이 망가져서 도망쳤대. 카우아이에 가면 완전히 야생화된 닭들이 있대. 숲속에서 산대."

"여기도 완전 야생이나 다름없어 보이는데?"

"가까이 가볼래."

해림은 다가가서 닭들을 구경하고, 지수는 그런 해림을 지켜보았다. 찻길에 가까이 가면 못 가게 부르려고 말없이 눈으로 좇았다.

물을 뚝뚝 흘리며 규림이 돌아온 건 근사한 노을이 지기 시작했을 때였다. 혼자가 아니라 다이빙 강사와 함께였다. 강사는 웃으며 규림이 타고난 것 같다고 말했다. 모든 수강생에게 그렇게 말하는지 진심인지 지수는 가늠이 되지 않았지만, 이퀄라이징을 곧바로 해냈다고 규림도 자랑스럽게 말했으므로 아주 빈말은 아닌 듯했다.

"숙소는 어느 쪽이에요?"

강사가 물을까 말까 망설이다 물어왔으므로 지수는 호놀룰루 쪽이라고 말해주었다.

"그럼 차 막힐 시간인데, 우리집에서 하는 파티에서 뭐 좀 먹고 가요."

지수는 두 미성년자를 보호해야 해서 평소와 달리 조심스러웠다. 그 조심스러움을 알아챈 강사가 덧붙였다.

"남동생 생일파티예요. 규림이랑 비슷하거나 더 어린 친구들 많을 거예요."

그 말에 지수가 규림과 해림을 돌아보았고 둘 다 가고 싶어하는 표정인 것 같았다. 강사의 이름은 체이스라고 했다. 지수는 체이스의 눈 안에서 친밀감을 발견했다.

15

마지막으로 그 집을 떠나면서 계단의 창으로 뒤뜰을 내려다보았던 게 기억난다. 얼마 안 되는 짐을 들고 있었고, 팔에는 붕대가 감겨 있었다. 전날 내가 곧 떠날 걸 예감한 마티아스가 유화 나이프를 던졌는데, 원래대로라면 몸에 맞고 떨어지는 게 정상이지만 하필 오래 써서 날카로워진 물건인데다 각도가 맞아드는 바람에 팔에 꽂히고 말았다. 하기야 젓가락도 잘못 떨어지면 발등에 꽂히니 유화 나이프라고 그러지 말란 법은 없었다. 나는 그 상처를 방패처럼 써서 마티아스를 물러나게 했다. 난폭한 그에게 그 정도 멈칫거림이 남아 있어 다행이었다. 그것도 잠깐이었지만.

뒤뜰의 정원은 마치 전쟁 이후에 아무도 손을 대지 않은 것처럼 보였다. 연이어 선 건물들 안쪽으로 여러 개의 공용 정원이 맞닿은 크고 널찍한 공간이었는데, 수십 명의 사람들이 수년 동안 살며 한 사람도 그 황폐함을 해결하려고 하지 않았다는 점에 기이하게 마음이 끌렸다. 지나치게 예의바른 공동체에 속한 사람이 보이는 무표정에 매번 마음이 끌렸듯이…… 풀꽃과 덩굴들이 아름다움 따위는 엿먹으라고 외치면서 그 공간을 무성하게 장악하고 있었다. 노을은 붉음을 잃어버리고 보랏빛으로 내려앉았다. 나는 더러운 유리창을 청소하며 오랫동안 그곳을 바라보곤 했다. 아무도 내가 유리창을 청소하길 바라지 않았고, 해도 알아채지 못했지만 내 나름대로의 집세였다. 무언가 심어볼까, 이를테면 부추나 미나리 같은 것을, 하고 생각도 했었지만 정말로 실행에 옮긴 적은 없었다.

코넬리우스 거리의 그 집에서 나는 다락에, 그늘에 존재했다. 파티의 전과 후에 존재했고 파티 중에는 존재하지 않았다. 편지를 받아쓰고 타이프를 치고 공과금을 처리하고 물감을 사다 나르고 붓을 빨았다. 캔버스를 팽팽하게 짜는 일에서 지하실에 쥐약을 놓는 일까지 내가 하지 않은 일은 없었다. 젊은 날의 나는 기계같이 일했다. 그러다가 마티아스가 내가 사람인 걸 알아차리는 날 중에서도 기분이 좋은 날에 한두 개를 배우기도 했다. 나는 잡역부였고 조수였고 아주 가끔 제자였다. 운이 좋지 않은 날에는 분풀이 대상이었고 말이다.

가장 걱정되는 것은 학교였다. 교수들은 전부 마티아스의 친구였다. 이미 냉담할 대로 냉담하게 나를 내치고 있었는데 그 집을 떠나면 어떻게 될지 최악의 예상만이 떠올랐다. 그래도 학위가 필요했다. 뭐에 쓸지는 몰랐지만 간절했다. 나이프가 박혔을 때도 소리지르지 않았듯이 나는 어금니를 물고 참아내기로 했다.

—『코넬리우스 거리에서』(1986)에서

"이렇게 늦게 오다니, 애들을 데리고!"

명혜는 경아 대신 지수를 혼내는 척했지만, 막상 경아는 아무렇지 않았다. 규림과 해림이 지수 편을 들기 위해 재밌었다고 안전했다고 평소 성격에 맞지 않게 과장하며 말해주었다.

"며칠 만에 여기 사는 친구를 만들다니 대단하네."

경아는 늦은 시간에도 이 커피 저 커피를 조금씩 내려 맛보고 있었다. 아직 당첨 원두를 찾지 못한 모양이었다.

"이모, 내가 좀 그런 얼굴이잖아. 어느 나라를 가도 현지 사람들이 길 물어보는 얼굴. 그리고 좀 배고파 보이는 얼굴이기도 한가봐. 다들 나만 보면 뭘 그렇게 먹이고 싶어하더라? 동네 반찬가게 사장님이 나만 들어가면 안녕하세요, 말할 새도 없이 입에 음식을 넣어주더라고."

"아기 새 관상인가……"

해림이 중얼거려서 지수가 해림을 간지럽혔다. 사실 지수는 좀 통통한 앵무새를 닮았단 이야기를 자주 듣는 편이었다.

"명은 이모가 화산 보러 가고 없는데도 앉을 데가 부족하네."

사람 수에 비해 의자가 적었는데, 소파에 길게 누워 잠든 화수를 아무도 깨우려 하지 않으며 한국식으로 바닥에 대충 앉았다. 경아가 커피 도구들을 한쪽으로 밀어 치우고 규림이 든 모자를 살폈다. 어두운 색 모자에는 '에디 우드 고Eddie would go'라고 노란색 실로 기계 자수가 놓여 있었다.

"너는 어쩌다 생일파티에 가서 네가 모자를 얻어 왔어?"

"내 말이."

규림이 짧게 대답하고 설명을 잘 못해서, 지수와 해림이 대신 숨은 이야기를 들려주었다.

"에디 아이카우라는 유명한 서퍼를 기념하는 문장이래."

"에디는 갈 거야, 그런 뜻인가?"

명혜가 고개를 갸웃했다.

"유명한 서퍼였는데 내가 모른다고 하니까, 생일인 애랑 다른 애들이 화내더라고. 서핑을 배웠다고 말하면서 에디 아이카우를 모르면 배운 게 아니라고. 그러면서 잊지 말라고 자기 모자를 줬어."

규림은 선물이 마음에 드는 듯, 모자챙을 가볍게 쥐고 가슴 근처에 기대어두었다. 끌어안은 것 같은 자세였다.

"아, 그러고 보니 노스쇼어에서 열리는 서핑 대회 이름이 그거지?"

매일 바닷물을 먹고 토하는 중인 우윤은 알고 있었던 듯했다.

"응, 와이메아의 구조대원이었을 때 물에 빠진 사람들을 엄청 구했다던데? 수영으로도 구했지만 보드를 커다란 손으로 척, 척, 척 젓고 가서 끌어올렸대."

지수의 설명에, 보드를 밀고 가는 게 얼마나 힘든 일인지 아는 우윤이 작게 감탄했다.

"그리고 사는 게 멋졌던 사람은 죽는 것도 멋졌더라. 고대 항해 기술을 재현하려는 탐사대에 합류했는데, 탐사대 전체가 조난을 당하고 만 거야. 그때 에디가 구조대를 불러오겠다며 혼자 자기 서핑 보드를 타고 바다를 가로질러갔대. 막상 탐사대는 다른 배에 구조되었고, 에디는 실종되고 말았지만……"

"아, 그런 사람은 기려야지. 그게 언제 이야기야?"

"몇 년이라 그랬지?"

"칠십팔 년?"

"이름은 그렇게 기억되는구나."

난정이 규림에게 박물관에서 에디 아이카우에 대한 얇은 책을 보았다며, 원한다면 사다주겠다고 제안했다. 규림은 해림만큼 영어를 잘하지는 못했지만 숙모에게 부탁하기로 했다.

"에디 우드 고, 라는 말 자체는 서핑 대회 때 어마어마하게 큰 파도가 왔을 때 누가 한 말이라지만 사실 다르게 해석되기도 하겠다."

"결정적인 순간에 타인을 위해서 어떤 일을 할 것인가, 스스로가 다치게 되어도, 그런 의미로?"

"응."

조곤조곤한 대화에 잠이 깼는지 화수가 몸을 일으켰다. 화수의 배에 아무렇게나 놓여 있던 심시선의 책이 바닥에 떨어졌고, 낡은 페이지 몇 장이 떨어져나왔다.

"엄마, 미안."

화수가 멍하게 내려다보다가 명혜를 보며 사과했다.

"아니야, 개정판 다 나왔어. 신경쓰지 마."

종이는 부서지지, 하고 명혜가 덧붙여 중얼거렸다. 화수는 책을 정리해서 테이블에 내려놓고 마당으로 나갔다. 에어컨 덕에 시원했지만 사람이 많아선지 실내 공기가 텁텁했기 때문이었다. 지수가 따라 나갈까 망설이는 걸 보고, 우윤이 눈짓을 한 후 대신 따라 나갔다.

화수는 스트레칭을 하고 있었다. 손발과 팔다리를 푸는 모습이, 마치 자기 몸이 하나로 연결되어 있는 걸 생소해하며 확인하는 듯한 분위기여서 우윤은 마음이 쓰였다.

"요새는 뭘 만들어?"

화수가 마치 언젠가 할머니가 물어봤던 것처럼 물어봐서 우윤은 전화기의 사진첩을 보여주었다. 겹눈과 턱밑 주머니를 가진 화려한 색깔의 괴물이었다.

"완료해서 넘긴 앤데, 근사하지? 리메이크하는 SF 드라마 여러 에피소드에 나올 거야. 메인 악당까지는 아니지만."

"이 빨간 주머니가 무섭다. 뭐가 들었어?"

그제야 우윤은 아차 했다. 주머니 안에 든 것은 산이었다. 주인공의 우주복을 지글지글 녹여버릴 강산. 작가들이 쓴 내용을 기반으로 만든 캐릭터였고 우윤의 아이디어가 아니었지만 뜨끔해서 대답할 타이밍을 놓쳤다.

"그렇게까지 신경쓰지 않아도 돼."

화수가 복잡한 얼굴로 웃어서 우윤도 마주 웃어 보였다.

"할머니 책은 어때? 재밌어?"

얼른 화제를 돌렸다.

"응. 오늘 읽은 부분에서 하나를 깨달았는데 그 새끼, 칼을 갈았어."

"그 새끼? 마우어?"

화수가 웃음을 지우고 마당의 어느 한 점을, 우윤은 시선으로 따라갈 수 없는 한 점을 바라보며 확언했다.

"힘 때문도 아니야. 각도 때문도 아니야. 할머니한테 던지기 전에 갈아뒀던 거야."

"설마……"

"할머니는 그 정도의 악의는 상상하지 못했던 거야. 그런데 우리는 할 수 있지. 21세기 사람들이니까. 그런 악의가 존재한다는 걸 알지."

우윤은 그러고 싶지 않았지만 화수의 말이 맞으리란 것을 뒤따라 깨달았다. 전공은 조소였지만 유화 나이프도 그리 낯설지 않았다. 그건 팔에 박히는 물건이 아니었다.

"모든 일이 너무 반복된다는 생각 들지 않아?"

화수의 옆모습은 꼿꼿한 듯 기울어 있어서 불안했다. 우윤은 묻고 싶었다. 언니, 어디를 보고 있는 거야? 정원의 그늘 어디를?

그때 태호가 두 사람 등뒤의 유리문을 톡톡 두드렸다. 태호는 아마도 빌린 집에 비치되어 있었을 앞치마를 두르고 있었는데, 덕분에 하와이에서 삼십 년쯤 산 사람처럼 보였다.

"아빠, 왜?"

화수가 에어컨 바람이 새어나오지 않게 문을 살짝 열었다.

"와서 와인 마시라고. 애들은 이제 자러 갔어. 어른 타임이야."

우윤은 고모부가 자신을 어른 그룹에 끼워줬다는 것이 새삼스러웠다. 언젠가 목마를 태워주었던 사람이 어른이라고 인정해주다니 주민등록증을 받았을 때와 비슷한 기분이 들었다. 우윤과 화수가 거실로 돌아가니 마트 와인과 스프레드를 얹은 크래커들이 기다리고 있었다. 잼 나이프를 들고 있던 명혜가 불만스럽다는 듯 말했다.

"사람들은 엄마가 뒤셀도르프에서 무슨 요부처럼 대가를 손에 쥐락펴락하고 매일 누드모델이 되고 파티에 파티를 거듭하다 다른 남자랑 눈이 맞은 줄 알지만, 사실 가장 많이 한 일은 남들이 먹을 카나페를 만드는 일이었을 거야."

"아, 그래서 할머니가 핑거푸드밖에 못 만드셨던 거네."

우윤은 아는 이야기지만 모르는 이야기처럼 추임새를 넣었다.

"내가 처음 장가와서 말이야, 아무것도 모르고 장모님한테 장모님이 담근 김치 먹고 싶습니다, 했다가 나를 돌아보시는데…… 어우, 눈빛이 잊히지 않아."

태호도 너스레를 떨었다.

"자기는 그렇게 눈치가 없더라? 우리 엄마한테 무슨 김치를 만들라고. 김치를 사먹는 게 자랑인 집이라고."

"그때는 몰랐지."

지수는 부모의 대화에 낄낄 웃으며 우윤과 화수의 가운데에 앉아 양쪽으로 팔짱을 꼈다. 어릴 때부터 늘 가운데 앉는 걸 좋아했었다. 화수와 지수 사이에 껴 있던 휴대폰이 진동했다. 체이스의 문자였다. 호놀룰루에 올 일이 있는데, 원한다면 좋아하는 곳들을 소개해주겠다는 제안이었다. 크래커를 하나 먹고, 평범한 맛의 화이트와인을 마시며 뭐라고 대답해야 할지 잠시 생각했다.

인정해야 했다. 체이스는 더 알아보고 싶은 사람이었다. 편안하게 해주면서도 묘한 긴장감과 흥미를 불러일으키는 대화 상대였다. 어려운 말은 하나도 하지 않으면서 부드럽게 이것저것을 생각해보게 했고 지수는 그런 사람을 좋아했다. 아까 무슨 이야기를 했더라? 산호가 얼마나 천천히 자라는지 말해주었는데 어떤 종은 일 년에 일 센티미터밖에 자라지 않는다고 했다. 정확히는 산호의 외골격이 자라는 것이지만 말이다. 그러고 지수의 키를 물었고 백육십팔이라고 대답하자 그럼 백육십팔 년 된 산호를 직접 보여주겠다고도 했다. 지수는 이번 여행에서 다이빙을 배울 의사는 없다고 고개를 저었고 어찌어찌 하다보니 대신 전화번호를 알려주게 되었다. 전화번호를 알려줬을 때부터 문자가 올 걸 알고 있었다…… 로밍 요금이 꽤 나오겠는데, 가벼운 각오와 함께 시간과 장소를 정하기 시작했다.

16

민애방이 내 인생 속으로 걸어들어오던 순간을 똑똑히 기억한다. 천장이 높아서 사람들이 웅성거리는 소리가 뭉개지던 추운 홀이었다. 막 도착한 애방이 목 긴 새틴 장갑을 벗어서 말아 쥐고는 똑바로 나를 향해 왔다. 당시 내게 친절하고 공정하던 사람들도 없지는 않았지만 대개는 은근한 괴롭힘에 동참해 있었으므로, 애방이 말을 걸어오지 않았으면 했다. 나의 낙인이 같은 한국인인 애방에게 옮겨붙을까봐서였다. 몇 번이고 제대로 인사할 기회가 있었지만 내 쪽에서 먼저 피했었다. 그것이 이쪽으로서는 배려였는데 애방은 알아채지 못했거나, 알아챘더라도 개의치 않았음이 분명하다. 물어볼 수 있었을 때 물어봐야 했는데…… 하지만 일일이 그런 것을 기억하는 여자도 아니었다.

비스듬히, 멋스럽게 한쪽 이마에 걸쳐 쓴 모자 밑으로 애방의 두 눈이 빛났다.

"아, 이 웨스터너들은…… 아무것도 이해 못하지 않아요? 지겨워라."

영어와 불어를 자유자재로 쓰던 애방은 독일어는 거의 못했지만 잠깐의 방문 기간 동안 수많은 사람들을 친구로 만들었다. 그런 사람이었다. 방안 가득한 서구인들을 두고 경멸의 뉘앙스로 '웨스터너'라고 불러도, 눈치챈 이들조차 멋쩍게 웃을 뿐이었다.

뭐라고 답했는지는 흐릿하다. 애방. 내 친구 애방. 한국 이름으로는 요즘 사람들이 촌스럽다고 여길 이름이지만 언뜻 아방avant처럼 들렸고 그이에게 꼭 어울렸다. 우리는 금세 친구가 되었다. 애방과 이야기할 땐 살 것 같았다. 모국어로 이야기한다는 것이 너무 좋았다. 모국어로 미술에 대해 떠들자면 죽도록 감미로웠다. 나는 애방의 그림도 사랑했다. 색채감으로 가득한 추상화들이었는데 보자마자 반해버렸다.

"나를 만나러 파리에 와."

"응."

"아니, 아예 파리로 옮겨. 얼마 멀지도 않아."

사는 곳을 옮기라는 말을 명령처럼 해도 싫지 않은 사람이었다. 둘이 뒤셀도르프 시내를 걷다가 가벼운 비를 만났는데, 애방이 입고 있던 비둘기색 카디건을 벗어 우리 머리 위를 덮었던 때도 떠오른다. 친구의 온기와 은은한 향수 냄새가 비로부터 우리를 지켜 주었다.

"편지해."

파리로 돌아가며 애방이 강조했고, 나는 정말 매주 편지를 썼다. 한글로. 아마 맞춤법은 엉망이었을 것이다. 나의 조각조각난 모국어가 애방 덕분에 돌아왔다.

—『어쩌다보니 마지막으로 남은 사람』(2002)에서

우윤은 서핑으로 나가떨어져선지 시차 적응이랄 것도 없이 해 지면 잠들고 해 뜨면 일어났다. 일어날 때면 근육통이 굉장했다. 있는 줄도 몰랐던 옆구리 어딘가의 근육이 비명을 질러서 함께 비명을 지를 뻔했지만 꾹 참고 몸을 일으켰다. 옆 침대에는 지수가 핸드폰을 손에 쥔 채 깊이 잠들어 있었다. 우윤은 다소 지성 피부인 지수의 코가 반짝거리는 걸 보고 웃었다. 언니가 나를 구했지. 나를 계속 살아 있게 했지.

삐거덕거리는 나무문을 열고 난정이 들어와, 우윤의 침대에 걸터앉았다. 머리카락에 코를 묻고 킁킁거렸다.

"우리 딸 냄새."

"맡지 마."

"맡을 거야."

난정은 아마 아무렇지 않은 애정으로 킁킁거리는 것일 테지만 우윤은 뉴스에서 본, 암 환자의 체취를 감지할 수 있는 개들이 떠올랐으므로 몸을 슬며시 떼어냈다. 두 사람은 함께 지수가 자는 모습을 잠시 구경했다. 자는 모습에도 활기가 있는 지수였다.

"지수가 너를 구했지."

모녀간에 텔레파시라도 있는 것처럼 난정이 말해서, 우윤은 깜짝 놀랐다.

"그랬지. 엄마도 그렇게 생각했구나."

"지수도 정말 어렸는데, 어쩜 그렇게 좋은 전략을 세웠을까?"

우윤은 기억했다. 어느 날, 사촌언니가 멜빵바지를 입은 채 들어와 싱글거리며 선언했던 것을.

"우리, 내년에 디즈니월드에 갈 거야."

"우리?"

"너랑 나. 우리 언니랑 어른들도 몇 명 끼워주고."

"디즈니랜드에?"

"아니, 워얼드. 더 큰 데야."

지수는 월드를 길게 발음했고, 디즈니 성 앞에서 미키와 구피 인형 옷을 입은 사람들이 팔 벌려 환영하고 있는 비디오 케이스를 내밀었다. 아마 다른 디즈니 만화를 샀을 때 끼워줬을 홍보 비디

오였다. 나는 못 갈지도 몰라, 어린 우윤은 생각했지만 말하지 않았다. 말하지 않았지만 지수는 알았다.

"내년에 너 다 나으면 가기로 했어. 방학에 가도 되고, 학교 빼먹고 가도 된대. 할머니가 그건 알아서 해주겠대."

"할머니가?"

지수는 매주 찾아와, 학교 친구에게서 얻었다는 꼬질꼬질한 팸플릿을 보물지도처럼 펼쳐 보이며 어떤 놀이기구를 먼저 탈지 상의했다. 첫날부터 셋째 날까지 몇시부터 줄을 서고, 무엇으로 점심을 먹은 다음에, 기념품은 뭘 사고, 퍼레이드와 불꽃놀이는 어디서 볼 건지에 대해 하루에 몰아 풀지 않고 주마다 하나씩 풀었다. 그렇게 계획적이고 주도면밀한 행동은 그 이후 지수의 삶에서 찾아보기 힘들었으니 예외적인 노력이었을 것이다. 어른이 되어서야 태연히 즐거워 보이던 지수가 사실은 공들여 본인의 성격답지 않은 일을 해냈음을 이해하게 되었다. 어린 우윤은 지수를 기다리며 고통을 잊었고, 둘이서 써나간 계획 노트는 지수가 없을 때도 우윤을 머물게 했다. 놓고 싶을 때도 놓지 않을 수 있게 해주었다.

막상 두 사람이 디즈니월드에 정말로 가게 되었을 때는 플로리다의 어마어마한 더위와 '칭크'라고 욕하며 어린이의 발 옆에 침을 뱉는 인종차별주의자들과 세 시간은 기본인 길고 긴 줄 때문에 계획이고 뭐고 눈에 띄지 않는 그늘에서 청포도와 멜론을 먹으며 버티는 게 다였다. 그때 찍은 사진을 보면 아팠던 우윤은 물론이고 내내 체력장 일급이었던 지수마저도 눈에 초점이 없다. 그럼에도 행복했다. 소원했던 것이 이뤄졌기 때문이었다. 더 나이들며 그것이 좀처럼 일어나지 않는 일인 걸 알게 되었고 말이다.

"나는 피가 통한 조카들보다 지수가 더 예뻐."

"엄마, 피 같은 건 하나도 안 중요해. 알잖아."

난정의 말에 우윤이 대답하며 일어섰다.

"오늘도 서핑 갈 거야?"

"응."

"위험하지 않아?"

며칠이나 묻고 싶었을 것이다. 우윤도 며칠 동안 준비했던 대답을 했다.

"선생님이 계속 지켜보고 있으니까 괜찮아."

발이 바닥에 닿지 않는 깊이라는 것도, 잘못 떨어지면 죽은 산호에 부딪힌다는 것도, 한 번은 헐거운 발목 밴드가 풀렸다는 것도 말할 수 없었다. 거짓말도 하기 싫었다.

"끝나고 만날까?"

"응. 아빠는?"

"아빠는 내버려두고. 너랑 나랑만."

"아빠 너무 던져두는 거 아냐?"

"아, 뭐. 자기 누나들이 챙기겠지."

"고모들이 설마."

서핑은 잘되지 않았다. 규림을 따라 프리다이빙이나 배울 걸 그랬나? 그렇지만 마음속의 목표는 늘 서핑이었고, 프리다이빙을 배웠다가 그것마저 못하면 더한 자괴감을 느낄 것 같았다. 어떤 종류의 운동도 남들보다 잘해본 적이 없었다. 아팠던 탓을 하고 싶지만 유연성이 필요한 운동에도 젬병이니까 그냥 그렇게 타고난 것일 터였다.

매일 서핑을 배웠지만, 제대로 일어선 것은 두세 번뿐이었다. 균형을 잡고 한쪽 무릎을 먼저 세운 후 일어서야 하는데 일어설 때마다 나쁜 예감이 들었고 그 예감은 틀리지 않았다. 몇 미터 가지 못하고 고꾸라졌던 것이다. 바닷물을 한참 먹고 겨우 보드로 다시 기어올라오면 앤디가 한껏 내린 눈썹과 함께 괜찮냐고 물어왔다. 미국인들은 눈썹을 너무 써서 이마에 주름이 깊어지지…… 우윤은 유학과 취업을 거치면서도 눈썹 제대로 쓰는 법을 체득하지 못했다. 앞으로도 체득할 것 같지 않았다.

시선을 내리자 앤디의 가슴팍에, 꽤 심각해 보이는 염증들이 보였다. 첫날엔 알아채지 못했지만 며칠 지나니 눈에 띄었다. 자외선을 지나치게 오래 쐬어서 생긴 종양인 듯했다. 나머지 부위의 피부도 상태가 좋아 보이지 않았다. 산호 보호를 위해 자외선 차단제를 쓰지 않는 걸까, 아니면 어차피 온종일 물에 있을 테니까 귀찮아서 쓰지 않는 걸까? 말도 안 되는 의료보험 체계의 미국에서 제대로 종양을 체크하고 있을 것 같지 않았고, 우윤은 계속 신경이 쓰였다. 수업 전후의 스몰토크로 앤디에 대해 너무 많은 정보를 알게 되었기에 더 그랬다. 중년의 앤디. 에디 아이카우 서핑 대회에 초청 선수로 출전했던 앤디. 노스쇼어의 작은 오두막에 살면서 한 시간 넘게 와이키키로 출근하는 앤디. 수업이 없는 날엔 길 건너 주류 판매점에서 판매원으로 일하는 앤디. 앤디는 우윤에게 술이 필요하면 직원 할인가를 적용해주기로 했다.

"시간이 다 됐어. 한 번만 더 해보자."

우윤은 초조하게 파도를 뒤돌아보다가 큐를 받았고, 언뜻 제대로 일어서는 듯했지만 얼마 못 가 보드에서 뛰어내려야 했다. 튜브를 타고 있는 어린이를 덮치지 않기 위해서. 그러나 거기 아이가 있지 않았어도 잘되었을 것 같진 않았다.

"방금 그거, 판단력이 좋았어."

앤디가 자기 몸처럼 서핑 보드를 부리며 쫓아와 말해주었다.

"그렇지만 오늘도 제대로 탄 적이 없잖아."

"원래 모든 운동은 계단식으로 느는 거야. 계단을 올라서는 순간이 언제인지 모르겠다고 포기하면 안 돼."

왜 자신의 계단만 유난히 폭이 넓고 험난한 형태인지, 우윤은 투덜거렸다. 야외 샤워장에서 소금기만 씻어냈다.

만약에 도슨트가 하와이는 언제나 평화로웠다고 말했다면, 난정은 믿지 않았을 것이다. 흰 모자를 쓴 나이 지긋한 도슨트는 전쟁과 살인의 역사에 대해 낮은 목소리로 알려주고는 대수롭지 않게 덧붙였다.

"뭐, 근데 그건 로마나 그리스도 다 그랬잖아요."

공중에 매달린 빨간 물고기를 가리키며, 예전엔 여성들은 먹는 게 금지되었던 금기의 물고기라는 걸 알려주었을 때도 마찬가지였다.

"다른 문화권에서도 여자들에게 음식을 안 주려고 온갖 핑계를 댔겠죠."

그깟 물고기, 하고 빈정이 상해 있던 난정도 인정할 수밖에 없었다. 딸과 조카들은 난정 세대의 여자들보다 키가 훌쩍 컸다. 짧은 시간에 그토록 큰 변화가 일어난 것은 영양 상태 때문일 가능성이 컸다. 하와이는 아름답고 근사해 보여서 왠지 다를 줄 알았는데 아니었다는 걸 알았을 때 실망과 안도감이 기묘하게 섞였다. 도슨트가 과도한 자부심을 내비치거나 환상을 조장하지 않고 있는 그대로 말해주는 듯해서 신뢰가 가기도 했다.

이어, 조각상 사이를 걸으며 들은 신화에 대한 이야기는 무척 낯설었다. 죽은 알바트로스를 목에 걸고 다니는 평화의 신에 대해서, 상어와 가오리와 거북이를 거느리고 다니는 바다의 신에 대해서, 민물과 숲의 신에 대해서, 말하는 능력을 주는 신과 춤추는 능력을 주는 신에 대해서…… 뿌리가 닿아 있지 않고, 책으로 읽은 것도 아니어서 곧 잊어버릴 게 분명했지만 흥미로운 시간이었다. 무엇보다 인상 깊었던 것은 세계의 시작에 대한 하와이 사람들의 해석이었다.

"모든 것은 산호로부터 태어나고, 산호는 검은 것으로부터 태어난다……"

주문과도 같은 말이었다. 대개의 신화는 빛에서, 흰 것에서부터 시작되지 않나? 이 독특한 해석에 대해 우윤에게 이야기해주면 좋아할 것 같았다. 딸은 난정만큼 열렬한 독서가는 아니지만 난정의 흥미를 곧잘 따라와주었다. 막상 남편은 자기가 먼저 요새 뭐에 관심 있느냐고 묻긴 하지만 설명해주면 영 못 따라오는 얼굴을 했다. 그럴 거면 묻질 말든지.

얼마 전엔 집 뒷마당에서 남편이 담배를 피우는 걸 발견했다. 우윤이 아플 때 끊었던 담배를 이제 와서 다시 피우는 모양이었다. 어이없어서 보고 있자, 딱히 숨길 생각도 아니었던지 바보 같은 말을 했다.

"마당이 도로보다 좀 낮잖아. 그래서 차 탄 사람들은 내 머리만 보이나봐. 으슥한 데 차를 대놓고 데이트하다가 깜짝깜짝 놀라는 데 재밌더라고."

"젊은 사람들 놀래키지 마."

"젊지도 않아. 불륜인가봐."

난정은 담배를 문 명준의 머리가 불쑥 도로 위로 튀어나오는 모습을 상상하고 웃고 말았다. 아, 뭐 피우라지. 집에 아픈 아이가 있는 것도 아니고.

"집안에서는 안 돼."

"당연하지."

명준은 난정의 당부에는 기분이 상한 듯했다. 난정도 명준이 작품 근처에서는 절대로 담배를 피우지 않을 것을 알았다. 아마 손도 한 세 번 정도 강박적으로 씻고 작업할 것이다. 난정은 이십 년째 평창동의 층고가 높고, 커다란 양개문이 있는 집들만 골라 살아왔는데 잘 모르는 사람들은 부잣집이라고 오해하곤 했다. 난정은 그 오해를 풀기도 하고 그냥 두기도 했다. 두었다가 푸는 경우가 가장 잦았다. 실상은 끝없는 전세 뜀뛰기 인생이었다. 명준이 근처의 미술관이나 갤러리에서 작품을 옮겨와 작업해야 해서 어쩔 수 없었다. 500호 캔버스나 커다란 조각 작품들이 문틀을 넘을 수 있으려면 외국인들이 지은 오래된 주택이 맞춤인데 이제 그런 집들은 점점 줄어들고 있었다. 보통 사람들보다 다섯 배나 많은 짐을 끌고 이사를 다니는 것도 그만하고 싶지만 그러려면 집을 사버려야 했다. 지금 살고 있는 집은 명준의 복원실로 쓸 만한 공간이 크고, 벌레나 쥐도 없고, 겨울에도 다른 집들보다 덜 추워서 마음에 들긴 하지만…… 차라리 복원실을 독립해 내보내고 아파트에 가서 살아보면 안 될까? 단독주택을 유지하는 일은 점점 힘에 부쳤다.

아파트에 살게 되면, 그래서 작고 귀여운 강아지를 한 마리 키울 수 있게 되면 우윤도 자주 귀국하거나 어쩌면 아예 돌아올지도 모른다. 우윤은 어릴 때 늘 강아지를 키우고 싶어했었는데, 난정은 면역력이 약한 우윤에게 좋지 않을까봐 반대했고 명준은 개가 그림을 망가뜨릴까봐 반대했다.

"주택인데 개를 못 키우다니 말도 안 돼. 아빠 일하는 데 못 들어가게 할게. 이층에서만 키울게."

"그 개가 밤에 일층에 내려와서 아빠 작업하는 작품 뜯어먹으면?"

"안 뜯어먹게 내가 잘 지켜볼게."

"개가 한입만 먹어도 몇천에서 몇억이야."

"아빠가 복원하면 되잖아."

"복원한다고 들고 와서 훼손하면 최악이잖아."

합당한 이유로 못 키우게 한 것이었지만 풀죽은 어린 우윤을 생각하면 아직도 마음이 아팠다. 우윤이 어릴 때 제일 먼저 배워야 했던 것은 만지지 않는 법이었다. 아무리 궁금해도 만지지 않아야 했다. 맡겨진 작품들은 물론 명준의 수백 개 서랍마다 가득한 공구들도, 병마다 가득한 화학약품들도, 어지러워 보이지만 사실은 균형을 이루고 있는 작업대의 그 어떤 귀퉁이도 건드리지 않을 수 있는 절제심을 급하고 격하게 배워야 했던 것이다. 물론 일

차적으로는 우윤의 안전을 위해서였지만 너무 빨리 손가락을 거둬들이는 아이를 보면 안쓰러웠고…… 우윤은 한두 번 사슴벌레를 키웠는데 낡은 집의 추위를 잘 견디지 못했는지 제 수명을 누린 적이 없었다. 사슴벌레가 죽을 때마다 얼굴이 녹아내릴까 걱정될 만큼 울었다. 그냥 개를 키우게 해줄 걸 그랬다고 난정은 요즘에 와서야 후회했다. 남편은 이제 어디 괜찮은 공간을 얻게 하고, 따뜻한 집에서 딸과 강아지를 키우고 싶었다. 흰 강아지를 키우다 눈물 자국이 나면 잘 닦아주어야지. 보호소에 흰 강아지가 없으면 북슬북슬 갈색 곰 같은 강아지를 입양해도 좋을 것 같았다. 까만 녀석도 좋은데 밤에 물 마시러 가다가 밟으면 곤란하니 집에 센서등 같은 걸 달아야 할 것이었다. 친구가 까만 고양이를 실수로 밟아 다리를 골절시킨 사건은 매우 충격이었다. 평소의 민첩함을 지나치게 믿었던 모양이었다.

박물관을 나와, 느리게 달리는 버스를 타고 와이키키로 향했다. 차로 십오 분이면 갈 거리를 한 시간 동안 달려서 한국과 비교가 되었다. 도로 사정을 방해하지 않는 한에서 최저 속도로 달리는 듯했다. 정류장은 촘촘하고 보조기구를 하나씩 짚은 노인들이 주로 이용했으므로 혹여 누가 넘어질까 버스 기사는 부드럽고 일관된 운전을 했다. 급정거에 급출발, 급커브가 일상다반사인 한국 버스에서는 책을 잘 읽지 않지만 하와이의 버스에서는 충분히 읽을 수 있었다. 여행의 테마에 맞춰 구매한, 하와이 이민 세대의 구술사를 담은 책이었다. 심시선 여사보다 이삼십 년 일찍 용감하게 하와이로 떠난 사람들의 이야기에 금세 이입할 수 있었다. 가족들이 다 함께 이민하기도 하고 여성 홀로 사진 신부로 이민하기도 했다. 종교적인 이유도 경제적인 이유도 있었다. 다양하고 강인하고 유머러스한 입말들을 텍스트로 고정시켜둔 결과물이었다. 누가 고정시켜서 다행인 역사라고 난정은 감탄했다. 책에 나오는 거리 이름들을 실제로 스쳐지나갈 때가 있었으므로 삼차원 독서에 가까웠다. 얼추 짐작으로 산 책이 그처럼 취향에 딱 맞을 때 쾌감에 가까운 만족감을 얻곤 했다.

책 속도 하와이, 책에서 고개를 들어도 그대로 하와이여서 정류장을 놓칠 뻔했지만 결국 내려야 할 버스 정류장에서 잘 내렸다. 먼저 와서 기다리고 있던 우윤을 발견했다. 하와이안 퀼트 가게의 쇼윈도를 정신없이 들여다보고 있는 딸의 뒷모습이 참을 수 없이 귀여웠다. 하지만 언제 저렇게 컸지? 덜 마른 수영복이 그 위에 아무렇게나 걸친 옷에 자국을 내건 말건 개의치 않는, 까맣게 탄 등이 건강해 보였다. 우윤이는 건강해, 난정은 주문처럼 입속으로 중얼거렸다.

"갖고 싶어?"

난정이 가서 묻자 우윤이 젖은 머리카락을 흔들며 고개를 가로저었다.

"완전 멋있는데, 작은 것보다는 대형 작품이 근사한 것 같아.

근데 큰 건 걸 데가 없어서."

"두 바퀴쯤 돌고 나서도 생각나면 다시 오자."

두 사람은 진짜 하와이 사람이라면 별로 맛있어하지 않을 푸드코트의 음식을 맛있게 먹고 천천히 구경을 했다. 전 세계 어디에나 있는 브랜드들의 하와이 한정판들이 있어 구경하는 재미가 쏠쏠했다.

"그런데 요새는 눈으로 실컷 보고 나면 별로 사고 싶진 않아."

"응, 필요한 건 이미 다 있지."

숙소에서 경아가 계속 커피를 내려주므로 나와서는 다른 걸 마시고 싶었다. 파인애플주스를 커다란 유리컵에 담아주는 카페에 앉아 오가는 사람들을 구경했다. 지구 곳곳에서 날아온 사람들의 느린 걸음들이 즐거워 보였다.

"엄마, 아빠랑 너무 안 노는 거 아냐?"

"늬 아빠, 미술관에 가 있을걸?"

명준은 같은 그림을 다른 날에, 다른 시간에, 다른 날씨에 보는 걸 좋아했다.

"안 그래도 고모들이 어찌나 계속 살피는지, 정말."

"고모들이 그래?"

"황혼 이혼이라도 할까 걱정인가봐."

"엄마 아빠가 아직 황혼은 아니지."

"황혼하고 이혼 중에 황혼이 신경쓰였어?"

"아, 미묘하게 그랬네? 고모들이 그러는 건 엄마가 아니라 아빠를 못 믿어서야."

"뭐, 전적이 있으니까 신경쓰는 건 알겠는데, 부모도 아니고 형제들이 오버하면 싫어. 이 나이 되면 각자 사는 거지."

그 전적에 대해서 난정과 우윤은 다소 신기해하는 편이었다. 이탈리아에 회화 유학을 갔다가 보존 전문가로 진로를 바꿨던 젊은 시절의 명준이 여자친구와 덜컥 결혼을 했다가 두 달 만에 이혼한 것…… 그 사건이라고 해야 할지 일화라 해야 할지는 꽤 개방적인 것 같은 고모들에게도 충격이었던 모양이었고 말이다. 어쩌면 중세에 세워진 시청 건물에서 했다는 결혼식에 다른 가족들은 아무도 없이, 독일에서 이탈리아로 명준도 만날 겸 바캉스를 가 있던 요제프 리만 참석했기 때문일지도 모른다.

"아빠한테 그런 과감한 면이 있다니, 여전히 상상이 안 돼."

"에이, 과감한 게 아니라 그게 더 겁쟁이인 거야. 누나들이랑 경아씨가 말릴 것 같으니까 회피한 거지."

파국이 빨리 오는 바람에 혼인 신고도 하지 않은 상태에서 무효화된 결혼이었다는데, 그 상대인 치아라 첼시 씨의 이름을 두고 고모들은 "치아라, 마!" 하고 뒤엎었을 거라고 농담을 하곤 했다. 어른들의 대화 사이에서 자신이 태어나기 전의 이 희비극적인 가족사를 추론해낸 사춘기의 우윤은 혹시 명준이 잘못한 걸까봐 무척 고민했었다. 1980년대 중반이었고, 아시아식으로 억압적이거나 비협조적으로 굴어 결혼이 그렇게 빨리 망한 게 아닌가 하고 심각히 여긴 것이다. 그러나 전모는 그것과는 거리가 멀었고 치아라 씨가 명준 전의 남자친구에게 돌아가려고 명준을 버린 것에 가까웠다. 우윤은 가장 친근하고 가드가 낮은 둘째 고모를 공략해 세세히 알아낸 다음에 안도할 수 있었다. 그 이후로 아빠를 더 애잔하게 생각하게 되기도 했다.

"이탈리안 드라마에 이용당한 거지, 뭐. 애초에 질투심 유발을 위해 만만한 너희 아빠를 고른 게 아닐까 싶고. 정말 웃기는 사람들이었어. 너 태어났을 때 선물도 보냈다니까?"

"응, 내 토끼 인형 그 사람들이 보내준 거라며? 애착 인형이었는데."

"물건은 보들보들하게 잘 만드니까. 이탈리아 사람들."

"그래도 요제프 할아버지한텐 효도했네?"

"어휴, 그 할아버지 휴가 끝나기도 전에 파탄났을걸? 모르긴 몰라도 그 순한 분 수명도 한두 달 까먹었을 거다."

우윤은 난정의 말에 잡은 손의 촉감 정도로 기억나는 할아버지도 애잔해했다. 애잔한 남자들만이 심시선의 가계에 존재할 수 있는지도 몰랐다. 열정에서 비롯된 추문도 유령처럼 희미해졌다가 결국 농담이 되는 걸 견딜 수 있는 남자들만이.

"너도 그러고 보면 참 아빠를 닮았지."

"왜?"

"회화 유학 가서 복원으로 빠진 거나, 조소 유학 가서 너 하는 그걸로 빠진 거나."

"컨셉 아티스트."

"응, 그거."

난정은 가끔 우윤과 명준이 자기들만 아는 이야기를 할 때 짓는 표정이나 자세 같은 게 너무 닮아 있어서 신기하기도 하고 어이없기도 했다. 두 사람은 주로 작업에 쓰는 도구들에 대해 이야기했다. 치과용으로 나온 조그만 드릴이나, 피규어 조립 도구들이 얼마나 빼어나고 유용한지에 대해서…… 둘은 쓸 만한 도구가 나올 만한, 그러나 언뜻 보기엔 먼 영역의 컨벤션 같은 데 슬쩍 가보기도 했다. 실력은 좋은 도구에 아낌없이 투자하는 데서 나온다고 믿는다는 점에서 매우 닮은 부녀였다.

"요즘도 점토를 써?"

"응, 그럼. 3D 모델링을 더 많이 하지만 가끔 점토도 써. 다 그래픽으로 하는 작업이 있는가 하면 돈 아끼려고 애니매트로닉스 같은 걸 부위별로 만들기도 해."

"로봇 같은 거잖아?"

"단순한 기계 장치에 표면을 잘 입힌 거지. 안에 별거 들어 있지 않은 걸 알면서도 나도 놀라."

"재밌겠네."

재밌어서 돌아오지 않겠네, 하고 난정은 생각했다. 역시 강아지를 함께 키우며 살지는 못할 것이었다. 한국보다 미국이 일이 훨씬 많을 것이고 대우도 나을 것이고…… 명준을 은퇴시키고 부부가 LA로 가는 게 차라리 나을지도 몰랐다. 사회보장제도가 엉망일 텐데 그것이 골치였다.

"LA에선 왜 서핑 안 배웠어?"

"일단 집이 해변에서 멀고, 거기 파도는 부담스럽게 세 보였어."

"돌아가서도 할 거야?"

"아니, 바빠서 못할 것 같아."

"요가 같은 걸 해. 안 위험하게."

"엄마, 요가도 얼마나 격렬한 운동인데? 나 주변에 요가 하다가 다친 사람 꽤 있어."

"거짓말."

"물구나무서다가 쓰러지기도 하고 공중에 달린 해먹에서 떨어지기도 하고."

"그럼 그냥 잔잔하게 숨만 쉬어."

난정은 그렇게 말하면서도 젊음의 속성이 그런 방향으로 흐르지는 못할 것을 이해하고 있었다. 우윤은 넘어지고 다칠 것이었다. 난정이 할 수 있는 일은 아무것도 없다. 친구들이 딸이 나가 살 생각 하지 않고 한쪽 방에 엎드려 만화책이나 본다고 욕할 때, 행운인 줄 알라며 쏘아붙이고 싶어지겠지. 어쩌면 자식을 다른 나라에 유학 보내거나 이민 보낸 다른 부모들을 좀 만나봐야 할지도 몰랐다. 책이 있을까? 세상엔 온갖 주제에 대한 책이 있다는 게 늘 안심이었다. 다 좋은 책은 아니지만 형편없는 책은 형편없는 책대로 기묘한 웃음을 주기도 하고 말이다.

"얼마 전에 정말 이상하게 구성된 책을 봤단 말이야."

"뭐에 대한 책이었는데?"

"지의류."

"그게 뭐지? 종이 같은 거야?"

"아니, 그, 숲 깊은 데 들어가면 나무 기둥에 녹색으로 붙어 있는 거 있잖아. 그런 거야. 하나의 식물처럼 보이지만 사실은 식물이랑 균류가 공생하면서 단독으로는 살 수 없는 환경에서도 살 수 있게 된 거지."

"오, 멋진데."

"난 좀 무섭더라고. 읽으면 읽을수록 외계 생물 같고, 인간은 참 이런 그로테스크한 것들이 우글우글한 곳에서 잘도 살아남았구나 싶었어."

"나도 그 책 읽어봐야겠다."

"근데 중간에 갑자기 요리 챕터가 튀어나왔어. 생물학 책인데 뜬금없이 요리해……"

"거짓말."

이번에는 우윤이 난정에게, 난정 흉내를 내며 말했다.

"아냐, 진짜야. 석이버섯이 지의류더라고. 갑자기 어떻게 먹는지 나라별로 자세히 소개해버려. 간장에 버무리고 어쩌고……"

"미치겠다."

"얇은 책인데 저자가 양을 불리고 싶었던 걸까?"

"엄마 때문에 석이버섯 먹을 때마다 생각날 것 같잖아. 그런 건 이야기해주지 마. 이상하게 구성된 책에 대한 책을 쓰면 어때?"

"너도 너희 할머니 닮아서는 그런 소리 그만해. 쓰는 게 뭐 대단한 것 같지? 그건 웬만큼 뻔뻔한 인간이면 다 할 수 있어. 뻔뻔한 것들이 세상에 잔뜩 내놓은 허섭스레기들 사이에서 길을 찾고 진짜 읽을 만한 걸 찾아내는 게 더 어려운 거야."

"허섭스레기란 말 입으로 직접 하는 사람 몇이나 되겠어? 엄만 완전 이상해. 이상한 엄마야."

우윤은 난정의 어휘 선택에 깔깔 웃으며, 쇼핑몰의 차양 아래에 길게 놓인 가판으로 걸어갔다. 작은 유리 장식이 달린 액세서리들이 놓여 있었다. 근사한 날염 스카프로 머리를 감은 판매원이 우윤에게 몸을 기울여 귀고리와 목걸이들에 대해 설명해주었다.

"엄마, 이거 바다 유리래."

"바다 유리? 해변에 떠밀려오는 그거?"

"응, 동그랗게 된 것들 주워서 만든 거래."

"하나씩 살까?"

난정과 우윤은 마음에 드는 것들을 들어 작은 거울에 비춰보았다. 마음에 드는 게 너무 많았다. 결국 지수와 화수와 명혜와 명은과 경아와 해림의 것까지 사버렸다. 우윤은 구매한 것들을 받아들고 누구에게 뭐가 어울릴까 조합하느라 고심했고, 난정은 이렇게 돈을 써서야 나중에 LA에 못 가겠다고 가볍게 후회했다.

17

질문자 문장의 아취가 비슷한 작가 없이 독특하신 것 같아요. 그 비결이 어디에 있는지 궁금합니다.

심시선 아마도 바닥에 떨어진 그릇처럼 깨져 있기 때문일 겁니다. 한국어, 어릴 때 배웠던 일본어, 영어, 독일어가 머릿속에서 다 섞였는데 조화롭게 섞이지 못하고 여기저기 골이 있습니다. 골과 절벽에 제 나름대로 흔들다리 같은 것을 걸어 사용하고 있기 때문에, 균열에 땜질해서 쓰고 있기 때문에 그것이 독특하게 보일 뿐일 겁니다. 그럴 수 있지요. 사람들은 의외로 흠 없는 것만큼이나 완전히 파괴되었다 다시 이어붙인 것에서 아름다움을 느끼니까요.

—〈시민과 함께하는 문학의 밤〉 녹취록(1981)에서

나만 영어를 못해.

규림은 그 점이 당황스러웠다. 엄마도 이모도 삼촌도, 사촌들도, 심지어 동생인 해림마저 영어를 곧잘 하고 말 걸어오는 누구나와 이야기를 나누는데 규림만 뚝뚝 끊겼다. 평소에 말이 많은 편이 아니라 아무도 눈치채지 못한 게 다행인지 아닌지 판단되지 않았다. 다들 언어적으로 지나치게 발달되어 있는 나머지 그렇지 못한 사람을 상상하지 못하는 것 같았다. 언젠가 가족 모임에서 이모부가 슬쩍 말을 걸었을 때, 그런 관찰이 규림만의 것이 아님을 알 수 있었다.

"말의 밀도가 너무 높아서 힘들지?"

엄마는 이모부를 두고 '허우대가 좋은 것에 비해 존재감이 없는 사람'이라고 없는 자리에서 자주 놀리는데, 존재감이 없을 뿐 관찰력도 없는 것은 아니었다. 큰이모 곁에서 존재감이 있는 게 오히려 놀라울 일일 것이었다. 온 가족이 모여 있을 때 입을 벌리고 있으면 공기 중에 가득한 단어들이 시리얼처럼 씹힐 것 같았다. 말들을 소화해내려면 버거웠고, 긴 가족 여행은 확실히 지쳤다. 물속에 내내 잠겨 있는 쪽이 나았다. 말을 하고 싶지 않은 것에서 더 나아가 생각을 하고 싶지 않았다. 잠수해서 초를 세고, 천천히 떠올랐다가 다시 내려가고, 호흡과 체온과 근육의 상태에만 집중하는 게 좋았다. 입안의 큰 공기 방울과 몸속을 돌아다닐 작은 분자들에 대해서만 감각하고 싶었다.

생각을 하지 않으면, 시간이 멈춘 것처럼 느껴진다. 혹은 시간을 뛰어넘는 것처럼 느껴진다. 선사시대, 중생대, 고생대 뭐 그런 학교에서 배운 옛날부터 물속에 잠겨 있었던 것처럼, 물위의 세계가 다 망하고도 계속 잠겨 있을 수 있을 것처럼 느껴진다.

엄마에게 학원을 바꿔달라고 말하는 것을 미루고 싶었다. 학교 전학까지는 무리일 테니까…… 규림은 무심하게 물속의 모래를 만졌다. 어린 학꽁치떼가 빙글빙글 규림을 감싸고 돌았다. 경계하는 것인지 궁금해하는 것인지는 분명치 않았다. 투명한 물고기들은 규림이 가까이 가려 하면 딱 그만큼 멀어졌다. 거리를 귀신같이 재는 능력이 있었다.

물속 풍경에 머릿속을 비우려 해도 지난 학기에 멀어진 두 친구가 자꾸 떠올랐다. 중학교부터 내내 같은 학원을 다녔다. 작지만 분위기가 좋은 학원이었고, 학교가 바뀌고 반이 갈릴 때도 학원 친구들은 늘 한 반이었으므로 더 가까이 지냈었다. 규림에게 고향만두란 별명을 지어준 것은 한빛이었다.

"내가 그렇게 고향만두를 자주 사먹었나?"

"응."

"그렇다고 별명이 될 만큼은 아니지 않아?"

"아냐, 네 성격을 엄청 잘 반영한 거야. 고향만두 이후로 냉동

만두의 진화는 여러 차례 있었어. 그런데도 넌 고향만두에 완전히 만족하잖아? 쉽게 만족하는 성격인 거야. 초콜릿도 가나 초콜릿을 질리지도 않고 먹고. 국어 시간에 배운 대로 안분지족. 선비 같네, 규림이."

늘 고향만두로만 불린 것은 아니고 가나 초콜릿으로도 불리고 안분지족으로도 불렸다. 규림은 이모들과 사촌누나들과 여동생에게 둘러싸여 있는데다 내내 남녀공학을 다녔지만 그래도 한빛과 친한 것이 좋았다. 말 그대로 여자 사람 친구. 그런 친구로부터 얻는 균형감 같은 것을 좋아했다.

한빛이 지은 규림의 별명을 가장 크게 부르고 수시로 부른 것은 늘 옆자리, 뒷자리에 앉는 도영이었다. 도영은 웃긴 말을 잘했고 규림과 학교에서 옆 반이라 번번이 함께 다녔다. 규림이 스포츠 전반에 관심이 있는 것에 비해 도영은 기계를 좋아해서, 마구 친해지진 않았지만 따지고 보면 하루의 큰 덩이를 함께 보냈다. 규림은 한빛과 도영과 다른 한두 명을 더해 학원 옆의 즉석떡볶이집에 가는 시간을 즐거워했다. 냄비의 코팅이 형편없이 벗겨져 있어 다들 으으, 싫어하면서도 맛있게 먹었다.

다시는 그러지 못할 것이다. 몸 안쪽인지 마음 안쪽인지가 불편해지자 공기가 새어나갔다. 불편했다. 그 불편함을 어떻게 처리해야 할지를 몰랐다.

도영에게 약간 문제가 있다는 것은 알고 있었다. 농담이 어긋

날 때가 있었고, 연예인들에 대해 나쁘게 이야기할 때가 있었는데 매번 한빛과 부딪치곤 했다. 고등학교에 진학하고 나서는 한층 더 그랬다. 두 사람이 부딪칠 때 자신은 어떤 표정이었는지 기억하지 못했는데 나중에 한빛이 알려주었다. 무마시키는 미소였다고, 도영보다도 꼴 보기 싫었다고.

한빛과 부딪치던 도영이 학원 남자애들만 따로 모아 메신저 방을 만들었고, 그게 모든 것을 산산조각냈다. 주로 도영이 거기에다 아이돌 사진이나 웃긴 밈들을 올렸는데 포토샵을 잘해서 직접 만들어 올릴 때도 있었다. 학원 아이들끼리 아는 개그 코드 같은 것을 추가하고, 선생님들에 대한 불만도 슬그머니 끼워넣었다. 규림은 단체 메신저 창에 메시지가 쌓이는 것에 피로감을 느껴서 알림을 꺼두었고, 문제의 일요일엔 아빠와 등산을 가서 배터리가 없었다…… 그 일요일 도영은 한빛의 사진으로 부적절한 합성을 했고 그 사진은 곧바로 여자아이들에게도 전해졌다. 한 커플이 함께 있다가 여자아이 쪽이 보았던 것이다. 규림이 집에 와서 충전을 하자 부재중 전화 알림과 메시지들이 화면에 정신없이 떠올랐다. 그날 한빛과 통화할 때 한빛은 울부짖으며 욕을 했고 규림을 원망했다. 규림이 그렇게 되도록 두었다고 했다.

학교였다면 징계의 시늉이라도 있었겠지만 학원이었기 때문에 도영과 도영에게 동조한 아이들이 단순히 그만두게 되었고, 도영에게 화를 낸 아이들은 남았다. 그 경계선은 다소 흐렸다. 규림이 문제의 사진을 보지 못했다는 사정은 규림의 부모가 학원에 가서 선생님들과 이야기를 한 끝에 받아들여졌다. 대부분 받아들였는데 한빛은 받아들이지 못했다.

"억울해? 억울해 죽겠어?"

최근의 쉬는 시간에 한빛은 규림을 몰아붙였다. 처음에는 규림도 억울했다. 만약 그날 일찍 메신저를 잘 확인했으면 규림도 도영에게 화를 냈을 것이고, 한빛도 규림이 한빛의 편이란 걸 오해 없이 알았을 것이다. 한빛에 대한 억울함이라기보다는 상황에 대한 억울함이었다. 그러나 한빛의 말을 들으면 들을수록 규림은 억울함을 잃었다.

"매번 멍한 얼굴이었잖아. 걔가 깽판을 치게 내버려뒀잖아. 남자애들끼리 방을 만들었을 때 초대를 수락했잖아. 뛰쳐나온 적 없다고, 너. 다른 애들이 알려줄 때 너는 아무것도 안 했어. 김도영은 원래 그런 새끼지만…… 아, 못 봤다고? 산에 있었다고? 그렇다 치자. 그냥, 나는 지난 몇 년간 너희랑 이 좁고 창문도 없는 방에 갇혀 있었던 게 너무…… 더러워. 더러워 죽겠어."

한빛은 그렇게 느낄 수 있다. 규림은 자신의 해명이 힘도 없고 중요하지도 않음을 이해했다. 화수에게 일어난 일을 알았기 때문이다. 그 죽은 남자가 사촌 큰누나에게 염산을 던졌을 때, 가해자가 피해자인 척할 때의 역겨움을 온 가족이 똑똑히 이해할 수밖에 없었고 규림 자신은 도저히 같은 짓을 할 수 없었다. 가해와 피해의 스펙트럼에서 스스로가 가해에 더 가까웠음을 인정해야 했다. 방전된 배터리와 나쁜 타이밍 이전에 멍청하고 멍하게 방조하고 있었음을 말이다. 한빛과의 관계 회복은 불가능할 것이었다. 이제와 규림이 한빛에게 해줄 수 있는 것은 공간을 주는 것밖에 없었다. 학원을 그만두고 인터넷 강의를 듣는 것쯤은 아무것도 아니었다. 다른 아이들은 한빛보다 가깝지 않았고, 그 가깝지 않은 이들을 한빛에게 몰아주는 것도 상관없었다. 개학을 하고 학교에 돌아가 도영을 보는 것은 괴로울 것 같았다. 복도에서 마주치며 자신이 도영과 그리 멀리 서 있지 않았다는 걸 곱씹어야 할 순간들에.

또 이런 상황에 놓이게 될까? 그것만큼은 피하고 싶었다. 느리고 단순하게 작동하는 머리로 두통이 올 만큼 생각했는데, 하와이에 와보니 훨씬 나았다. 하와이에 살고 싶어졌다. 적어도 하와이와 유사한 곳에, 사람들이 한국보다 약간은 덜 뒤틀려 있고 해변에서 대부분의 시간을 보내는 곳에 말이다.

다시 사과하고 싶은 마음이 울컥울컥 일 때도 있었다. 조금 더 일찍 너의 편이었어야 했어. 그 새끼가 그런 기분 나쁜 짓을 못하게 분위기를 만들어야 했어. 오래된 친구인데 내가 실패했어…… 특별한 여행 기념품 같은 것을 사다가 한빛에게 주고 싶었다. 아니면 사촌누나들에게 상담을 하고 싶었다. 누나들은 비슷한 일이 있었어? 화가 나서 멍청하게 멍 때리던 친구를 버려버린 적 있었어? 누나들에게는 이런저런 도움될 만한 정보가 있을지 모르지만, 변명처럼 들리지 않게 설명할 자신이 없었다. 사과도 상담도 결국 하지 않을 셈이었다.

"언니는 따옴표 같지, 늘 진지하니까. 나는 좀 정신없어서 쉼표 같고, 우윤이는 기본 표정이 물음표고, 의외로 해림이가 단단해서 마침표고…… 너는 말줄임표다, 말줄임표."

지수가 규림을 놀렸을 때, 규림은 그것을 계시로 받아들이기로 했다. 어떤 말들은 줄어들 필요가 있었다. 억울하지 않은 사람의 억울해하는 말 같은 것들은. 규림은 천천히 생각했고 그렇게 여과된 것들을 끝내 발화하지 않을 것이었다. 타고난 대로, 어울리는 대로 말줄임표가 되는 것도 나쁘지 않을 듯했다. 바닷속의 온도가 다른 물줄기들은 머릿속의 생각들을 닮지 않았나 잠시 떠올렸다가 그마저도 흘려보냈다. 체이스의 수신호를 받고, 천천히 수면으로 떠오르기 시작했다.

"엄마, 나 오리발 사줘."

해야 하는 모든 말들을 제쳐두고, 규림이 경아에게 요구했다.

"그거 짐 되지 않겠어? 돌아가면 쓸 일도 없을 텐데."

"아니, 계속 쓸 거야. 그러니까 사줘."

빌려 쓰는 오리발은 사이즈가 딱 맞지 않아 발꿈치가 아팠다. 규림은 빨개진 발꿈치를 보여주었다.

"그래, 대신 네 가방에 넣는 거야. 내 가방에 넣을 생각은 꿈도

꾸지 마."

모자는 합의에 이르렀다. 저녁에 가게를 몇 군데 돌아 버클 하나 없이 통으로 만들어진, 규림의 발에 꼭 맞는 오리발을 찾아낼 수 있었다. 검은 고무였고 오래 지나도 갈라지지 않을 탄성이 느껴졌다. 규림은 그 오리발을 평생 쓰게 될 것임을 알았다.

쇼핑몰에서 이모부와 마주쳤다.

"처제! 처제!"

이모부가 웬 모르는 아저씨와 어깨동무를 하고 다가왔다.

"아니, 중학교 동창을 여기서 마주쳤지 뭐야? 신기하지! 지구가 이렇게 좁다, 좁아."

엄마는 대충 인사를 나누며 시큰둥해했지만, 규림은 부러웠다. 언젠가 먼 여행지에서 한빛을 만나 그렇게 반가워할 수 있으면 했다. 불가능할 거란 걸 알면서도 아직 포기하지 못한 마음이 그렇게 한 줄기 흐르고 있었다.

18

뒤셀도르프를 떠나 프랑크푸르트로 이사를 했고, 그곳에서 첫 아이를 임신했다. 기차를 타면 금방이었지만 그래도 다른 도시였고 그곳의 사람들은 우리에게 무심하리라 여겼다. 누구였을까? 나의 소식을 굳이 마티아스에게 전한 이는.

마티아스에게 언제나 자살 성향이 있었다고 말하는 이들도 있지만, 나는 그게 사실이 아니란 걸 안다. 부검 결과에서 밝혀졌듯이 간과 폐는 기껏해야 몇 년 더 버텨줬을 것이고, 마지막으로 나와 요제프를 망치고 싶었던 것일 뿐이다. 하지 않으면 좋을 상상이지만 죽음을 준비하는 마티아스가 콧노래를 부르는 모습도 종종 그린다. 나에게 바치는 극진한, 그러나 디테일을 따지자면 실제로 일어난 일은 하나도 담지 않은 연서 겸 유서를 쓰고 변호사에게 단호한 지시사항을 남기면서…… 다락의 창은 정원으로 나 있었으므로 마티아스는 사층에서 거리 쪽으로 뛰어내렸다. 더 높은 층을 두고 굳이 거리 쪽을 택한 것이 그다웠다. 사층에서 떨어지고도 살아남는 사람들이 있지만 그는 아니었다. 그 자리에서 즉사했다.

사랑했기에 나의 배신을 견딜 수 없었다 썼고, 그럼에도 그림과 집과 모든 재산을 내 앞으로 남겼으므로 나는 온 유럽의 증오를 받아내야 했다. 재능 있는 화가를 파멸로 몰아넣은 아시아 마녀가 되었다. 미디어는 지금보다 느렸지만 그때 사람들도 지금 사람들 못지않게 가십을 사랑했다. 조롱에서 폭력으로 넘어가는 시간은 훨씬 짧았고 말이다. 창문으로 날아드는 깨진 판석, 집 앞에 버려지는 오물, 길에서 마주치는 사소한 위협들이 도를 넘어섰다. 마티아스가 바란 대로였다. 아무도 그의 의도를 해득하지 못했고, 돌바닥에 깨진 그의 머리가 마지막으로 계획한 것들은 차곡차곡 실행되었다. 어떤 자살은 가해였다. 아주 최종적인 형태의 가해였다. 그가 죽이고 싶었던 것은 그 자신이기도 했겠지만 그보다도 나의 행복, 나의 예술, 나의 사랑이었던 게 분명하다. 그가 되살아날 수 없는 것처럼 나도 회복하지 못했으면 하는 집요한 의지의 실행이었다.

요제프와 나는 파리에 가서 민애방의 집에 몸을 숨겼다. 뒤셀도르프에서 프랑크푸르트로, 프랑크푸르트에서 파리로. 마치 누가 그린 듯한 동선이었다. 애방의 아버지는 그 당시 파리에 그만한 집을 마련해줬다는 점에서, 식민지 부역자에 수상한 사업을 가지고 있었던 것으로 아직까지도 의심받지만 딸 가진 아버지로는 시대를 앞선 사람이었다. 그런 아버지 없이는 독립적이기도 용감하기도 어려운 시대였고 그런 시대가 끝난 것만이 위안이다. 겁에 질린 우리를 겁이라곤 없는 애방이 보호했다. 애방은 유산의 위험이 있는 나를 위해 귀국 시기마저 늦췄다. 안정권에 들어서자, 함께 한국으로 들어가자고 권유한 것도 애방이었다.

한국행은 그때까지 고려 대상이 아니었지만, 온 유럽이 나를 미워할 때 괜찮은 선택일 듯했다. 요제프도 그때는 동의했다. 애방이 귀국 후 바로 열 전시회 팸플릿에 들어갈 짧은 평론을 써달라고 부탁한 것은 기운 없이 누운 나를 북돋기 위한 제스처였겠지만, 그 이후로 모든 것이 바뀌었다.

—『나의 말은 그렇게 돌아왔고』(1997)에서

아마도 일종의 신분 세탁에 가까웠을 것이다. 심시선이 한국에 돌아왔을 때 계층이, 지위가, 직업이 바뀌어 있었고 그것은 민애방의 작품이었다. 유럽에서 얻은 악명을 일종의 신비로움으로 변환해낸 것은 시선의 능력이 아니었다. 할머니를 아는 화수는 생략

된 부분들을 읽어낼 수 있었다. 민애방이 그 모든 것을 이뤄지게 했다. 말을 흘리거나 전하고, 시선과 사람들 사이의 가교가 되어, 일종의 매니저처럼 커리어를 만들어냈다. 화려한 깃털을 가진 새처럼 부풀리기를 잘하는 사람이었지만, 그 재주를 자신을 위해서가 아니라 자신이 좋아하는 이들을 위해 썼기 때문에 사람들이 알면서도 속아줬다는 민애방 여사. 그러나 사실 여사라고 불릴 만한 나이가 되기 전에 세상을 떴기 때문에 화수는 물론 명혜 남매들도 잘 기억하지 못했다.

"모자가 많았지?"

"우리 학교 입학할 때마다 근사한 만년필 같은 걸 사줬어. 그 이모를 따랐던 것은 같은데."

"진한 향수를 뿌렸는데 참 좋았어. 그거 무슨 향이었을까? 치자?"

"장난처럼 매번 명은이를 자기 달라고 했잖아."

어렴풋한 이미지로밖에 그릴 수 없는, 오래된 사진으로만 남은 할머니의 친구가 할머니를 한국 미술계에 안착시켰다. 그 좋지 않은 상황에서도 끝까지 따온 학위가 도움이 되었다. 마음만 먹었다면 다시 그림을 그릴 수도 있었을 텐데 본인이 원하지 않았다고 한다. 그림을 그리던 사람이 어떻게 그림을 그리지 않을 수 있었는지, 그렇게까지 뚝 그쳐버렸는지 주변에선 이해하지 못했지만 어느 날 질려버린 듯 더이상 그리지 않았고 이미 그렸던 것들도 처분해버렸다. 마티아스가 억지로 떠맡긴 그림들과 할머니가 두고 온 그림들은 뒤셀도르프에 남아 먼지 속에 잊혔다가 도난당했다가 사라졌다가 종종 수면에 떠오르기도 했다.

시선은 한국으로 돌아와 그림을 그리는 대신 글을 썼다. 처음에는 독일어나 영어를 번역한 듯한 한국어로 기이한 정서를 만들어내며 썼고, 언어감각을 점점 회복해 곧 자연스러우면서도 힘있게 썼다. 열두 매, 스무 매짜리 짧은 글부터 시작했고 이 잡지 저 잡지에 글을 싣다가 단행본에 이르렀다. 삼 개월쯤 체류하려던 것이 일 년이 되고 이 년이 되었고 끝내 돌아가지 않았다. 십 년을 넘겨버리자 결국 요제프 리가 혼자 독일로 돌아갔다. 시선은 사랑과 자신의 언어 중에서 언어를 선택한 사람이었다. 터져나오는 말들을 거꾸로 잠글 수는 없었던 사람…… 뭐에든 지는 편이 아닌 명혜는 어른인 척 부모의 이혼을 이겨냈고, 명은은 상처를 받은 나머지 나중에 성을 시선의 성으로 바꿔버렸고, 명준은 가장 요제프를 보고 싶어해서 방학을 늘 독일에서 보냈다고 했다.

세 아이를 키우기 위해 시선은 수필을 썼다. 화수는 조부모의 재산 분할이 어땠는지 들은 게 없다. 사정이 급할 때는 아마 마티아스 마우어의 그림을 팔고 싶기도 했을 것이다. 그러나 그러지 않고 적당한 때를 기다려 기부해버리곤 글을 썼다. 아는 사람은 다 궁금해하는 사생활에 대해서, 한 번에 털어놓지 않고 파편화시켜 조금씩 썼다. 사람들이 저열하게 알고 싶어하는 내용은 힌트 정도로만 흘리고 자신이 세계에 대해 하고 싶은 말들로 책을 채웠다. 영리한 전략이었다고밖에 말할 수 없다. 한편으로는 스스로에게 무슨 일이 일어났는지 겨우 이해해가는 과정이었는지도 모른다.

"그 모든 걸 꿰뚫어보던 사람이 왜 자기한테 일어난 일을 소화하는 데는 그렇게 오래 걸렸지?"

"그야 그렇잖아. 우리가 알고 있는 이름들을 할머니는 몰랐을 거니까."

"이름들?"

"가스라이팅, 그루밍 뭐 그런 것들. 구구절절 설명이 따라붙지 않게 딱 정의된 개념들을 아는 것과 모르는 건 시작선이 다르잖아."

화수는 종종 지수의 똑똑함에 놀랐다. 사람들은 지수의 쾌락주의자적 측면만 보고 지수가 똑똑하지 않을 거라 판단했지만 전혀 아니었다. 화수는 동생의 뇌세포를 소중히 여겨, 클럽에서 해피벌룬이 유행할 때 그런 걸 하면 안 된다고 몇 번이나 당부했을 정도였다.

"언니, 할머니를 원망하면 안 돼."

"원망하지 않아."

"할머니는 할머니의 싸움을 했어. 효율적이지 못했고 이기지 못했을지 몰라도. 어찌되었든 사람은 시대가 보여주는 데까지만 볼 수 있으니까."

"하지만 할머니는 시대 너머를 보는 사람이었어."

"그건 그랬지만, 우리 나이에는 그냥 우리 나이의 여자였을 거야. 아니다, 우리보다 더 어렸네."

원망하는 마음이…… 있었는지도 모른다. 시선이 쓴 대로 '어떤 자살은 가해'였고, 그 가해가 반복되고 있다는 것에 염증을 느낀 나머지 원망해버렸는지도. 화수에게 시선은 어른 그 자체였고, 그 어른이 무겁고 더러운 사슬 같은 것을 앞에서 끊어줘서 화수에게까지 오지 않도록 해줬더라면 좋았을 것이라고 무의식적으로 여겼던 듯했다.

나도 어른이지.

언제까지고 딸, 손녀, 보호의 대상일 수는 없었다. 어떻게 하면 어른으로 살 수 있지? 이미 어른이지만 제대로 된 어른으로? 하루 종일 잠으로 시간을 보내서는 어려울 것이다. 퇴행의 증상이었다. 몸이 마음을 지키려고 그런 식으로 작동하는 것이겠지만 깨고 나가야 한다. 이해할 만한 상황이라고들 말하는데, 화수는 이해받는 것에도 질려 있었다.

좆같은 일이 화수에게 일어났다. 좆같다는 말을 쓰는 사람이 될 줄 몰랐지만 유해한 남성성을 그보다 잘 표현하는 말도 없을 것 같았다. 할머니는 욕도 표현의 일종이라고, 다만 정확하고 폭발력 있게 욕을 써야 한다고 말했었다.

"사후세계 같은 건 없나봐."

"아, 그러면 아쉬운데. 죽어서도 음악은 듣고 싶었거든."

지수가 통통한 고양이처럼 기지개를 켜며 대답했다.

"할머니가 세상 어딘가에 남아 있었다면, 그런 일이 벌어지게 두지 않았을 거야. 세상 전체를 바꿀 수는 없었겠지만 나를 보호해줬을 거야."

"귀신 우산처럼?"

지수의 엉뚱한 말에 화수가 귀신 우산을 떠올려보려 했지만 실패했다.

"아니, 뭐…… 화이트보드에 희미한 글씨로 경고를 남긴다든가, 계단에서 그 새끼 발을 걸든가 했겠지. 넘어져서 염산이고 뭐고 저가 다 뒤집어쓰게."

"할머니라면 아주 독창적인 귀신이 되었을 텐데 아무 일도 일어나지 않은 걸 보니 정말 없나보네, 사후세계. 할머니 보고 싶다. 언니 있잖아, 내가 할머니 단추 상자를 가졌다?"

"단추 상자?"

"철제 상자인데 안에 단추가 잔뜩 들어 있어. 옷을 사면 여분으로 붙여주는 단추들이. 할머니가 일일이 종이로 감싸놨어. 다 비슷비슷하게 생겼으니까 헷갈릴까봐 어떤 옷에 해당되는 단추인지 써놓은 거지. 결국 쓰이지 않을 단추들이었는데 말이야. 여분 단추들만 할머니 글씨랑 같이 남아서, 나 그 상자만 열면 울어. 배우도 할 수 있을 것 같아. 우는 연기가 필요하면 짜잔 여는 거지. 백

퍼센트 오열이야."

"그런 게 있었구나. 굳이 나한테 보여줄 필요는 없어. 할머니 집 그렇게 엉망이었는데 단추는 또 정리해놓으셨다니, 일관적인 엉망은 아니었네. 할머니가 막 다룬 가구들 진짜 바우하우스 가구들인 거 알고 깜짝 놀랐잖아. 재떨이랑 램프는 마리안느 브란트가 디자인한 거더라고. 모르고 버릴 뻔했지."

"할머니가 들고 왔을 땐 별로 오래되지 않은 평범한 물건들이었겠지. 귀해질 줄 몰랐을 거야."

"엄마가 혼자 사는 여자일수록 좋은 가구를 써야 된다고 명은 이모한테 줬는데, 이모는 창고에 박아둔 것 같더라."

"이사를 자주 하니까, 이모는. 언젠가 꺼내 쓰겠지."

"할머니가 폭 묻혀 있던 등나무 의자들도 그리워. 다 버렸나?"

"하나는 내 방에 있어. 요새 등나무가 다시 유행이라 꽤 자연스러워 보여."

"쿠션을 새로 한 거야?"

"응. 사이즈 재서 동대문에 가서 맞췄어. 커다랗고 쨍한 나뭇잎 무늬 천을 씌웠지. 사진이 어디 있을 텐데. 그런데 틈새 틈새에 먼지가, 정말 적어도 삼십 년치가…… 면봉으로 닦느라 힘들었다니까."

"엄마랑 할머니 성격이 안 맞았을 거야."

"모녀 관계는 원래 힘든 거 아닌가? 언니도 가족여행 끌려와서 힘든 거 아냐?"

"내가 온다고 그랬는데, 뭐. 팬케이크 먹으러 갈래?"

"그러고 싶은데 약속이 있어."

거절하는 지수의 얼굴에 가벼운 죄책감이 떠올랐으므로, 화수는 속이 상했다. 동생이 자신을 보호해야 한다고, 적어도 자신의 감정을 보호해야 한다고 생각하는 게 마음에 들지 않았다.

"또 그 사람 만나? 위험한 사람은 아니야? 아무나 따라가면 안 돼."

"체이스는…… 괜찮을 거야."

"그래, 너는 직감이 좋으니까. 우리 중에 직감만큼은 네가 제일 좋은 것 같아."

"불안하면 언니도 같이 갈래?"

"아니, 됐어."

지수는 두 번 권하거나 하지 않고, 화수가 보기엔 똑같아 보이는 티셔츠를 이걸 입었다 저걸 입었다 하며 외출 준비를 했다. 보다 못한 화수가 자기 트렁크 안의 옷들도 꺼내줘보았는데 결국 먼저 숙소를 나선 우윤의 옷을 훔쳐 입었다. 화수가 말끄러미 바라보자 지수가 둘러댔다.

"우윤이는 신경쓰지 않을 거야."

"아무 말도 안 했어."

지수가 나가고, 화수도 나갈 준비를 했다. 그저 씻고 옷을 갈아

입을 뿐이었는데 지수보다 훨씬 오래 걸렸다. 중간중간 길게 멈췄다. 빈혈이 심해서 기력이 없는 사람처럼, 눈에 보이지 않는 출혈에 끝없이 시달리는 사람처럼 멈추었다 다시 움직였다.

팬케이크집에 도착해서야 시선의 책을 두고 왔다는 걸 깨달았다. 화수는 다른 사람은 들을 수 없이 작게 한숨을 쉬고는 가게에 비치되어 있는 무가지를 뽑아들었다. 한숨을 들키는 것은 어른스럽지 못하다는 생각이 들어서 신경쓰는 편이었다. 무가지에는 지역에 필요한 교육 자금과 보건 자금을 어떻게 조성할 것인지 의견들이 오가고 있었고, 격한 파도가 해안도로를 침식시켜 폐쇄된 구역에 대한 안내가 있었고, 주차장에서 강도를 저지른 이들과 국립공원에서 불법 드론을 날린 이들의 몽타주 사진이 이어졌고, 어떻게 골랐는지 기준을 알 수 없는 해외 뉴스가 한 면을 차지했고, 그 다음이 부고 페이지였다. 전기 기술자, 보조 사서, 신발 디자이너, 해군 베테랑, 파인애플 농장 기계 수리공, 공군 베테랑, 호텔 직원, 영업 책임자, 설탕 농장 감독, 스포츠 코치, 후원회 회장…… 쉰둘에서 아흔셋까지 다양한 나이의 사람들이 세상을 뜬 주였던가보았다. 여자들은 직업이 표기되지 않거나 홈메이커로 표기되기도 했다. 성이 한국계인 것 같아 보이는 사람들도 있었다. 할머니와 아는 사이였을까? 알지는 못했어도 스쳐간 적이 있을까? 부고 다음은 중고 물품과 부동산 광고였다. 하와이 곳곳의 집들 사진이 작게 실려 있었는데, 사진 속에서는 흠도 없고 정원도 완벽해 보였기 때문에 한참 들여다보게 되었다.

"집 사게요?"

팬케이크 그릇을 내려놓으며 가게 주인이 물었다. 화수는 대답할 타이밍을 놓쳤다. 주인이 화수의 손에서 신문을 가져가더니 주소를 빠르게 훑었다.

"요즘처럼 자주 오려면 그나마 여기가 가깝네."

주인이 친근함을 보여주었으므로, 화수도 묻고 싶었던 것을 물었다.

"팬케이크 정말 맛있어서 다른 가족들한테도 맛보이고 싶은데, 혹시 믹스 같은 것 파시나요?"

슈퍼나 편의점에서 하와이 팬케이크 믹스를 숱하게 보았었다. 주인은 손을 크게 내저었다.

"믹스가 있으면, 이렇게 나올 것 같아요? 절대 이렇게 안 나와요."

무례했나? 기분 상하게 했나? 그래서 가게 이름이 프로퍼 익스프레션인가? 화수는 약간 당황했다.

"다 데리고 와요. 그쪽처럼 뼈만 남았으면 내가 좀 먹여야겠네."

다행히 불쾌하게 여긴 것 같지는 않았다. 주인이 화수의 마른 팔뚝을 보고 고개를 흔들었지만 화수 쪽도 그렇게 기분 나쁘지는 않았다. 할머니와 사이가 좋았던 손녀들은 나이 많은 여자들에게 너그러운 경향이 있기 마련이었다. 무가지를 한쪽으로 밀어두고 집중해서 먹었다. 생리가 끊긴 지 몇 달이나 지났다. 자느라, 계속 자느라 식사를 거르기도 했고 먹어도 쌓이지 않기도 했다. 하지만 프로퍼 익스프레션의 팬케이크는 처음 먹고 느꼈던 대로 쌓일 것 같았다. 흡수될 것 같았다.

가져가고 싶은 걸 찾았는데, 처음부터 정해져 있었던 것 같은데 긍지 높은 가게 주인을 어떻게 설득해야 할지가 문제였다. 설득에는 에너지가 들고, 화수는 에너지를 끌어올려야 했다. 주방 쪽을 힐끔힐끔하다가 그날은 결국 더 이어 말하지 못했다.

19

명혜 사실 어릴 땐 전통적인 어머니를 가진 친구들을 부러워했어요. 어디 놀러 가서 깨끗하고 잘 정리된 집을 보면 거기서 살고 싶다고 생각했죠. 우리집 부엌에선 버섯이 자랄 정도였거든요. 누구 한 사람은 죽는다, 뭘 잘못 먹고 죽는다, 그런 걱정 때문에 만날 큰딸인 제가 쓸고 닦고 해도 식구가 좀 많아야죠? 금방 또 엉망이 되고, 엄마는 살림에 전혀 관심이 없고…… 옛날이라 넘어갔지, 요즘 같으면 방치도 학대로 인식되니 신고당했을 거예요.

명은 아니, 언니…… 돌아가신 분이 항변할 수가 없는데 조금만 톤 다운해봐. 피디님, 편집 좀 적당히 부탁드립니다.

명혜 왜? 엄마가 거짓말 못하게 키웠는데 어쩔 거야? 우리 딸들은, 손녀들은 그렇게 할머니를 사랑했어요. 그렇지만 우리는,

우리는 엄마랑 살아봤잖아. 힘들었어요. 사랑만 하기에는 쉽지 않았어요. 모녀 관계는 그래서 복잡한 것 같아요. 그렇지만 인생에 몇 번 실패를 하고 나서, 이혼도 하고 양아버지 회사도 폐업시키고 나서 엄마가 전통적인 엄마가 아닌 게 나를 도왔구나 생각하게 되었어요. 웬만한 헛디딤에는 눈 깜짝하지 않는 사람이었고, 세속적인 기준으로 딸들을 비난한 적은 한 번도 없었어요.

경아 그 시대에 있기 힘든 엄마였다고 생각해요. 저는 엄마 덕분에 새엄마가 나오는 옛날이야기들을 다 무시할 수 있었고. (웃음) 손님들이 많이 오는 집이었잖아요. 손님들이 꼭 오빠만을 두고 '크게 될 놈'이라고 칭찬했거든요. 어느 날 엄마가 그게 싫었는지 매번 반복해서 말하는 손님한테 "그럼 우리 딸들은요? 작게 될 년들인가?" 하고 확 무안을 줬어요. 그때 제 어깨를 안고 있었기 때문에 '우리 딸들'에 제가 포함된다는 걸 알았고 기뻤던 기억이 있어요.

명은 나쁜 일화는 아닌데, 작게 될 년의 년은 좀 그렇지 않아? 어휘를 좀 순화해서 말하면 안 돼?

경아 피디님이 언니 친구라고 너무 신경쓰는 거 아냐? 안절부절못하는 거 그만해. 전형적인 둘째네. 하여간 엄만 가치관이 정말 특이한 사람이었죠. 돌아가시기 얼마 전이었는데, 엄마가 햇빛 드는 데 쭈그리고 앉아 뭘 라이터로 지지고 있는 거예요. 뭐하나 들여다봤더니 선물 받은 샤넬 선글라스 다리를 지지고 있더라고요. 잘 안 맞아서 그랬다나.

명은 (한숨) 그 일화도 별로 중요하지 않은 것 같아.

명혜 못마땅하면 네가 이야기 좀 해봐.

—특별기획 〈모녀〉(2017) 미편집본에서

빅아일랜드에서 명은은 걷고, 걷고, 또 걸었다. 칼데라의 바닥을 걷고, 전망대까지 걷고, 바로 한 해 전의 용암 분출로 만들어진 새 땅을 걸었다. 막 태어난 것들이 그렇듯 혹독한 모습이었다. 몸에 좋지 않은 화산가스들이 여기저기서 올라왔지만 적당히 피했다. 붉게 흐르는 용암을 보고 싶었으나 그건 좀더 일찍 왔어야 했던 모양이었다.

어머니 심시선을 생각하며 걸으려 했는데, 어째선지 자꾸 아버지 요제프 리 생각이 났다. 그게 시선에 대한 배신인 것 같아서 속이 쓰렸다. 등산화 때문이었다. 등산화의 끈을 매고 발목에서 한번 더 묶는 방식을 아버지로부터 배웠기 때문에, 끈을 고쳐 맬 때마다 떠올리고 마는 것이다. 사륜구동 차와 등산화가 필요한 섬에 와버려 어머니에게서 아버지를 완전히 소거할 수 없어져버렸다.

명은이 성을 바꾼 것은 호주제가 폐지되자마자였다. 그렇게까지 해야 하느냐고 다른 가족들은 이해하지 못했다. 흘러간 일은 흘러간 채 두면 되지, 달래듯 말했었다. 가족들의 오해를 풀지 못했지만 그 세월이 지나도록 아버지에게 화를 내느라 그런 것은 아니었다. 그냥 그러고 싶어서였다. 엄마가 손녀들의 이름을 잘못 부르는 걸 몇 번 보고 나서 그러고 싶어졌다. 많은 할머니들처럼 한 명을 부르려고 나머지 아이들의 이름까지 주르륵 불러버리곤 했고, 성까지 붙이면 온갖 성들이 다 튀어나왔는데 그러다가 박화수를 심화수로, 정규림을 이규림으로, 이우윤을 정우윤으로 부를 때가 있었다. 엉망이었지만 그래도 상관없지 않은가 싶었다. 사남매 중에 한 명쯤은 시선의 성을 따라도 될 것 같아서 귀찮음을 감수하고 바꿨다. 아버지는 세상을 뜬 후였고, 그게 아니었더라도 법원의 허가만 있으면 되었다.

아버지는 그저 이주에 실패한 사람이었다고 결론 내리게 되었다. 그런 일은 일어날 수 있다. 어른이 되고 나니 차차 이해할 수 있었다. 연고가 없는 곳에 이식될 수 있는 사람은 그렇게 흔하지 않았다. 말레이반도의 어딘가였다면 더 나은 결과가 나왔을지 어땠을지 알 수 없지만, 요제프 리는 한국에 연결되지 못했던 듯하다. 시선이 모국어와 한국 미술계에 덩굴 식물처럼 얽혀가고, 세 아이가 한국말에 기운 채 자라날 때 요제프는 부유浮游했을 것이다. 기억 속에 남아 있는 부유의 표정이 진짜일까, 맥락 속에 의미를 부여한 것일 뿐일까? 그 나름대로의 노력은 했었다. 할 줄 아는 일을 하려고 애썼으니까. 한국 작가들의 그림을 유럽에 보냈고 에

이전트 역할도 몇 건은 해냈고 갤러리를 열려는 계획도 있긴 있었다. 김이 빠지듯 추동력이 빠지고 말았지만 말이다. 좀처럼 늘지 않는 언어 문제였을까? 독재 사회를 또 겪고 싶지 않아서였을까? 마음을 붙이지 못했다. 사랑은 사그라들었다. 향수병에 걸렸다. 차라리 눈물바다의 이별이 있었으면 좋았을 텐데, 독일에 일을 처리하러 간다고 가서는 돌아오지 않았다. 그런 비겁한 방식이 건강하지 않았다고는 원망한다. 편지로, 전화로, 초대로 변명은 이어졌고 남매는 각자 상처입거나 회피하거나 이해에 다다랐다.

"어쩌면 그런 종류의 관계였는지도 몰라. 외압이 있어야만 계속될 수 있는…… 마티아스라는 외압이 사라지자 흩어져버린 걸지도. 너희랑은 상관없는 이야기다. 너희를 버린 게 아니야."

시선은 시선대로의 결론에 이르렀는데, 명은은 그렇게까지 회의적이고 싶지는 않았다. 마티아스가 끼친 영향을 어떤 식으로도 인정하고 싶지 않았다.

마지막으로 부친을 만나러 갔던 것은, 학회에 참석하기 위해 뮌헨에 방문했을 때였다. 기차를 타고 뒤셀도르프에 가서 며칠을 함께 보냈다. 그새 마르고 늙은 요제프 리를 웃게 하기 위해 명준의 실패한 이탈리아 결혼 이야기를 꺼냈더니, 그게 마치 자기 잘못이라는 듯 미안해해서 괜히 눈물이 났다. 이제 알이 두꺼운 안경을 썼다 벗었다 하게 된 아버지. 낡아 반들반들해진 셔츠를 계속 입는 아버지. 독일식 영어로 어떻게든 딸에게 사과하려는 아버지…… 친절한 사람이었다. 처음으로 시선이 요제프에게서 무얼 봤는지 알았다. 젊은 시절의 그를 그려볼 수 있었다. 그때 요제프는 두번째 결혼도 실패한 후였다. 그렇게 외로울 거면 우리랑 계속 살지 그랬어, 하고 타박하고 싶었지만 그러지 않았다. 명은은 가끔, 그렇게 반복해서 결혼한 부모에게서 태어나 한 번도 결혼하지 않는 삶을 살게 된 것이 신기했다.

"젊어."

걷다가 자기도 모르게 중얼거렸다. 땅이 너무나 젊었다. 걸어도 걸어도 익숙해지지 않았다. 용암이 분출될 때마다 지표가 바뀌고 해안선이 바뀌는 섬이었다. 비행기를 한번 더 타고 가족들과 떨어져서라도 걸어보길 잘했다는 생각이 들었다. 평소 명은이 거닐고 파들어가는 땅은 늙고 고정된 땅이었다. 그것과 비교하면 엄청난 기분 전환이 되었다.

"언제까지 땅 파고 살 거니? 두더지 이모가 될 셈이니?"

명혜는 이십 년이 넘게 잔소리를 하다가 최근에 포기한 듯하던데, 어디서 튀어나왔는지 모를 두더지 이모라는 말이 명은은 마음에 들었다. 지수가 가출을 했을 때 굴처럼 천장이 낮은 집의 소파를 기꺼이 내준 적도 있으니 정말 두더지 이모가 된 것이었고 말이다. 그리고 명혜의 오해와는 달리 명은은 그렇게 자주 땅을 파지 않았다. 기본적으로 훼손을 최대한 지양하며 지표 조사를 하고, 특수한 경우 시굴을 거쳐 발굴에 들어갔다. 젊은 시절 격자 도랑을 파느라 허리가 상했고 노년에 대가를 치러야겠지만 전반적으로는 할 만했다. 피곤한 것은 행정 쪽이었다. 문화재청이나 재단이 지원하는 학술 조사의 경우엔 마음이 편한데, 건축부지에서 발견된 유물을 구제하는 경우엔 신경전이 소모적이었다. 큰 회사들은 깡패처럼 나왔고, 개인 건축주들은 골치 아파했다. 그래도 복권 기금이 소규모 발굴지원사업에 쓰이게 되어서 다행이었다. 명은은 복권을 사는 사람들을 보면 안아주고 싶었다. 학술과 예술에 복권 기금만큼 도움이 되는 게 또 없어서 사람들이 더더욱 습관적으로 복권을 사주길 바랐다. 행운은 소수에게 돌아가겠지만 당신은 지금 파괴될 뻔한 유물을 보존하는 데 조금 보태셨습니다, 말이라도 걸고 싶었다.

"발굴 조사 보고서가 아주 흡족하네. 심시선 작가 딸이라서 그런가봐?"

말한 적 없는데 다들 알고 있어서 그런 말들을 반복해 들었지만, 신경쓰지 않게 된 지 오래되었다. 명은이 판매용이 아닌, 공공비치 자료나 PDF 등으로 공개되는 글을 쓰며 살아간다는 것을 두고 시선은 좀 재밌어했던 것 같다. 명은으로서는 지금 삶이 아닌 삶을 상상할 수가 없었다. 주머니가 많은 옷을 입는 삶. 늙은 땅에 축적된 시간을 보는 가볍고도 가벼운 삶. 주변의 모두가 명은처럼 가벼운 것은 아니고 명은이 유난히 가벼운 편이었다. 가족들은 명은이 부암동 집에서 모친이 남긴 물건들을 쓰며 살아주길 바랐지만, 그것은 명은에게 너무 무거울 것 같았다.

명은이 가장 좋아하는 유물은 부여박물관의 한 토기였다. 화려해서도 아니고 희귀해서도 아니고 명은과 개인적인 연관이 있어서도 아니었다. 그것은 어느 박물관이든 제일 첫 관에 배치하는 단순한 형태의 토기였는데, 가마의 불 속에서 엉거주춤 내려앉은 형태였다. 못 쓸 정도로 망가진 것은 아니고 윗부분이 모호하게 찌그러진 형태였는데 아마 토기 장인은 '에이, 만든 김에 그냥 쓰지, 뭐' 정도로 넘겼을 것이다. 그 실패작이 천오백 년을 살아남아 박물관에 자리잡을 줄은 상상도 하지 못했을 테고 말이다. 훨씬 잘 만든 토기가 많았을 텐데 하필 그 토기가 발굴되고 보존되어서 유리함 안에 전시된 걸 4세기의 토기 장인이 알게 된다면 얼마나 황당해하고 민망해할까? 천오백 년짜리 유머였다. 알아채고 웃는 사람도 그리 많지 않을 시간의 시시한 웃음거리였다.

10세기 전의 유물을 발굴해서 다행이었다. 지난 세기의 유골이 아니라…… 발굴 방식은 그리 다르지 않을 텐데 어떤 마음으로 그 일을 하는지 명은은 짐작할 수 없었다. 언뜻 같아 보이지만 사실은 다른 일들에 대해 아득하게 여길 뿐이었다. T에서의 유해 발굴조사 작업이 곧 시작될 것이었고, 가족들은 그것에 대해 자꾸 명은에게 묻는데 명은으로서는 할말이 없었다. 명은은 걷고 걷고 걸으며 괴로운 것들에 대해 너무 많이 차단해버린 것은 아닌지, 자기 보존 방식으로서 회피를 택한 것은 아닌지 고민했다.

의식과 무의식의 경계쯤에 잠겨 걷다가 지난해 용암이 흘러내린 모양 그대로 굳은 들판에서 무언가를 채집하고 있는 사람을 만났다. 눈이 마주쳐 짧은 눈인사를 하고 지나치려는데 그 사람이 벌떡 일어났다.

"식물학자죠? 그 워커, 그 모자, 그 조끼와 바지! 식물학자 맞죠?"

명은은 미국인의 외향성이 얼마간 부담스럽다고 속으로 고개를 흔들면서도 돌아서 다가갔다.

"아뇨, 행색은 비슷하지만 고고미술학자예요. 불교 미술 쪽입니다."

"정말요? 잘못 추측했다니…… 틀림없다고 생각했는데 말예요. 그러고 보니 불상의 미소를 가졌네요!"

제발 어딘가 퓨전 아시아 음식점에 머리만 놓인 불상을 떠올리며 하는 말이 아니길 바라며 명은이 미소 지었다.

"뭘 채집하고 계신 거예요?"

명은 쪽에서도 관심을 보여야 할 것 같아 들여다보며 물었다.

"오히아 레후아예요."

"어떻게 용암이 굳자마자 날아와서 핀 거죠?"

"레후아 꽃의 씨앗은 바람이 아니라 물로 이동해요. 굉장하죠?"

식물은 주로 그림이나 조각으로만 들여다보던 명은이 식물학자가 내미는 꽃송이를 받아들어 자세히 보았다.

"그렇지만 이 꽃 근처를 지날 때는 말벌을 조심해야 해요. 올해 몇 명이나 쏘여서 난리였다니까요."

유용한 충고에 감사를 표하며 꽃송이를 돌려주자 식물학자가 잠시 모자챙을 젖히고 명은을 보더니, 종이 사이에 그것을 조심스레 끼우고 구석에 라틴어 학명도 적어 다시 건넸다.

"선물이에요."

선물을 받을 거라고는 예상하지 못한 곳에서 선물을 받았다. 지도에도 아직 제대로 반영되지 않았을 비어 있는 땅 한가운데서 마주친 상대가 어째선지 명은에게 꽃과 꽃의 이름을 내밀었다. 명은은 당황했고, 모친이라면 자신보다 우아하게 반응했을 거라 생각하면서도 일단은 선물을 잘 갈무리해 넣었다.

"고마워요. 제가 빅아일랜드에서 찾고 있었던 게 이거였던 것 같아요."

화산의 부산물을 놓여 있던 자리에서 옮기거나 섬 밖으로 유출하면 펠레의 분노와 저주를 받는다는 말을 믿어서라기보다 존중하기 위해 곱씹던 명은이었다. 대체 엄마의 제사에 뭘 가져가야 할까 고민하고 있었는데 우연히 마주친 사람이 해결해준 셈이었다. 화산의 부산물이 아니라 그 위에 안착한 씨앗, 거기서 자란 꽃이었으므로 저주는 피할 수 있을 것 같았다. 명은은 답례로 줄 게 없을까 고민하며 가방을 뒤지다가 언젠가 던지듯 넣어둔 향낭을 하나 발견했다. 향나무향이 남아 있었다. 내밀면서도 아시아인은 가방에 향낭을 가지고 다닌다는 스테레오타입을 강화할까봐 걱정되었지만 상대가 기뻐했으므로 너무 깊이 생각하지 않기로 했다. 오래된 땅을 파들어가는 사람과 새 땅의 표면을 살피는 사람이 그렇게 작은 선물을 교환했다.

명은이 가족들에게 돌아가겠다고, 멋진 걸 찾았다고 메시지를 보내자 모두 가벼운 조바심을 느꼈다.

20

하와이에 대한 기억은 미묘하게 흐릿하다. 시간이 오래 지나서일까? 고된 일을 반복했던 나날들이어서일까? 매일 비슷한 날들이 지속되면 머릿속에 깃발 같은 것이 남지 않는다. 깃발이 항상 좋은 것은 아니지만 말이다. 단편적인 이미지들만이 종종 떠오른다. 침엽수의 침엽이 말도 안 되게 통통해서, 그러면 침엽이 아니지 않은가 생각했던 그런 짧고 아무래도 좋은 순간들만이. 생생한 조각조각들이지만 그뿐이다.

비어 있는 기억을 채우기 위해 하와이와 관련된 것들을 일부러 찾아 읽을 때가 있다. 얼마 전에는 유독 이상한 것들을 모아 읽는 난정이의 서재에서 열대어에 관련된 책을 빌렸다. 버터플라이피시에 관한 장章이 있었는데, 흐르는 물에 암컷과 수컷이 각자의 난자와 정자를 흩뿌리면 그뿐일 뿐 새끼를 보호하지도 키우지도 않는다고 했다. 그것 참 편하겠군, 생각했다. 다음 세대가 수정되기도 전에 얼른 자리를 떠버리는 부모란…… 의외인 것은 그 간단한 번식이 끝나고도 전체 백삼십여 종 중 칠십팔 종이 한 쌍을 이루어 산다는 내용이었다. 짝짓기 철이 아닐 때도 둘이 함께 산호군 가장자리를 미끄러져다니며 먹이 활동을 한다고 한다. 먹이를 찾는 데 눈이 한 쌍 더 있으면 유리한 것인지, 먹을 때 순번을 바꾸어 등을 지켜주는 게 생존에 나은지, 모든 쌍이 암수로만 이루어져 있는지 연구자들은 아직 완전히 알지 못한다. 어찌되었든 물고기도 번식 이상의 관계를 가진다는 것이 어떤 날 외로움을 약간 덜어준다.

—『심시선 일기 1994년 여름』에서

"츠!"

체이스가 재채기를 했다.

"오, 재채기 소리 신기해."

지수가 웃으며 차창을 내렸다. 창문 밖의 더운 공기가 들어왔다.

"그래? 그런 이야기는 처음 듣는데."

"다음에 재채기 할 때 녹음해서 보내줄 수 있어?"

"뭐? 진짜?"

"응, 나 사람들 재채기 소리를 모으거든."

"모아서 뭘 하는데?"

"아직 정하지는 않았어."

"정말로 보내주는 사람들이 있어?"

"응. 생각해봐. 재채기는 하기 전에 언제나 알 수 있잖아."

"그럼 나도 보내줄게."

"약속한 거다?"

"응. 너는 그러니까, 평소에도 소리를 모으는 직업이구나?"

"하루에 새로운 노래 하나. 새로운 소리 하나. 디깅을 잔뜩 해서 라이브러리를 꽉 채워놓으려고 노력하고 있긴 한데 내가 정말 이 일을 잘하는지는 잘 모르겠어."

"왜?"

지수는 체이스에게 어떻게 설명해야 할지 생각했다. 최근에 들어온 일들이 모조리 디제잉이 아니라 디제잉 흉내에 가까운 일들이었단 것을. 이를테면 호텔 수영장에서 호텔 벽면에 유튜브 뮤직비디오들을 흥이 나는 순서로 쏴주는 것이라거나…… 그건 디제잉이 아니었다. 디제잉처럼 보이지만 전혀 아니었다. 보수가 좋아도 자괴감을 눌러 삼켜야 하는 일들을 거절하고 제대로 된 공연을 하고 나면 '믹싱을 잘한다기보다는 퍼포먼스가 좋아서 관객 호응이 있네' 같은 평을 듣는 것도 속상했다. 맞는 말이어서 더욱 그랬다. 믹싱할 때 음을 '깎는다'는 표현에 대해 곱씹어 생각했다. 처음에는 보이지 않고 만져지지 않는 것을 공예처럼 표현하는 게 이상했는데, 점점 그럴듯하게 느껴졌다. 더 정치精緻하게 깎아야 하는데, 그 단계에 이르지 못했다. 그 단계에 이르러야 공간을 완전히 장악할 수 있을 것이었다. 지수는 그런 공연을 본 적이 있었다. 모두가 완벽하게 깎인 음악에 연결된 채 한 사람도 떠나지 못하는 모습을. 묶여서 같은 리듬으로 움직이는 것을. 몇 초만 발생하는 희귀한 초월감을 만들어내는 디제이는 소수였다.

"재능이 없는 것 같기도 해. 레벨 업을 해야 하는 순간에 레벨 업을 못하고 있달까? 게다가 세상엔 디제이가 너무 많지. 뛰어난 사람들 한줌은 이미 다 자기 자리를 찾았고 굳이 나까지…… 어쩌면 이것도 스쳐가는 직업일지도 몰라. 여러 일을 거쳤거든. 나 좀 꾸준한 데가 없어서."

"그렇게 말하지 마. 네가 열려 있는 사람이라 변화에도 적극적인 거겠지. 나, 너 처음 봤을 때부터 확 느꼈는데. 열려 있는 사람이란 거. 튼튼하게 활짝 열리는 창문이나 공기가 잘 통하는 집처럼."

그래서 친해지고 싶었다고 체이스가 말했으므로 지수는 자신에게 잠시 너그러워질 수 있었다. 두 사람은 하루종일 꽉 찬 일정을 즐겁게 보내며 체이스의 의도대로 친해지는 중이었다. 체이스가 차이나타운을 안내해줬을 때, 지수는 체이스가 중국계일지도 모르겠다고 생각했다. 차이나타운에 아직 남아 있는 오래된 건물들은 무역선들이 배의 균형을 위해 바닥짐으로 싣고 왔던 벽돌로 지어졌다고 했다. 선원들이 쓸모없어진 벽돌을 풍덩풍덩 버린 것을, 중국계 이민자들이 잠수하여 건져올린 것이라고 말이다. 그렇게 말하는 체이스의 얼굴에 자부심이 깃들어 있었으므로 중국계가 아닐까 했던 것이다. 그런데 그다음으로 데려간 곳은 무스비 가게와 야키소바 가게였다.

"뭐야, 이 야키소바 도쿄에서 먹었던 것보다 더 맛있어."

지수가 감탄하자 체이스가 좋아했다.

"우리 할머니가 만든 것보다 맛있다니까."

할머니가 야키소바를 만드신다면 일본계인가도 싶었다. 두 사람은 차를 몰아 동쪽 해안으로 향했고, 지수가 태어나서 본 중 가장 깨끗한 모래 위에서 포장해온 무스비를 먹은 후 밥알 한 톨도 흘리지 않은 채 잘 정리했다.

"모래가 어떻게 이렇게까지 깨끗하지? 모래 속에 아무것도 없어. 모래밖에 없어."

둘러보면 금방 이유를 찾을 수 있었다. 주차장도, 매점도, 화장실도, 샤워실도, 구조원도 없었다. 긴 해변에 상업시설을 들이지 않고 근처에 사는 사람들만 이용할 수 있게 개발하지 않은 것이다. 관광객에게는 불편할 수 있지만 관광보다 우선해야 하는 게 있다는 걸 일찍 깨달은 게 분명했다. 그 결과로 모래는 깨끗했다. 쓰레기 한 점 없이.

"좋겠다, 여기 살아서. 정말 파라다이스잖아."

지수가 멀리 보이는 작은 바위섬들을 바라보며 말했다. 체이스는 지수의 말에 잠깐 머뭇거리는 듯했다.

"그렇지만 나는 이사가야 할 것 같아."

"왜?"

"너무 비싸서. 그리고 점점 더 비싸져서."

"젊은 사람들 일자리가 없는 거야?"

"있긴 있는데 오르는 물가를 감당할 만한 일자리가 없는 것 같아. 보통 서비스직이니까. 집값도, 식비나 생필품값도 미국에서 제일 비싸니 많이들 이주해."

"어디로 가게?"

"캘리포니아? 대부분 캘리포니아로 가."

체이스의 담담한 얼굴에 지수는 슬퍼졌다. 이런 고향을 두고 떠나야 하다니 믿을 수 없었다.

"뭐야, 파라다이스가 아니었잖아."

"파라다이스일 리가 없잖아?"

체이스는 어리둥절해했다.

"하지만 자동차 범퍼에 웰컴 투 더 파라다이스라고 쓰여 있었다고. 사람 헷갈리게 왜 붙이고들 다니는 거야, 그럼?"

"그거야 독특한 자연환경에 대한 애정 같은 거지, 다른 문제가 하나도 없다는 건 아니야. 부동산은 폭등하고 깨끗한 물이나 하수

처리장은 부족하고."

우울해져서 스노클링을 한 다음에 햇볕에 몸을 말렸다. 샤워 시설이 없으니 어쩔 수 없었다. 하루종일 소금내가 나고 모래가 부스스 떨어지겠지만 그런 것쯤은 대수롭지 않을 만큼 친해진 다음이었다. 지수는 이야기를 듣다가 체이스가 하와이 원주민과 스웨덴 이민자, 일본 이민자 들의 복잡한 역사 속에 태어났다는 걸 알게 되어 반가웠다.

"나는 독일인, 페라나칸인, 한국인 들이 눈이 맞은 결과야!"

"우린 콕 집어 말할 수 없는 지구인이네."

"서로서로 더 눈이 많이 맞으면 오십 년쯤 후엔 다 우리처럼 생길 거라고 하던데."

그런 세상이 금세 올 것 같기도 영영 오지 않을 것 같기도 했다.

"근데 왜 이름이 아니라 성으로 불리는 거야?"

지수는 체이스에게 궁금했던 것을 물었다.

"어떻게 알았어?"

"네 동생 케이크에 풀 네임이 쓰여 있어서 알았지."

"아, 케이크가 쓸데없이 커서. 응, 내가 성으로 불리는 걸 좋아해서 그렇게들 불러줘."

"그렇구나."

"특히 청소년기에는 성별이 드러나는 이름이 스트레스였거든. 지금은 트랜지션을 준비하고 있고 그 정도로 괴롭지는 않은

데……"

별생각 없이 소소한 것을 물었다가 억지로 사정을 끌어낸 게 아닌지, 지수는 속으로 미안해졌지만 말하는 체이스가 편안해 보였으므로 과하게 미안해하지는 않기로 했다.

"알았어. 잊지 않을게."

"잊지 않는다니, 엄청 진지하잖아. 〈매드 맥스〉도 아니고."

"진지해야 해. 나 크게 실수한 적 있거든."

지수는 체이스에게 몇 년 전의 실수에 대해 털어놓았다. 열 명의 여성 디제이를 추천하는 글에 무신경하게 논바이너리 디제이를 포함시키고 말았다고. 마감이 밭았고, 직접 아는 사이가 아니었다는 변명거리야 있었지만 그야말로 무신경했던 탓이라고. 급히 수정을 하고 당사자에게도 사과했는데 그래도 계속 마음에 남는다고. 무신경하면 좋아하는 사람들에게 상처를 줄 수밖에 없는 것 같다고. 거기까지 털어놓자 체이스도 진지해졌다.

"그래도 좋은 성격이네."

"뭐가?"

"나는 세상에 두 종류의 인간이 있다고 생각해. 남이 잘못한 것 위주로 기억하는 인간이랑 자신이 잘못한 것 위주로 기억하는 인간. 후자 쪽이 훨씬 낫지."

"두 종류로 나누는 건 너무 단순화시킨 거 아냐?"

"그러게, 그러면 안 되는데."

두 사람은 물개처럼 누워서 웃다가, 이어서 중요하지 않은 이야기들을 좀더 하다가 낮잠에 빠졌다. 그것은 등을 붙인 땅에 연결되는 듯한 부드럽고 깊은 잠이었고 깨어났을 때는 노을이 지고 있었다.

"해가 져버렸잖아. 오늘도 무지개를 못 찍었네. 큰이모는 이미 좋은 걸 찾았다던데."

스카프를 둘둘 감으며 지수가 투덜거렸다.

"배고프다. 피자?"

"피자!"

한껏 친해진 두 사람은 하와이안피자에 대한 의견이 달라 잠시 멀어질 뻔했으나, 각자 좋아하는 조각 피자를 먹고 디저트로는 릴리하 베이커리에서 코코퍼프를 샀다.

"왠지 다른 빵들도, 다른 퍼프도 골고루 사야 할 거 같잖아?"

"응, 종류 진짜 많다."

체이스가 지수의 귀에 속삭였다.

"날 믿어. 코코퍼프만 사야 돼. 코코퍼프가 독보적이야."

"믿을게."

지수는 현지인의 평을 믿기로 했다. 코코퍼프로 박스를 가득 채웠다. 그대로 차를 몰아 탄탈루스 언덕에 올라가 야경을 보았다.

"날 믿어. 야경은 서울이 근사해. 독보적이야. 너 와봐야 한다니까?"

이번엔 지수가 체이스의 귀에 속삭였다.

"알았어, 믿을게."

서울보다는 빛들이 듬성듬성하고 낮게 깔렸지만, 코코퍼프와 멋진 짝이라는 것은 인정할 수밖에 없었다. 운명적 무지개를 만나는 일 말고는 많은 것을 한 날이었다.

21

사람들이 물어보곤 했어요. 내 글에서 죽음 냄새가 난다고. 누가 죽었느냐고. 흥미롭게, 문학적인 대답을 기다리며 한 사람이 죽었을 거라고 추측했죠. 나는 차마 학살에 대해서 말하지 못하고 죽은 연인이 있다고 대답하곤 했어요. 어린 나이에 비극적으로 아름답게 죽어버렸다고 말이에요. 그게 사람들이 원하는 적당한 대답인 걸 알았으니까. 하지만 이제 말해요. 지난 세기에 일어난 일이니까, 말할 수 있어야 한다고 생각해요. 그 참혹함을 떠올리면 심장이 난폭해지고 갈비뼈가 터져버릴 것 같지만, 말해요. T에서 내 가족이 죽었어요. 모두 죽었어요. 나만 두고. 경찰과 군인들이 죽였어요.

—『여성XX』(2001)에서

홀라 선생님이 하와이를 '하와이이'라고 제대로 발음하는 것이 멋졌다. 명혜는 선생님의 훌라를 따라 하는 것처럼 발음을 따라 하고 생각을 따라 했다. 제대로 따라 하기엔 짧은 기간이었고, 영원히 그 정수에 가닿을 수 없을 것 같아 슬퍼졌지만 그 슬픔이야말로 여행의 본질이라는 생각이 들었다. 호감을 가지고 있지만 연결되지는 못할 거라는 깨달음 말이다.

훌라 선생님은 '쿠무 훌라', 훌라를 배우는 곳은 '할라우'. 명혜는 미국인들이 훌라를 금지하다가 관광객용 선정적인 춤으로 격하시키려 한 이유를 알 것 같았다. 훌라가 가진 힘이 두려웠던 것이다. 배우면 배울수록 손끝 하나하나에 힘이, 떨림이 느껴졌다. 훌라는 언어였고 문화였고 종교의 일부였다. 외부인이 이렇게 느낄 정도면 하와이 사람들에게는 얼마나 소중한 춤일까? 명혜의 쿠무 훌라는 온갖 난관 속에서도 명맥을 이어온 사람 중 하나였고 수업이 끝날 때마다 하와이의 정신에 대해 이야기했다. 명혜는 춤을 배우는 시간만큼이나 그 이야기를 듣는 시간을 설레며 기다렸다.

"쿡 선장과 함께 질병들이 도래했습니다. 하와이 열도가 바깥 세계에서 동떨어져 있을 때는 존재하지 않았던 질병들이요. 셀 수 없이 많은 사람들이 죽었습니다. 십분의 일만 살아남았다는 이야기도 있고, 이십분의 일만 살아남았다는 이야기도 있어요. 그렇게 살아남은 사람들이 고작 사만 명이었습니다. 우리가 이천 년 가깝게 사랑해온 땅들은 플랜테이션 농장이 되었어요. 백인 선교사의 자식들이 그 농장을 차지했습니다. 아시아계 이민자들이 부족한 노동력을 채우기 위해 대거 바다를 건너왔고요. 농장주들이 관세를 피하기 위해 미국에 합병을 한 겁니다. 아무것도 우리가 원한 것은 없었습니다. 우리의 정신과 문화가 희석되는 걸 막기 위해 지극한 노력이 있었습니다. 다행히 말이 살아나고 훌라가 살아났지만 갈 길이 멀어요. 우리를 그저 관광상품으로 대상화하면 안 됩니다. 여기서 제대로 배우고 있는 분들은 물론 더 깊은 이해를 하려고 오신 거 알지만요."

명혜는 돌Dole 파인애플 농장에 가서 파인애플 아이스크림을 먹고 온 게 갑자기 부끄러워졌다. 엄마가 단 몇 년 동안뿐이었지만 수탈당한 섬에 보충된 노동력이었단 것도 어쩐지 미안했다.

"얼마나 우스운 일들이 벌어지고 있는지, 제가 예시를 들어드릴게요. 바다 건너 사업가라는 사람들이 갑자기 나타나 전통요리 이름으로 상표 등록을 해버리는 거예요. 그러면 로컬들은 그 요리 이름을 간판에도 쓸 수 없고 메뉴에도 쓸 수 없어요! 바보 같은 일이죠? 그런데 그 사업은 또 망해버렸어…… 아무 수습이 안 돼요. 매번 외부인들의 개입으로 우리 문화는 잠식당해가고, 로컬들은 점점 살기 어려워져요. 절망적입니다."

쿠무 훌라는 로컬이라는 말을 자주 썼는데, 원주민과는 또다른 의미인 것 같았다. 로컬에는 인종도 혈통도 없었다. 하와이에서 긴 시간 살아온, 지역 공동체에 애정이 있는 사람이면 다 로컬에 포함되는 것 같았다. 그 점에 대해 명혜가 묻자 선생님도 곰곰 의미를 되새김질하는 것 같았다.

"원주민의 문화를 지키는 게 우선이긴 해요. 워낙 시달렸으니까. 그런 면에서 지금껏 원주민들과 다른 유색인 이민자들의 지향이 언제나 일치했던 것은 아니에요. 그래도 종종 서로 힘을 합칠 수 있을 때면 더한 나락을 피할 수 있었던 것 같네요.* 음, 네. 여기가 천박한 시장 바닥이 되는 걸 막으려는 사람들은, 착취적이지 않은 진짜 삶을 꾸려가는 사람들은 모두 로컬이라고 부를 수 있겠죠."

명혜는 그 폐쇄적이지 않은 범위 설정이 마음에 들었다. 한국의 로컬도 그런 개념이 되어야 할 것 같았다. 공동체에 누가 속할 수 있을지 넓게 열어두고 끌어안을 필요가 분명 있었다. 한국 사회도 이민자의 수가 계속 늘고 있고, 더 다양한 집단을 포용해야 할 때 로컬 개념에 괜찮은 가능성이 있지 않을까? 현지인이라고 번역하면 되려나? 지금의 '한국인'은 확장형이 아닌 것만 같아서…… 아니면 말은 그대로 두고 인식만 확장될 수도 있으려나? 복잡해지니 머리가 아팠다. 쿠무 훌라와 모친이 만날 수 있었다면 아마 흥미로운 대화를 했을 거란 생각이 들었다. 명혜는 시선의 길을 따라

---

* 『하와이 원주민의 딸』, 하우나니-카이 트라스크 지음, 이일규 옮김, 주강현 해제, 서해문집, 2017에서 변형하여 인용.

가지 않았다. 명혜에게 언어는, 아이디어는 철저하게 경제 활동이었다. 시선에게도 어느 정도는 그랬지만 역시 달랐다.

혈통이란 단어를 들으니, 하와이에 오기 전 T의 유해 발굴단에 유전자 샘플을 보낸 것도 떠올랐다. 살면서 하리라고는 생각지 못했던 경험이었다. 흙속의 뼛조각들과 이어져 있다는 것에 어떻게 느껴야 할지 아직 얼떨떨했다. 조부모와 엄마의 형제들과 그 배우자들과 아이들 중 누구를 찾을 수 있을까? 숙모들은 대체 어떻게 맞춘담? 맞추지 못하거나 맞출 대상이 없는 사람들은 그럼 무연고자 유해가 되어버리는 건가? 한두 살에 불과했을 어린 사촌들의 뼈는 남아 있지 않을 것 같았고…… 가족의 기억을 곱씹는 것도 무척 괴로운 일이었지만 기억과 유해는 또 다를 터였다.

"우리가 그 뼈를 받아서 어떻게 해야 하는 거지?"

"화장해서 엄마 뿌린 데 뿌려야지. 뭐 어떡하겠어?"

"이제라도 가족 납골당 같은 걸 만들까?"

"합동 장례 이야기도 있더라. 추모 공원을 만들면 고민이 줄겠지."

남매 사이에서도 의견이 갈렸다. 명혜와 명준은 간소한 공간을 원했고, 명은은 비구니같이 죽은 사람은 실제 공간이 아니라 마음 속 한구석을 차지해야 한다고 여겼고, 경아는 의견을 내지 않았다.

훌라는 명상이랑 비슷하네. 깊은 곳에서 기포들이 자꾸 떠오르네. 명혜는 할라우를 걸어나오며 속으로 중얼거렸다. 방해금지모드로 해두었던 설정을 풀자, 메일이 여덟 통 와 있다는 표시가 생겼다. 훌라를 두 시간 추는 새에 여덟 통이나 쌓인 것이다. 이제 정말 회사를 경아에게 넘기고 싶은데, 경아는 계속 망설이고 있는 듯했다. 두 사람이 경아 아버지의 회사를 정리하고 차린 회사였다. 그때의 씁쓸함과는 다른 맛이 입안에 돌았지만 정확히 어떤 맛인지 판별이 되지 않았다.

숙소에 돌아오니 화수가 얇은 담요를 토가처럼 감고 시선의 책을 읽고 있었다. 활동량이 적어 체온이 낮은 모양이었다.

"어떻게 하와이에서 추워해? 상헌이는 언제 온대?"

"온다던 날 오겠지."

"너는 남편한테 그렇게 관심이 없니?"

화수는 대답하지 않고 나풀거리는 책장을 만지작거렸다.

"지수는?"

"친구 만나러 갔어."

"데이트인 건 아니고?"

"지수는 잘 구분이 안 되잖아."

"지수는 참 구분이 없지."

큰딸의 심상한 말에 명혜도 고개를 끄덕였다. 둘째는 어릴 때부터 그랬다. 성격이 둥근 사람과도 잘 지내고 예민한 사람과도 잘 지냈다. 외국 학생하고도 같이 다니고 장애 학생이랑도 같이 다녔다. 잣대는 없고 젓대는 있어서 사람 사이를 휘휘 저어버린달까? 초등학교 때 친하게 지낸 다운증후군이 있던 친구 이야기가 고등학교 때 다시 나왔을 때 반응은 너무나 지수다웠다.

"걔가 다운증후군이 있었다고?"

"응, 너 몰랐어? 알고 같이 논 거 아니야?"

"완전 몰랐어."

"학교에서 배우지 않나?"

"그땐 안 배우지. 아, 좀 말해주든가. 어떡해? 걔 겁 많았잖아. 나 아무것도 모르고 자꾸 높은 데서 뛰어내리라고 그랬다고. 알았으면 안 그랬을 거야. 이제 와서 미안해지네. 돌아버리겠다. 언니도 알고 있었어? 엄마랑 언니랑 둘 다 너무해."

"하지만 걔도 걔네 엄마도 특별히 뭐라 안 했는데."

"속으로만 원망했겠지…… 원망했을 거야. 내가 넌 왜 그렇게 겁이 많냐고 두 계단 위에서 뛰라고 막 재촉했는데. 으으, 후회되네. 나 때문에 넘어진 적도 있었을 텐데."

그때 손톱을 잘근잘근 물던 둘째는 실수하고 후회하면서도 매번 가슴을 열고 뛰어나갔다. 그리고 하와이에 와서도 변함없이 바쁜 둘째에 비해, 첫째는 계속 숙소에 있었다. 둘을 반쯤 섞으면 좋을 텐데 그런 것은 부모 마음대로 되는 일이 아니었다.

"너도 나랑 훌라 배우러 안 갈래?"

"아니."

“정말 좋아.”

명혜는 더 말하려다 멈칫했다.

“막 치유되는 기분이야?”

화수의 말에 날카로움이 있는지 명혜는 잠시 살폈다. 무심한 표정에서 아무것도 읽지 못했다.

“너 심심할까봐 하는 말이지.”

“안 심심해.”

“점심은 먹었어?”

“응.”

“뭐 먹었는데?”

“팬케이크.”

명혜는 화수가 어제도 그제도 팬케이크를 먹었다고 그랬던 것이 떠올라 의아했다. 화수가 팬케이크를 좋아했던가? 매일 먹을 만큼? 명혜는 화수가 낯설 때가 있었고, 그것은 꼭 화수에게 일어난 일 때문만은 아니라 언제나 그랬던 듯도 했다. 시선도 가끔 자매들이나 명준에게 비슷한 느낌을 받았을까? 이제 와서는 알 수 없는 것들이 궁금했다.

명혜는 하는 수 없이 소파에 앉아, 그날 배운 훌라를 머릿속에서 복기했다.

22

강연을 다니다보면 질의응답 시간에 많은 부모들이 물어옵니다. 자녀가 예술 분야로 진로를 정하고 싶어하는데 어떡하면 좋으냐고요. 그림도 그리고 글도 썼으니 제게 아주 현명한 답이 있을 거라고 생각하시는 듯하더라고요. 일단 제가 아는 한 최대로 가리는 것 없이 업계의 현실을 알려드리지마는, 또 너무 완강하게 반대하거나 금지하지는 마시라고 말씀드립니다. 예술계의 실패와 성공이 모두 큰 것은, 그리고 성공 쪽이 훨씬 드문 것은 예나 지금이나 똑같고 영영 그럴 테지요. 그러나 그게 문제가 아닙니다. 그보다 더 절박한 안위의 문제가 있습니다. 예술을 했어야 했는데 하지 못한 사람이, 남들이 보기엔 그럴듯하고 안정적인 삶을 살면서 천천히 스스로를 해치는 것을 제가 얼마나 자주 봤는지 아십니까? 정말이지 무시무시한 수준의 자해입니다. 아아, 이 사람 큰일 났다, 싶을 땐 늦었고 곁에서 해줄 수 있는 게 아무것도 없습디다. 큰 회사에 다니고, 가업을 잇고, 대단한 돈을 거머쥐고, 다정한 반려인이나 귀여운 아이들을 얻고 나서도 무언가 안에서 그네들을 갉아먹습니다. 기생충이 먹을 게 없으면 내장을 파고들듯이요. 수집가나 애호가가 되어 욕구를 해소할 수 있으면 다행이지만 대부분은 그렇게 운이 좋지 않습니다. 결국 일에도 뜻이 없어지고 주변에도 마음 붙이지 못하고 저보다 훨씬 가난한 예술가들 곁에서 머물며 소비만 하다가 자기 자신도 소모해버립니다. 주로 술과 도박과 별의별 파괴적인 것들이 끼어들어 소모를 가속시키고요. 차라리 예술을 편히 시작할 수 있었을 나이에 시작했더라면, 그 성취나 결과가 형편없었을지는 몰라도 나았을 겁니다. 물론 언제든 시작할 수 있기야 하지만 취미가 아닌 직업으로서의 예술은 대개 너무 늦지 않게 시작해야 하니까요. 예외적으로 뛰어난 몇 사람이 사십에, 오십에 시작하는 경우에도 진입구 자체는 훌쩍 좁아진 후입니다. 그러니 남는 질문은 이렇습니다. 자기 자식이 어떤 성품인지 다 아실 테니 재능의 있고 없고를 떠나, 하지 않으면 스스로를 해칠 것 같습니까? 즐겁게 그리고 쓰고 노래하고 춤추는지, 하지 않으면 괴로워서 하는지 관찰하십시오. 특히 후자라면 더더욱 인생의 경로를 대신 그리려고 하지 마십시오. 그런 아이들을 움직이는 엔진은 다른 사람이 조작할 수 없습니다. 네, 다른 사람입니다. 부모도 결국 다른 사람입니다. 세상에 대한 지나친 환상을 걷어내주시기야 해야겠지만, 가능성이 조금 번쩍대다 마는지 오래 타는지 저가 알아서 확인하도록 두십시오.

—한국XXXX부모연합 초청 강연(1984)에서

하와이의 새들은 그럭저럭 괜찮아 보인다고, 해림은 급하지 않게 판단내렸다. 일단 새들이 깨끗했다. 해변의, 비누를 쓰지 않고 민물로 소금기만 닦아내는 공용 샤워기에서 사람들이 씻고 나면 물웅덩이가 생겼고 새들도 함께 몸을 씻었다. 민물 좋은 건 알아가지고…… 샤워기 아래뿐 아니라 몸을 씻기 좋은 장소들을 많이 알고 있는 게 분명했다.

녹지가 많고 먹이 활동도 어려워 보이지 않는다. 심지어 비둘기조차 천대받지 않는 분위기가 놀라웠다. 거리를 향해 환하게 열린 식당에 날아들어와서 어슬렁어슬렁 느긋하게 걸어다니며 빵 쪼가리를 주워 먹어도 제지하는 사람이 없다. 쫓아내려는 시늉도 하지 않는다. 어쩌면 바닥 청소에 도움이 되어서 그런지도 모른다. 비둘기들이 못이 박힌 건물 벽에, 더러운 교각 아래에 앉는다는 게 어쩐지 늘 슬프게 느껴졌었는데 여기서는 상황이 좀 나아 보인다. 덜 고생스러워 보인다.

해림이 정말로 궁금해하는 것은 하와이의 토종 새들인데, 쉽게 볼 수가 없다. 자생종보다 외래종들이, 도시나 격변하는 환경에서 적응할 수 있었던 새들이 눈에 띈다. 알록달록한 새를 보고 두근거리며 도감을 펼쳐보면 아시아에서 왔거나 북미에서 왔음을 확인할 수 있을 뿐이다. 멀리 날아온 새들도 있을 것이고, 화물선의 돛대에 내려앉아 날개를 쉬면서 온 새들도 있을 것이다. 어떤 새들은 기막히게 영리한 반면 또 어떤 새들은 전혀 자기보호 능력이 없다는 것이 해림의 마음에 들지 않는다. 속절없이 죽을 만큼 순진한 종들에 대해서는 화가 날 정도다. 그 화의 대상은 따지고 보면 새들이 아니지만…… 새로 태어났으면 좋았을 텐데. 사람이 아니라. 해림은 때때로 그런 생각을 한다. 언젠가 아파트 화단 깊숙이에서 죽은 지 오래되어 뼈만 남은 새를 보았다. 뼈까지 깨끗했다. 역시 새가 좋았다. 사람보다.

"네가 태어나기 전에, 잠결에 창문 밖에서 새들이 계속 울었는데 그래서 그런가보다. 전생에 새였나보다, 너."

엄마는 태몽 대신 새소리를 들었다고 했다.

"그 시간에 시끄러운 건 역시 직박구리일 거야."

"시끄럽진 않았어."

"그럼 박새였을 거야."

직박구리가 싫은 것은 아니지만 역시 박새였으면 했다. 봄과 여름에 어린 박새들이 의사소통을 위한 노래를 배우느라 시끄럽고 부산스럽다가 가을부터 과묵해지는 것에 마음을 빼앗겼다. 나무 그늘 속에서 조심스러워지며 더 잘 날고, 꼭 필요할 때만 울었다. 한 계절 만에 어른이 된다는 건 어떤 경험일까? 해림으로서는 상상하기 어려웠다. 과묵해지기 전의 새들은 정말 아기 같았는데…… 아기들도 어린 강아지들도 막 태어난 새들도 사랑스럽고 시끄럽고 취약할 정도로 눈에 잘 띈다는 게 공통점이었다. 귀엽기로는 봄여름의 박새지만 마음을 빼앗는 것은 가을 이후였고 겨울이 되면 종종 죽어 있었다. 수명이 칠 년에서 구 년이라니 죽은 것은 그해에 태어난 박새가 아니길 바랄 뿐이었다. 아주 빨리 뛰는 심장으로 짧게 살다가 가벼운 깃털과 가는 뼈만 남기는 대상에 대해 왜 이렇게 무한한 사랑을 느끼는지 해림은 스스로도 이해할 수 없었다. 아빠가 된장잠자리에게 느끼는 마음이 비슷한 것 같아 보이는데 유전일지도 몰랐다. 다른 종에 대한 끝 간 데 없는 사랑의 능력 같은 것이 유전자에 새겨져 있다면.

"고생대에는 말이야. 날개 길이가 육칠십 센티미터 되는 잠자리들이 날아다녔어."

아빠는 열띤 얼굴로 말했지만, 잠자리는 육식을 하니 같은 시대를 살았다면 곤란할 뻔했다. 해림은 어릴 때 목줄 없이 풀어놓은 개한테 물릴 뻔한 적이 있는데 다행히 개를 심하게 무서워하게 되지는 않았지만 거대 잠자리가 날아서 쫓아온다면 그건 좀 끔찍할 것 같았다. 그 대단한 턱으로 물면 곤란할 것이다. 잠자리가 작아지게 된 건 조류의 등장 때문이 아닐까 한다니, 확실히 아빠와 취향이 갈리긴 했다.

아빠는 줄무늬 옷을 즐겨 입고 혼자 잘 다닌다는 점에서 알락해오라기와 비슷하고, 엄마는 화려한 색깔들로 꾸미는 걸 좋아하고 다부진 체격이 원앙과 닮았다. 물론 화려한 건 수컷 쪽이지만. 오빠는 운동신경이 좋아서 물총새 같다. 남들이 못하는 걸 아무렇지 않게 해버리는데 왜 본격적으로 운동을 하지 않는 걸까? 큰이모와 펠리컨을 머릿속으로 짝짓곤 해림은 잠시 웃었다. 펠리컨을 직접 본 적은 없지만 다큐멘터리에서 골목을 막아선 채 지나가는 사람의 허벅지를 물어버리던 기세가 매력적이었다. 화수 언니는 물떼새 종류의 느낌을 주는데 아직 어떤 물떼새인지는 마음을 정하지 못했다. 지수 언니는 결정할 것도 없이 앵무새. 사교적인 코뉴어 앵무새가 어울린다. 명은 이모는 어치와 딱이다. 산에 갔다가 가만 앉아 있는 어치를 보았을 때 이모를 바로 떠올렸다. 명준 삼촌은 입이 늘 좀 나와 있어서 도요새 같고, 숙모는 얼핏 보면 단정하지만 알고 보면 만만치 않은 물까치를 연상시킨다. 우윤 언니는 팔색조. 팔색조를 직접 본 적은 없지만 마음속에서 닮은 느낌이다. 빠뜨린 사람 없나? 앗, 큰이모부를 까먹었군. 종다리 느낌인가? 아니면 개개비? 나무발발이?

하루종일 새 생각을 한다. 좋아하는 새의 덮깃과 날깃에 대해서. 뺨선과 턱선에 대해서. 직접 본 새를 그려보는 것도 좋아한다.

엄마의 색 종류가 아주 많은 색연필을 빌려서 그려본다. 얼마 전에는 강원도에 놀러 갔을 때, 도로 한가운데 앉아 있다가 휙 날아오르는 북방긴꼬리딱새를 본 적 있는데 황홀했다. 그려보고 싶지만 국내에서는 드물게 목격되는 철새라 가지고 있는 도감에 포함되어 있지 않고, 인터넷에도 딱 마음에 드는 사진이 없다.

직접 보지 못한 새들이 너무나 많은데, 셀 수 없이 많은데 세상이 끝나가……

해림은 그것에 대한 위기의식이 있었다. 전 세계의 탐조가들이, 새의 숫자를 세는 사람들이, 학자들이, 관련인들이 충격과 공황에 빠져 있었다. 곤충이 사라지고 있고, 따라서 다음은 새였다. 그 생각만 하면 아득해져서 자다가도 깼다. 또래의 환경운동가들처럼 학교를 그만두고 나서야 할 판이었다.

그리고 아무도 새들에게 관심이 없었다. 관심이 있는 사람들만 종종거리고 있고, 정말 아무도. 안 그래도 죽어가는데 그깟 방음벽에, 유리창에 스티커 하나 붙여주지 않아서 더 죽이고 있었다. 에너지 효율도 형편없다는 유리 건물을 계속 지어대는 것도 싫었다. 홈쇼핑에서 구스 이불을 팔아대고 행사마다 풍등이니 풍선이니를 날려버리는 것은 떠올리기도 징그러웠고…… 그런 화제들을 꺼내면 네가 커서 고쳐, 공부 열심히 해서 고쳐, 하고 아주 우습다는 듯 대견하다는 듯 반응해오는 것도 짜증났다. 자기들이 신나게 망쳐놓은 다음에 어쩌라고? 나중에 뭐든 할 수 있을 거라는 말도 웃겼다. 언제? 새들이 다 죽고 난 다음에? 누구와도 별로 이야기하고 싶지 않아졌다. 관심사가 겹치는 사람들, 전 세계에 흩어져 있는 버드워처들 빼고. 그나마 영어를 잘하게 된 것은 그래서였다. 조급함과 갈망으로 매일 하다보니 늘었다.

"해림이, 일찍 일어나서 뭐해?"

명은이 부스스하게 자기 방문을 열고 나오며 물었다. 테이블 위에 하고 있던 낙서를 보더니 알은체했다.

"아, 이거 너 좋아하는 새지? 박새?"

"아니. 북방긴꼬리딱새야."

"색깔이 비슷해서."

"크기도 모양도 완전 달라."

"흠."

"그거 알아? 이모가 가져온 꽃. 그 꽃이 휘어진 모양과 똑같이 휘어진 부리를 가진 새들이 있어."

"꿀을 먹으려고?"

"응. 그래서 특정 식물이 사라지면 새도 사라져."

"부리가 그 모양으로 진화했으니까 그렇구나."

"바깥에서 들여온 식물들을 여기저기 심다가 새들이 죽어버리는 바람에 다시 자생식물을 심기 시작했대."

"몰랐네, 그런 줄."

어른들은 기대보다 현저히 모르고, 알고 싶어하지도 않는다. 해림은 인생의 중요한 선택은 스스로 알아서 해야겠다고 결심했다. 요새 오빠도 학교에 영 가기 싫어하던데, 둘이 연합해서 엄마를 설득하면 길이 있지 않을까 싶었다. 무용해 보이는 과열 경쟁의 경로에서 벗어나 새를 많이 보고 새에게 도움이 되는 삶을 택하는 게, 가능할까? 오빠와 하루 다섯 마디 이상 하는 적이 없긴 해도 구슬리고 조종하기는 그리 어려워 보이지 않았다. 정규림은 만만하지, 속으로 중얼거리며 해림은 혀로 앞니 뒤를 튕겼다. 아니면 된장잠자리에 관심 있는 척해서 아빠를 따라다닐까? 잠자리 있는 데에 대충 새도 있을 테니까. 아빠는 엉뚱해 보이지만 보수적이고, 엄마는 보수적으로 보이지만 엉뚱하니까 그 틈새를 잘 파고 들어서……

해림은 아무에게도 말하지 않고 계획을 짜기 시작했다. 북방긴꼬리딱새의 꼬리 부분을 색칠하면서…… 조카를 그저 귀엽게만 보는 명은이 해림에게 오렌지 주스를 따라주었다.

23

예술에 통계 같은 것은 불가능할 것입니다. 워낙 특수한 사례들이 많아서요. 제가 말씀드릴 수 있는 부분은 헐거운 관찰에서 비롯된 것에 불과할 테지만, 지켜본바 작가들이 이십 년에 한 번씩 큰 변곡점을 그리지 않나 생각해왔습니다. 열 살 때 그리기 시작했으면 서른 살에 쉰 살에 일흔 살에, 스무 살에 그리기 시작했으면 마흔 살에 예순 살에 여든 살에…… 네, 여든 살입니다. 농담이 아니라 여든 살에도 변화는 옵니다. 나이와 상관없이 매일 그림을 그리는 작가들이 있어요. 고된 행운인 셈이죠. 하여튼, 일종의 도약 지점 같은 것일까요? 그런 게 얼추 이십 년마다 찾아오는 걸 봅니다. 중간에 그만둬버린 사람으로서는 신기할 따름입니다. 별다른 노력도 없이 공짜로 그 멋진 변신을, 변태를 목격하는 일은 저에게 짜릿한 기쁨이었습니다. 기쁨을 잘 느끼는 사람이어서 지금껏 살아남았는지도 모르겠네요.

이십 년에 한 번씩 오는 격변은 표현 능력의 도약일 수도 있고, 새로운 주제로의 전환일 수도 있고, 갑자기 마음을 빼앗는 재료일 수도 있고, 그때껏 발견하지 못했던 색일 수도 있고, 참선 끝의 득오일 수도 있습니다. 특히 마지막 것에 대해서는 서구인들이 아주 깜빡 죽습니다만…… (웃음) 그러니 여러분, 앞으로의 이십 년을 버텨내세요. 쉬운 일은 아닐 테지만 모퉁이가 찾아오면 과감히 회전하세요. 매일 그리되 관절을 아끼세요. 아, 지금 그 말에 웃는 사람이 있고 심각해지는 사람이 있군요. 벌써 관절이 시큰거리는 사람도 많지요? 관절은 타고나는 부분이 커서 막 써도 평생 쓰는 경우가 있고 아껴 써도 남아나지 않는 경우가 있어 불공평합니다. 하지만 어쩌겠습니까? 모든 면에서 닳아 없어지지 마십시오.

이렇게 여러분의 출발을 부족한 제가 축하할 수 있어 기쁩니다만, 이십 년 후 여러분의 혁신적 변화를 제가 보지는 못할 것 같아 그것만큼은 아쉽습니다. 이십 년 후에 스스로도 놀랄 다음 단계를 맞닥뜨리게 되면 오늘 이날을 떠올려주십시오. 제 어설픈 말들이 아니라 지금 여기 함께 있는 동료들을 기억하고 성취를 서로 알아봐주십시오. 불꽃놀이 같은 기쁨을 느끼십시오.

—XX미술학부 졸업 축사 녹화본(1995)에서

일남 삼녀 중의 일남이라고 하면 모두 편애받고 컸겠네요, 하고 말해와서 명준은 웃지 않으려 애썼다. 저희 모친은 제 졸업식에 오지 않고 남의 학교 축사를 하러 가는 분이었는걸요, 하고 말하면 다들 깜짝 놀랐다. 섭섭함 같은 것은 없었다. 섭섭함이야말로 못난 감정이라고 누나들이 밟아 키우며 주입시켰기 때문이다. 그보다 명준이 시선에게 느낀 감정은 신기함이었다. 참 신기한 사람이었고, 스스로는 그만큼 신기하지 못하다고 느껴서 그것에 대한 고민은 어느 정도 있었다. 시선만큼 신기한 사람도 못한 일을 자신이 해낼 수 있을 리 없다는 그 마음이 결국 회화를 포기하고 회화 복원에 투신하게 만든 근원일지도 몰랐다. 우윤이 조소를 그만두었을 때도 솔직히 실망하긴 했었다. 어떤 희석의 증거일까 안타까웠었다. 최근에야 그런 마음을 버릴 수 있었다. 명준은 명준에게 가장 잘 맞는 일을 운좋게 찾은 것이었고, 우윤의 작업 역시 독특하고 흥미로운 방향으로 나아가고 있다는 걸 이해하게 되었다.

명준의 공식적이면서 비공식적이었던 첫 결혼의 실패에 대해 어렴풋이 아는 이들이 대놓고 시선 탓을 하는 경우가 있는데, 한국 사람의 부모 탓은 명준이 봐도 너무한 데가 있었다. 물론 자유분방한 집안에서 자란 것이 그런 실수를 하게 만든 데 일조를 했을 수는 있지만, 자유분방한 집안을 시선 혼자 만든 것은 아니었다. 아버지도 있고 새아버지도 있는데 매번 엄마가 뒤집어쓰는 것은 이상한 일이지 않나? 무엇보다 스물몇 살짜리를 이탈리아에 데려다놓으면 비슷한 실수는 누구나 할 수 있다고 생각한다. 지금 와선 웃지만 그때는 힘들어서 우울증에 걸렸었다…… 누나들이 그것까지 놀리는 것은 잔인하다고 요즘도 속으로 투덜거린다. 다시 떠올리기 싫은 어설픈 젊음이었다.

그 어설픔이 이제는 사라졌는지? 직업적인 측면에서 느끼는 안정감이 다른 부분을 지탱해주는 것 같기는 하다. 모친이 늘 하던 말이 맞았다. 같은 일을 이십 년쯤 하면 계단 턱 같은 것을 만나게 되고 그것을 뛰어넘는 것은 성취감이 있었다. 꼭 예술이 아니라 어떤 일이라도 그렇지 않을까? 도구들이 진화한 것의 덕도 많이 보았다. 디지털 현미경과 분광측색계와 pH미터기와 후도계를 즐겨 이용하지만, 가끔은 작업에 착수하자마자 물감층이 머릿속에 확대한 것처럼 그려지곤 한다. 겸손한 마음으로 확인하고 또 확인하며 일하는 것은 변함없다. 그저 예측을 크게 벗어나지 않는 결과들에 예전보다 안도할 뿐이다. 종류가 다른 접착제들이 딱 알맞게 준비될 때의 기쁨, 전기인두가 마음대로 다뤄질 때의 만족감 같은 것들…… 무엇보다 할 수 있는 일만 받을 수 있는 직감 같은 게 생겨 다행이었다. 경력 초기에는 복원 못할 일도 의욕만 넘쳐 받았다가 돌려보낸 경우가 적지 않았는데, 이제는 첫 상태 조사에서 내린 결론이 그대로 작업 완료까지 이어진다. 보존을 위한 포뮬러가 확립되지 않은 합성수지나 다른 새로운 재료들이 주로 문제였다. 해결책을 찾아 성공할 때도 있고 아무리 봐도 답이 없어 실패할 때도 있어서, 후자일 땐 의뢰하는 쪽에 시간 낭비를 시키게 되었던 것이다. 해보면 될지 괜히 작품만 오락가락하게 하는 건지 가늠이 어려웠는데 어느새 촉이 생겼다. 촉이란 건 작고 뾰족한 것일 텐데, 그게 이십 년이나 걸쳐 돋다니 참 비효율적인 일이구나 싶다. 뭐 어쩌겠는가. 작가들이 너무 검증되지 않은 재료를 실험적으로 쓰지 않았으면 하는 바람이 들 때도 있지만, 그런 걸 바라면 안 된다는 것도 안다. 어떤 작가들은 일부러 부서지고 보존되지 않는 작품을 만든다. 보존하고 싶어하는 것은 소장하는 쪽이니까, 미묘한 힘의 부딪힘 사이에 보존 전문가가 위치하는 걸지도 모른다.

일 바깥에서는 어설픈 게 나아졌는지, 확신이 들지 않는다.

"성숙하지 않는 남자라는 거, 되게 징그러운 거다?"

큰누나가 말했을 때 부당한 비난이라는 느낌이었지만 언쟁에 빠져들기 싫어 참았다.

"너 그러다 황혼 이혼 당할까봐 걱정이야."

작은누나의 말에는 좀 흔들렸다.

"오빠가 막 그렇게 최고의 배우자는 아니지."

여동생의 평가에도 상처받았다.

막상 함께 사는 난정은 큰 불만을 표시해온 적이 별로 없었다.

두 사람은 한때 자식을 지키기 위해 함께 싸운 전우였고, 지금은 거의 룸메이트에 가까웠다. 각자의 생활 영역이 있고 그것을 서로 침해하지 않았다. 신뢰할 수 있는 경제 공동체를 이루어 살며 하루에 한 끼 정도는 같이 먹는 사이…… 대체 뭘 조심하고 뭘 더 잘하라는 건지 감이 오지 않았다.

하와이에 와서도 방을 같이 쓴다뿐, 명준은 명준대로 난정은 난정대로 하고 싶은 걸 했다. 그랬더니 누나들이 산책을 하러 가라, 드라이브를 하러 가라 눈치 주고 등 떠미는 게 난리도 아니었다. 피곤했다. 경아가 차키를 직접 손에 쥐여주며, 마침 차 쓰는 사람이 없다고 둘이 나갔다 오라고 옆구리를 찌르는 식이었다.

명준은 하와이의 지는 해를 받으며 옆자리에 앉은 난정을 힐끔 쳐다보았다. 역시 가족여행 같은 것은 힘들겠지 싶었다. 우윤이 온다고 해서 따라온 것일 뿐이었을 터였다. 열린 창문으로 바람이 세게 들어와, 우윤과 함께 샀다는 유리 귀고리가 달랑달랑 움직였다. 명준의 시선을 눈치챈 건지 난정이 입을 열었다.

"제국주의의 얼굴은 왜 다 닮았을까?"

"……뭐? 응?"

최대한 자연스럽게 대답해야 했는데 실패했다. 난정은 주로 책을 읽었고, 책을 읽고 난 다음에도 그 책에서 뻗어나온 생각들을 머릿속으로 따라가기 바빠 앞뒤 좌우를 설명해주지 않고 중간부터 대화를 시작하는 사람이었다. 좋은 배우자가 되기 위해선 귀찮게 하지 말고 그 뜬금없는 맥락을 가운데부터 잘 따라가야 했다.

"하와이가 합병된 과정 말이야. 낯설지가 않더라고. 갑자기 외부인들이 들이닥쳐서는 땅을 빼앗아가고 자원을 빼앗아가고 문화를 훼손하고 가짜 정부를 세워서 집어삼켰어. 선교사들과 군대가 순서대로…… 처리해버린 거지."

"처리라고?"

"응, 제국주의는 일종의 처리 공정이었던 것 같아. 매번 같은 일이 벌어졌어. 질릴 정도로 똑같은 얼굴이야."

"그런 시절이었지. 지난 세기도 지지난 세기도 지지지난 세기도."

"안 끝났어."

"어?"

"계속되고 있어. 교묘할 뿐이야. 좀더 포장을 잘한 제국주의 시대를 살고 있다고."

"에이, 그건……"

"당신은 미술관을 좋아하고 나는 박물관을 좋아하지. 그 두 공간만큼 제국주의적인 데가 또 어디 있다고?"

"그래도 벗어나려고 애쓰고 있잖아. 내도록 애쓰고 있지 않나?"

"멀어도 한참 멀었어. 빼앗긴 것은 영영 복구되지 않고, 빼앗아간 사람들은 자기가 뭘 했는지도 몰라. 미국을 봐. 2차대전 때 군국주의자들이랑 싸웠다는 것만으로 정의의 편인 것처럼 굴지만 하와이에 한 짓을 봐. 아메리카 원주민들에게 한 짓도. 제국주의자들은 자기가 제국주의자인 걸 몰라. 인정을 안 해."

"만약에 한국에 힘이 있었으면? 모두가 뻔뻔스럽게 제국주의자였던 시절에?"

명준의 질문에 난정이 잠시 멎은 듯한 얼굴을 했다.

"한국이 아니지, 조선이지. 조선 사람이 아니니까 모르지만…… 특별히 어느 지역 사람들이 더 잔인한 건 아닌 것 같아. 호모사피엔스사피엔스에겐 기본적으로 잔인함이 내재되어 있어. 함부로 굴어도 되겠다 싶으면 바로 튀어나오는 거야. 그걸 인정할 줄 아는지 모르는지에 따라 한 집단의 역겨움 농도가 정해지는 거고."

"역겨움의 농도라니 재밌네."

"비슷한 일을 겪어놓고 여기 하하호호 하며 관광 오면 안 되었던 것 같아."

"큰누나한테 그렇게 말해봐."

"무서워서 못해…… 어쨌든 하와이를 좋아하면 하와이에 오면 안 되는 거였어. 제주도를 아끼면 제주도에 덜 가야 하는 것처럼."

"오기 전엔 몰랐잖아. 와야 알 수 있는 것들인데."

"그건 그래."

명준은 망설이다가 물었다.

"우리, 괜찮지?"

난정이 뜨악해하다가 웃음을 터뜨렸다.

"또 누나들한테 조종당한 거야? 나이가 몇인데 여전히 당해?"

"아니, 내가 뭘 되게 잘못하고 있다고 생각하더라고."

"이상하게 그러시더라. 심지어 나한텐 당신 그 이탈리아 결혼이 잘못된 것도 당신 탓일 거랬어."

"뭐라고? 다른 건 몰라도 그땐 정말 내가 피해자였어. 너무하네들."

"닮았을까봐 걱정되는 거야."

"누구를?"

심시선과 요제프 리 중 누구를? 두 사람은 어느 쪽일지 잠시 고민했다.

"버림받았다고 생각하는 걸까? 아버지한테?"

"아니, 그런 거야 넘어선 것 같고."

"엄마는 배우자한테 충실한 사람이었어. 그랬다고 봐, 나는."

"그보다는 어머님 독일에서 힘드셨잖아. 그때 아버님을 만났고. 형님들은 그 관계가 탈출 같은 게 아니라 진짜 사랑이었길 바라는 거지. 자식들에겐 그런 마음이 있잖아. 부모가 정말로 사랑해서 함께했고 자신들이 사랑에서 태어났길 바라는 마음."

"그런데 그 관계가 지속되지 못해서 누나들한테 불안이 되었다? 그렇다 해도 왜 그걸 나한테 풀어? 자기들이나 잘하지."

"만만하잖아. 나도 당신 만만해서 결혼했어."

"나는 당신이 단단하다고 생각해서 결혼했는데."

"내가? 어디가?"

"스케이트 탈 때. 넘어지고 나서도 그만두지 않아서."

명준은 젊은 시절의 난정을 기억했다. 명준이 몸담았던 기관에 파견온 젊은 프로그래머. 기록 관리 시스템을 설치하느라 잠시 와 있었던 것인데, 안뜰의 작은 연못이 얼고 점심시간마다 사람들이 스케이트를 타자 난정도 슬그머니 스케이트를 사 왔었다.

"나야 부산 사람이니까, 서울 사람들이 스케이트를 쓱 꺼내 타는 걸 보고 얼마나 해보고 싶었다고."

어릴 때부터 스케이트를 탄 직원들은 울퉁불퉁한 얼음 위에서도 잘 탔지만 난정은 넘어지고 또 넘어졌다. 그래도 그만두지 않았다. 파견 기간이 끝날 때쯤엔 제법 잘 타게 되었다. 나폴리 여자나 부산 여자나 똑같이 상처를 주는 게 아닐까 싶었지만 그때 데이트 신청을 하길 잘했지, 명준은 후회가 없었다.

"하와이에서 얼음을 떠올리니까 이상하다, 그치?"

"우리, 괜찮은 거지?"

명준이 다시 물었다.

"응, 당신은 괜찮은 벽이야. 내가 생각을 던지면 재밌게 튀어 돌아와."

"나는 우리가 라켓 운동을 하고 있다고 생각했는데 내 쪽은 벽이었어?"

난정은 웃기만 하고 명준을 벽 이상으로 승격시켜주지는 않았다. 괜찮은 벽이라니, 어이가 없었지만 받아들이기로 했다.

"숙소에 돌아갈 때 좀 다정하게 들어갈까? 팔짱이라도 끼고?"

"그래, 그 정도는 해줄게."

명준은 집에서 가까운 스케이트장이 어디였는지 떠올렸고, 난정은 날에 녹이 슬어 첫 스케이트를 버려야 했을 때를 떠올렸다. 단단하고 흰 신이었는데 버릴 때 마음이 아팠었다. 이제는 빌려 신어야겠지. 그래도 좋을 것이다. 두 사람의 마음속에 차갑고 기분좋게 스쳐 흐르던 생각들은 햇빛에 곧 녹고 말았다. 다시 떠올라도 떠오르지 않아도 괜찮을 것이었다.

24

어떻게 살았는지 모르는 상태로 살아왔으니, 어떻게 죽는지 모르고 또 죽을 것이다. 도중에 가슴이 터져 죽어버리지 않은 것은 어린 자식들 때문이라고 생각했는데 요즘 와서는 그것도 아닌 것 같다. 먼저 죽은 사람들 때문이었다. 애도에서 다음 애도의 웅덩이로 텀벙텀벙 걸으면서도 다 놓아버리지 않은 것은, 내가 먼저 죽은 사람들의 기록관이어서였다. 남은 사람이 기록하지 않으면 아무 소용도 없을 테니까. 어떤 의미로는 친구들에게 져 술래가 된 것이다. 편을 먹고 내게 미룬 채 먼저들 가버렸다.

얼마 전에는 부끄럽게도 손녀들 앞에서 울고 말았다. 텔레비전에서 자궁경부암 백신에 대해 나오고 있었는데, 애방 생각이 나 펑펑 운 것이다. 손녀들이 어찌나 당황하던지 미안했다. 나는 내

친구가 백신이 나올 수 있는 병으로 그렇게 일찍 죽은 것이 슬퍼 통곡할 수밖에 없었지만 말이다. 나의 애방, 내가 만난 중 가장 놀라웠던 사람, 지지부진한 것에 극적인 전환을 만들던 힘. 나는 따라 죽지 않고 애방을 기록하는 편을 택했다. 내 심장이 그리 하도록 견뎌주었다.

누가 이 기록을 읽을 것인가? 문명은 결국 모조리 흙에 묻힐 테니, 부질없는 일인지도 모른다. 우리는 장미보다도 오래가지 못할 것이다. 사람은 이 땅에 이십만 년을 살았는데, 장미는 사천만 년을 살아왔다는 걸 아는지? 물론 지금과는 아주 다르게 생긴 장미였겠지만 말이다. 언젠가 직접 화석을 보고 싶다. 장미의 화석을. 그리고 최초의 장미는 바로 이 근방에서, 동아시아에서 피어났다고 한다.

일단은 무더기 장미 아래 무덤들을 지키고 섰다. 술래의 역할을 하고 나면 함께 누울 것이다. 꽃잎 아래에, 흙 아래에, 눈 아래에. 나 다음의 술래에 대해서는 짠한 마음이 있다.

—『어쩌다보니 마지막으로 남은 사람』(2002)에서

우윤은 관을 들고 걷고 있었다. 미국식 관이 아니라 한국식 송판 관이었다. 거친 밧줄로 된 손잡이를 단단히 쥐고 맨 앞에서 걸

었다. 이건 누구의 관이지? 대체 관을 들고 이렇게까지 멀리 가는 건 왜지? 관은 작은 것 같기도 하고 큰 것 같기도 했다. 대낮인 것 같기도 하고 한밤인 것 같기도 했다. 모퉁이를 돌자 그림자가 잘못된 세계라는 생각이 들었다.

"할머니 관이야."

누군가 귓가에 말해주었다. 돌아보고 싶었는데 고개가 돌아가지 않았다.

"할머니 관이면 이렇게 무거울 리 없어. 할머니는 이렇게 무겁지 않았어."

우윤이 반박했다. 힘없는 반박이었고 아무도 대꾸하지 않았다. 계단이 나왔다. 합리적이지 않은 계단이었다. 내려갔다가 다시 올라갔다. 침수를 막기 위해 지하철역에 설치하는 종류의 계단과 비슷했다.

"이 소리, 안 들려?"

관 안에서 나무 긁히는 소리가 났다. 마치 죽은 자가 차고 있는 시계가 흔들려 벽에 부딪히는 것처럼. 화장을 할 건데 왜 시계를 채워놨지? 이상하다 싶었지만 묻지 않았다. 물어봤자 제대로 된 대답이 돌아올 것 같지 않았다.

"힘들지 않아? 내가 바꿔줄까?"

누가 우윤 대신 관을 들어주겠다고 했다.

"아니, 괜찮아."

"팔이 아플 텐데?"

"안 아파."

그때까지 괜찮았는데 갑자기 어깨에 힘이 빠졌다. 다시 계단이 나왔고, 우윤은 두 손으로 관을 붙잡고 놓치지 않으려 애썼다. 자리를 바꿔주겠다던 사람이 자꾸 끌어당기고 방해했다. 이거 왜 이래, 놔, 하고 떨쳐내려다가 결국 놓쳤다. 관이 모서리부터 떨어져 깨졌고 뚜껑이 열렸고……

메일이 도착했다는 알림에 눈을 떴다. 무음으로 해놓지 않았던 모양이었다.

관 안에 든 사람을 보지 못해서 다행이었다. 관을 놓쳐서는 안 되었고 안을 봐서는 안 되었고 자리를 바꿔줘서도 안 되었다고, 찜찜한 여운으로 중얼거리며 어두운 방안에 적응했다. 불편했다. 불편한 매트리스에서 많이 자봤지만 그래도 유난했다. 옆 침대를 보니 지수가 없었다. 아직 들어오지 않았거나 들어왔다가 나갔거나 했을 것이다. 우윤은 편하게 불을 켜고 메일을 열었다. 일 관련 메일일 게 틀림없었지만 악몽을 꾸고 난 다음이라 머리를 전혀 다른 정보에 담그고 싶었다. 메일에는 간단하고 캐주얼한 인사에 이어 휴가중인 것을 알지만 우윤의 휴가가 끝나는 다음날 브레인스토밍 회의가 있을 거라 맥락에 끼워주기 위해 미리 보낸다고, 이 메일을 확인하지 못했다면 그냥 와도 된다고 적혀 있었다. 그쪽이라면 휴가 끝날 때까지 정말로 이메일을 안 볼 수 있어요? 보라고 보낸 거잖아. 악몽에서 깨워준 것을 참작해도 얄미운 워커홀릭 상사에게 마음속으로만 쏘아붙였다. 본론인즉슨, 클라이언트인 호러 영화의 아트디렉터가 사막의 모래 아래 도사리고 있는 괴물을 원한다고 미리 구상해오라고 했다. 할 수 있다면, 여유가 있다면, 휴가를 즐기면서 머리 한편으로 가볍게…… 웃기고 있네, 싶었다. 워커홀릭들만이 관리자가 되는 것인지, 관리자가 되면 워커홀릭이 되고 마는 것인지 우윤은 궁금했다. 한국에 있으면 혹사만 당하고 돈은 별로 벌지 못할 것 같아 미국으로 갔더니, 미국은 자발적인 혹사에 가까웠고 돈은 배로 받지만 생활비도 배로 들었다. 결국 거기서 거기인 것 같아 고심스러웠다.

"호러도 할 수 있어요? 고어는요? 귀여운 것만 할 수는 없어요. 썩어가는 살점들도 상상하고 그릴 수 있겠어요?"

처음 면접을 볼 때 의심스럽다는 듯 묻던 이들을 생각하면 더 한숨이 나왔다. 그렇게 묻는 이유가 우윤이 여자라선지, 아시아인이라선지, 둘 다인지 궁금했다.

"호러와 고어가 제 특장입니다."

자신만만하게 대답했다. 그때만 해도 우윤의 포트폴리오가 얇았지만, 이후 괴물들로 두꺼워졌다. 보란듯이 세게 작업해나갔다. 작은 회사에 있을 때는 컨셉 아티스트와 3D모델러를 겸했고, 큰 회사로 옮기고 나서는 전자에 집중했다. 아주 바쁠 때만 가끔 3D

모델링에 힘을 보탰다. 굳이 할 수 있다고 평소에 드러낼 필요는 없었다.

호러와 고어가 특장이라고 말하긴 했어도 어느 쪽이냐면 호러가 더 좋았다. 징그러움보다는 잘 보이지 않는 공포 쪽이 덜 질리지 않나 싶었다. 윤곽으로 스치고 부분만 강조되고 그림자와 소리로 극대화되는 그런 쪽이 세련되었다고 느꼈다. 밝은 곳에 적나라하게 드러나 정면으로 마주치고 나면 계속 무섭기가 어려웠다. 우스꽝스럽게 되지나 않으면 다행이었다. 은근하게 도사리는 크리처들을 누구보다 근사하게 만들어낸다는 성취감이 있었고, 팀의 다른 사람들도 우윤의 그런 방향성에 어느 정도 동의해주었다. 잘 보이지 않는 공포라 해도 구석구석, 표피에서 뼈대까지 어떻게 생겼나 알아야 하는 것이 만드는 쪽의 일이지만 말이다.

뻔한 아티스트라면 사막에 전갈이나 개미핥기, 메뚜기를 변형한 크리처를 배치할 것이다. 사막여우나 미어캣의 귀여운 외형에서 기묘한 내부 구조가 튀어나오게 만들지도 모른다. 귀여워서 가까이 간 주인공의 손을 덥석 무는, 돌출형 장기를. 그러나 그것도 뻔하다. 이미 다 있었던 것이다. 이미 있었던 것을 피해가는 것만큼 어려운 일이 없다. 영화의 역사가 그리 길지도 않고 게임은 더 짧은데도, 어두운 것을 떠올리는 인류의 상상력만큼은 오래되어서일까? 어차피 다시 자기는 글렀으니 아이디어 폴더와 버려진 괴물들의 폴더를 열었다. 아이디어 폴더는 카테고리별로 정리해둔 온갖 기괴한 동물, 식물, 동물과 식물에 기묘하게 걸친 생물들의 자료였다. 버려진 괴물들의 폴더는 제안해보았지만 선택되지는 않은 스케치들을 모아둔 것이었고 말이다. 내 아이들, 내 태어나지 않은 아이들…… 우윤은 애정을 느꼈다. 버려진 괴물들의 폴더에서 재차 기회를 얻어 세상으로 나가는 경우도 없지 않았다. 한 프로젝트에 맞지 않는 괴물이 다른 프로젝트에는 맞춤일 수도 있으니까.

우윤은 사막의 사구들이 사막에서 죽은 이들의 시신을 품고 움직여 다닌다는 이야기를 좋아했는데, 그것을 변형해보면 어떨까 싶었다. 모래 속에 무언가 있고, 표면에 드러난 일부는 누더기에 싸인 해골인 것이다. 누워 있는 누더기를 보면 들춰보고 싶은 심리를 이용한 미끼. 아니면 뒷모습으로 서 있게 할까? 뒷모습을 보면 앞모습이 보고 싶어지니까. 곤충이나 새의 모습을 닮게 꽃을 피워내 짝짓기를 유도하는 식물처럼 말이다. 미끼는 그럼 어떻게 붙어 있나? 가시? 점액? 신경? 어디에 닿아 있나? 식충식물의 소화액 통에? 아니면 곧바로 창자에…… 동굴은 언제나 창자를 닮았다고 생각해왔다. 미끼 같은 것은 어쩌면 아예 필요 없을지도 모른다. 주인공들이 걷다가, 발밑이 트램펄린처럼 탄성 있는 지역에 이른다. 뭐지? 하고 그 위를 밟아본다. 조심성 없는 캐릭터는 세게 뛰어볼지도 모른다. 그것은 판막이고, 판막이 열렸다 닫히는 순간 땅 밑으로 바로 빠져버리는 것이다. 땅속 창자엔 융털이 마구 움직이고 그 사이사이에 기생하는 것들도 있고 그렇게 사막 전체가 사슬 망이라면?

오아시스가 막연한 상상처럼 맑고 아름답지 않다는 것도 읽은 적 있다. 물을 마시러 온 동물들의 분변으로 오염되는 경우가 많다고 말이다. 위험한 오아시스와 그 오아시스에서 발생하는 안개는? 혹은 어쩔 수 없이 마셔야 하는 상황인데 물속에 뭔가 있다면? 얼굴이 피거품처럼 부풀어오른 동료가 갑자기 공격해온다면? 토했는데 토사물이 움직이는 것은 어떨까?

모래 바람은 사람들을 실명시키기도 한다. 그것을 방지하기 위해 보안경을 꼈는데, 옷을 찢고 피부를 찢는 뭔가 다른 것들이 바람 속에 있다면? 우윤이 얼마 전의 프로젝트에서 고안한 칼날처럼 날카로운 폭탄 씨앗은 호평을 받았었다. 유저가 충격을 주면 나선형으로 터지며 모든 것을 할퀴었다. 원래 존재하는 폭발하는 씨앗을 흉악하게 만든 것뿐이었지만 게임의 흥미로운 요소가 되었다. 그 씨앗과 너무 비슷한가? 자기 복제는 경계해야 할 일이었다. 바람 속의…… 실크 스카프? 실크 스카프처럼 날아와 얼굴을 덮고 질식해 죽인 다음에 천천히 흡수하는 그런 괴물도 나쁘지 않을 것 같았다. 그것을 해치우려면 어떻게 해야 하지?

해림의 말대로 잠자리의 턱도 무섭고, 엄마 말대로 지의류도 무섭고, 패혈증도 무섭다. 무서운 것투성이다. 바다에서 잘못 다치면 패혈증에 걸릴 수 있다는 게 생각할수록 무서웠다. 버섯도 정말 무서운데, 균사류 괴물은 요새의 대대적인 유행이므로 피하자. 석면도 무섭고 방사능도 무섭고 또 뭐가 무서울까?

많이 준비해가봐야 클라이언트는 자신이 뭘 원하는지 모른다. 그 점이 우윤의 직업을 존재하게 해주지만 난항은 항상 예정되어 있는 것이나 다름없었다. 뭘 원하는지 모르는 상대에게 이건가요? 아니면 이거는요? 수십 번, 수백 번을 제시해야 하니까. 버리고 버리고 또 버려서 버려진 괴물들의 폴더만 자꾸 커질 것이다. 자신이 뭘 원하는지 아는 클라이언트야말로 A급인 것인데, 기예르모 델 토로가 아닌 이상 잘 없다. 2019년의 〈헬보이〉를 보고 어찌나 실망했던지. 델 토로가 다 만들어둔 것들을 그렇게까지 망칠 수 있다니…… 델 토로가 아니면 안 된다는 것을 그 많은 돈을 들여 굳이 증명할 것은 없었다. 우윤의 첫사랑이나 다름없는 에이브가 나오지 않아 차라리 다행이었다. 문화산업의 모든 것은 한끗 차이로 결정되는데, 그 한끗이 어디서 비롯되는지 도무지 짐작이 가지 않았다. 한끗이 분명 있었던 것 같은 사람들도 어느새 지루하고 뻔한 걸 만들기도 하니, 한끗이란 것은 의외로 분실하기 쉽거나 유효기간이 있는 무엇에 가까운지도 몰랐다. 그 한끗이 자신의 안쪽에 있었으면 했다. 힘을 잃지 않았으면 했다. 서브컬처계는 기분 나쁘게 뒤틀린 부분이 분명히 있어 괴물들의 마스터는 지금까지 늘 남자들이었는데, 괴물을 잘 만드는 여자가 여기 있다고 외치고 싶었다. 명예욕인가? 허영심인가? 하지만 문화산업은 어차피 명예욕과 허영심으로 굴러가는 게 아닌가?

일을 얼마나 사랑해야 하는지 여전히 감이 오지 않았다. 일을 사랑하는 마음이야말로 길들여지지 않는 괴물 늑대와 같아서, 여차하면 이빨을 드러내고 주인을 물 것이었다. 몸을 아프게 하고 인생을 망칠 것이었다. 그렇다고 일을 조금만 사랑하자니, 유순하게 길들여진 작은 것만 골라 키우라는 것 같아 자존심이 상했다. 소소한 행복에서 의미를 찾자, 바깥의 평가보다 내면이 충실한 삶을 택하자는 요즘의 경향에 남녀 중 어느 쪽이 더 동의하는지 궁금했다. 내면이 충실한 삶은 분명 중요한데, 그것이 여성에게서 세속의 성취를 빼앗아가려는 책략은 아닌지 의심스러웠다. 그런데 성취를 하려니 생활이 망가지고, 일만 하다가 죽을 것 같고……

어쩌면 그 모든 고민이 어릴 때 아팠던 사람 특유의 것일 수도 있겠다 싶었다. 아팠던 아이들은 언제나 삶을 미래완료형으로 생각하고 마는 것이다. 마음속 미래에서 우윤은 죽어 있었다. 죽고 난 다음 돌아보는 형식으로 지금의 삶을 판단하는 꼬인 시점이라서 고민되는 것이다. 무엇이 중요한가? 무엇이 의미 있는가? 무엇이 부질없는가? 삼 년 뒤에 죽는다면 지금 어떤 선택을 할 것인가? 어느 것이 주입된 욕망이고 또 오로지 자신의 욕망인가? 어디서 더하기를 하고 어디서 빼기를 해야 할까?

"어이구, 깨 있었나?"

두통이 오려 할 때 지수가 멋쩍은 얼굴로 들어왔다.

"언니, 언니는 정말 하루하루 충실하게 사는구나."

"너까지 갈구지 마."

"아니, 좋아 보여서 그래."

지수는 가방을 바닥에 아무렇게나 내려놓고 곧바로 털썩, 우윤의 침대에 누워왔다.

"너도 머릿속을 좀 비워야 파도를 타지."

"맞는 말 좀 하지 말아줄래?"

우윤은 지수의 머리카락에서 나는 바깥의 냄새에 놀랐다. 밤공기, 난초, 미국 특유의 바닥 광택제 냄새가 희미하게 섞여 있었다. 어디에서 좋은 시간을 보내고 온 거야, 대체. 살짝 부러움을 느꼈다.

"언니, 나 한국 돌아갈까?"

"왜, 힘들어?"

"이 휴가 끝나고 모두 한국 돌아갈 때 나만 반대 방향으로 가면 쓸쓸할 것 같아."

"그럼 내가 같이 갈까?"

"시간 돼?"

"시간은 되는데 돈이 안 돼. 너는 시간이 안 되지?"

지수가 따라와준다 해도 우윤은 회사에서 대부분의 시간을 보내야 할 것 같았다.

"너무 힘들면 돌아와. 거기 여러모로 애매하다며."

"근데 언니, 나 정말 괴물밖에 못 만들어. 거대 괴수물을 한 번이라도 하고 돌아가고 싶은데."

"거대 괴수물이 하고 싶은 거야?"

"응, 기왕 하는 거 큰 거 하고 싶지."

"그럼 일본에 가지 그랬어?"

"요새는 일본 괴물도 미국에서 나오잖아."

"쯧, 미국 놈들. 아시아 것도 다 가져가고 그래."

"내 말이. 문화 패권이라는 게 정말 재수없게 작동하지. 적당히가 없어."

두 살 많은 사촌은 엎드려서 진지하게 고민을 해주기 시작했다. 어둠 속에서 흰자가 푸르게 보였다.

"글쎄, 돌아와야 하나 거기 있어야 하나…… 나는 모르지. 내가 거기 살아봤어야 알지."

"언니는 모르는 거 바로 인정하는 게 장점이야. 조언이 간절하지만."

"나야 행복하겠지. 나는 너랑 가까이 살고 편의점 가까이 사는 게 제일 행복할 거야."

"편의점이랑 동급인 거야?"

"카드값 반을 편의점에서 쓴다니까. 아무래도 대형마트형 인생을 살 수 있을 것 같지 않아."

"살고는 싶고?"

"예리한 것…… 살고 싶지도 않아. 그래, 인정할 건 인정해야지."

우윤은 자신도 마찬가지지만 미국은 편의점이 너무 적고 차를 타고 가야 하는 것이 별로라고 생각했다. 어둠 속의 빛나는 점에 끌린다는 점에서 마음이 비슷하게 작동하는 모양이었다. 막막해서 울고 싶은, 모든 게 무서워지는 새벽 시간에 편의점에 가고 싶은 사람들 때문에 사회가 더 피곤하게 작동하는 것은 아닌지 또 고민되었지만 말이다.

"쓸개 아이스크림."

지수가 두 사람이 어릴 때부터 자주 하던 게임을 시작했다. 맛없을 것 같은 음식을 상상하다가 압도적으로 끔찍한 걸 상상해내는 사람이 이기는 게임이었다. 병실에서 시작해 태평양을 사이에 두고도 계속해오던 두 사람만의 놀이였다.

"으웩. 그럼 나는 오징어 카스테라."

"해산물과 디저트를 섞는 건 식상한 패턴이야. 오징어 카스테라 받고, 삶은 오이."

"삶는 것만으로도 싫어져버리네. 인정. 밀키스 느타리 냉국."

"새싹 채소 만두."

"은근하게 맛없을 것 같다. 해파리 소시지."

"해파리들한테 왜 그러니? 머위 자몽 샐러드."

"듣기만 해도 쓰다. 머위를 좋아하는 사람은 자몽도 좋아할 것 같다는 점에서 개연성도 있어. 그럼 나는……"

한참 이어지다 마라 수박 화채와 미나리 소라 타코 즈음에서 우윤은 다시 잠들었다. 이번에는 악몽 없이 깊이 잤다. 잠든 우윤의 귓가에 지수가 장난스럽게 돌아와, 하고 속삭였다. 그랬다가 마음에 걸렸는지 돌아오지 않아도 괜찮고, 하고 덧붙였지만 말이다.

25

추도하는 글을 쓰면서 사람을 웃게 하기란 쉽지 않다. 하지만 나의 두번째 남편 홍낙환은 그걸 가능하게 만드는 사람이었다. 기이한 사람, 제 방식대로 살다 갔다. 누군가는 그를 무척 아꼈을 테고, 누군가는 멀찍이서 보아도 진저리를 냈으리라. 평가에 중간이 없었다. 사실 그것은 저 자신의 성격적 특징 때문으로, 좀처럼 눈앞의 재미없는 사람을 견디지 못했다. 상대가 영 흥미롭지 못하다 싶으면 무례해지는 이였던 것이 배우자였던 내가 지켜보기에도 아슬아슬한 결함이긴 했다. 그러나 한번 재밌는 사람이라고 판단하면 남들이 뭐라 하건 한없이 후하게 베풀고 끝까지 뒤에 서주는 인물이기도 했기에 결함만은 아니었다. 재미있느냐, 없느냐. 삶의 모든 것을 그 기준으로만 판단했다. 홍낙환에게 상대의 출신지,

출신 학교, 재산, 경력 등등은 아무 유효한 정보가 아니었다. 심지어는 성별과 따라다니는 소문마저도…… 홍낙환은 종종 여자들에게도 큰 기회를 주었는데 요즘엔 그런 남자가 좀 늘었는지 몰라도 1970년대에는 아주 드물었다. 나도 그렇게 기회를 받은 축이었고 나는 그이가 내가 여자인 걸 종종 까먹는 게 아닐까 의심하기도 했다. 홍낙환은 그저 나를 재밌어했다. 처음 만난 날부터 그가 세상을 뜰 때까지 내내. 기회를 주고, 이로울 만한 사람들을 소개해주고, 나를 홍보하고 포장하고 팔아주었다. 타고난 광고장이였고 그런 면에서 애방과 죽이 잘 맞았다. 어떤 날은 그냥 그 둘이 결혼하는 게 낫지 않았을까 싶을 정도였으니, 사람과 사람 사이의 불씨가 어떻게 작동하는 것인지 알 수 없다. 그 시절이 무척 그립다. 낙환이 쓴 카피들이 아직까지 쓰이는 걸 볼 때 웃으면서 울게 된다. 남들이 보면 웬 가구점 앞에서, 웬 약국 앞에서 할머니가 우나 하겠지만.

우리의 만남이 처음에 불륜이 아니었는지 의심하는 사람들이 있다는 걸 안다. 완전히 비즈니스 관계로 만났다. 지인의 지인이었고 일종의 살롱 파티에서 만났다. 우리가 우리만의 살롱을 꾸리게 된 것은 아주 나중의 일이었고, 손끝 하나 스치지 않았다. 그러나 내 쪽에서 호감이 있었던 것은 맞는 것 같다. 저런 사람이 내 편이었으면 했다. 가까워지고 싶었다. 그 호감의 순수함에 대해선 시간이 지나자 혼란스러워졌으므로, 과거의 나 자신에게 검토해 묻고 싶긴 하지만 불륜은 아니었다. 전처를 호탕하게 유학 보낸다고 들었을 때에야 우리 사이가 달라졌다.

—『광고XX』

「나의 사랑, 나의 동료 홍낙환의 3주기를 기리며」(1998)에서

진행자 70년대 후반에서 80년대 중반까지, 댁에 운동가들을 숨겨주셨다고 최근에야 알려졌습니다. 그때 이야기를 좀 들려주실 수 있으십니까?

심시선 저 혼자 한 것은 아니고, 홍낙환씨와 함께 몇 명을 잠시 지내게 해주었던 것뿐입니다. 그 시절이야 다 그랬지요.

진행자 비밀통로까지 만드셨다고 들었는데요?

심시선 그것도 낙환씨 솜씨였어요. 마침 대각선으로 뒷집이 세준다고 나왔기에 낙환씨가 그 집을 직원 기숙사로 만들었거든요. 직원들 젊으니 그 틈에 숨기기 얼마나 좋아요. 담장에 작게 나 있던 구멍을 좀 넓히고, 아, 물론 나중에 원래대로 고쳐줬는데, 안 보이게 싸리 같은 걸 심었어요. 비밀통로처럼 대단한 건 아니었습니다. 게다가 두 집 다 차고가 있어서 참 용이했고…… 사람을 막 트렁크로 옮겼는데, 지금 생각하면 미안해요. 위험했던 것 같아서.

진행자 주로 어떤 분들이 거쳐갔습니까?

심시선 시위하고 야학 가르치던 학생들, 노조 만들던 노동자들이었지요. 특히 1983년 야학연합회가 사회주의 혁명을 하려 한다며 조작해가지고는 수백 명을 잡아들이던 때, 그 집에 자주들 왔어요. 야학 좀 하고 노조 좀 한다고 사람을 잡아다 고문까지 시키다니, 말도 안 되는 날들이었어요. 나는 속으로 노동 야학이라는 게 구한말에도 있었고 일제 때도 있었는데 정부가 눈이 뒤집힐 게 뭐 있나 싶었거든요. 1987년을 맞고서야 아, 그게 정말 힘있는 운동이어서 탄압을 받은 거였구나 깨달았지요. 어떤 시대는 지나고 난 다음에야 똑바로 보이는 듯합니다.

진행자 훗날 다시 만난 사람도 있습니까? 선생님께 인사라도 드리러 오지 않던가요?

심시선 음, 한 사람 우연히 마주치긴 했는데…… 실망스러운 정치인이 됐지 뭐예요.

진행자 네?

심시선 어떻게 노동운동 하던 사람이 그렇게 실망스러운 정치인이 됐을까요? 처음엔 머릿속에 뭐가 돋았나 싶었는데 아직 입원했단 소리는 없는 것 보니 그것도 아닌가봐요. 세상은 참 이해할 수 없어요. 여전히 모르겠어요. 조금 알겠다 싶으면 얼굴을 철썩 때리는 것 같아요. 네 녀석은 하나도 모른다고.

—서울역사박물관 특별전시

〈부암동, 문화지식인들의 숨은 이야기〉 기념 행사(2003)에서

홍경아는 홍낙환이 어떤 사람이었는지 쉽게 정의 내리지 못했다. 한국 광고사에 굵은 획을 그은 광고인. 그러나 그것은 다른 사람들의 정의지, 하나밖에 없는 딸의 정의라고는 할 수 없지 않겠는가?

어깨가 대단한 사람이긴 했다. 어릴 때는 아버지가 거인에 가깝다고 생각했는데, 자라보니 키가 큰 건 아니었다. 어깨가 앞뒤로 두껍게, 무슨 몸안에 갑옷이라도 입은 것처럼 단단히 자리잡고 있었고 술도 좋아하고 미식도 좋아해서 배도 둥그러니 있었다. 뻣뻣하고 빽빽한 머리숱까지 더하면, 조금쯤 동양 고전 영웅물의 장수처럼 보였다. 세상의 것과 딱히 일치하지는 않는 자기 나름의 확고한 기준이 있어서, 사람도 일도 그 기준대로 가까이하고 멀리했다. 독재정권, 군사정권하에 사업을 하며 분명 정직하지 못한 일도 많이 했을 텐데 그 와중에 배짱 좋게 학생 운동가들을 트렁크에 넣고 다녔다. 민주주의에 대한 열망보다도, 광고 몇 개가 게재금지·방송 금지를 받은 것에 대한 분개심에 한 일이었다고 가족들끼리는 알고 있었다. 집에 예술가들을 잔뜩 불렀지만 막상 광고를 만들 때면 적나라할 정도로 상업적이었으니…… 다방면에서 종잡을 수 없는 삶을 살았다.

아버지 회사의 직원들 중 반은 여성이었고 꽤 많은 수가 성소수자였던 것도 특이했다. 중책에 여자가 한 사람이라도 있으면 사람들이 신기해하다가, 그나마 그 홍일점도 서른 전에 은퇴시키는 시대였는데 어떻게 그게 가능했는지 나중에야 물어보았다. 특별히 우대한 이유가 있었는지 하고.

"아, 뭐 내가 깨인 사람이라 그랬던 것은 아니고 스카우트가 굉장한 시절이라 그랬지. 일 좀 한다 싶으면 바로바로 빼갔다니까? 다른 데서 인정해주지 않고 괴롭히는 사람들을 데려다 자기 자신으로 자연스럽게 있게 해주면 말야, 남들이 돈을 두 배 불러도 안 도망가더라고. 나는 그냥 내 잇속 채운 거야. 막 부려먹었어."

대화하다보면 혼란스러워지는 상대였고 어쩌면 일부러 유도된 혼란인지도 몰랐다. 인상은 화내면 무서울 것 같았는데, 막상 한 번도 화내는 걸 본 적이 없었다. 보통이라면 화낼 상황을 재밌어했고 그런 점이 짜증날 때도 있었다. 친어머니가 이혼하고 유학가는 걸 좋다고 돈까지 보태준 것도 그랬다. 그때 그 시절 가부장처럼 붙잡고 눌러앉혔으면 죽지 않았을 거잖아, 그런 원망이 없지 않았다. 이어 심시선 여사와의 관계도 자식들 입장에서는 아리송했고 말이다.

"역시 막…… 육체적인 관계였던 건가?"

명은이 몸서리를 치며 말했었다.

"뭐였을까? 뭐가 잘 통했던 걸까? 우리 엄마랑 너희 아빠랑."

명혜는 자기가 제일 친했으면서 가끔 너희 아빠라고 불렀는데,

거리감을 둔다기보다는 경아에게 양보하는 느낌에 가까웠다.

"둘 다 와인을 좋아했던 건 분명해. 병 내놓을 때마다 내가 부끄러워서 정말…… 부암동 경사져서 잘못 내놓으면 덱데굴 굴러가서 깨진다고. 주말만 지나면 어찌나 많던지."

"친구들이 겹쳤어. 그것도 확실해."

"와인을 좋아하고 친구들이 겹친다고 그렇게 하하호호 오래 살진 않지."

"사랑했다잖아. 엄마가 책에 써놨잖아. 사랑했다고."

"오빠 생각은 어때? 두 분이 왜 잘 산 것 같아?"

"대중적인 창작물을 만드는 사람들이었고, 그런데 또 대중과 어긋나는 것을 두려워하지 않는 성격이어서 잘 맞았던 게 아닐까? 어긋나는 각도 같은 게 잘 맞았던 거지."

명준이 진지하게 대답했다.

"뭐야, 그게? 재미없어."

"너 그러니까 '……개?' 같은 소리 듣는 거야."

명혜와 명은에게 타박만 받고 말았지만.

하여간 경아는 낙환의 어깨, 그것만은 확실히 물려받았다. 홍낙환이 투병 끝에 죽었을 때, 살은 많이 빠졌지만 공룡의 뼈 같은 어깨는 남아서 특대 사이즈의 관을 시켰는데도 어깨가 들어가지 않았다. 모두 입관을 지켜보며 엉엉 울다가 장의사가 끙, 소리를 내며 억지로 어깨를 밀어넣는 모습에 난처해졌었다. 그때 바로 부적절하게 웃었던 건 아니고, 나중에 슬픔이 좀 가시고 나서 가족의 농담이 되었다.

"엄마 죽으면 말이야."

"죽지 마."

"아니, 나중에 나중에 죽으면 말야. 너희가 생각하는 것보다 두 사이즈 큰 관 시켜."

"무슨 그런 다크한 요구를."

"절대 눈대중을 믿으면 안 돼. 홍씨 집안의 어깨란 말야, 크고 두꺼워. 죽고 나서도 누가 나를 관에 넣을 때, 그렇게 무지 곤란해하며 힘으로 밀어넣으면 민망할 것 같아. 아이고 아버지, 그게 제일 큰 관이었는데."

"알았어, 엄마. 제발 관 이야기 그만해. 벌써 여러 번 강조했어."

아이들에게 부탁해두었으니 괜찮겠지 싶었다. 뼈대가 좋다는 건 웹디자이너로서는 행운이었다. 주변 사람들이 다 목, 어깨, 허리, 골반이 안 좋아질 때 혼자만 멀쩡해서 지금까지 버텼다. 회사마다 한두 명 있으면 놀라운 사십대 후반의 디자이너였다. 부끄럽게도 오로지 능력 덕택은 아니었지만.

명은과 명준은 연구의 길을 갔고, 명혜와 경아는 취직을 택했는데 명혜가 사회생활을 시작한 80년대도 경아가 시작한 90년대도 상황은 형편없었다. 결혼을 하면 퇴직하는 분위기였고 아이를 낳고도 일하려면 낳자마자 돌아가야 했다. 연봉과 승진에 있어서는 물론 회사 내의 자잘한 복지까지 철저히 차별받았다. 그렇다 해서 명혜와 경아가 곧바로 홍낙환 아래로 모여든 것은 아니었다. 명혜는 자존심 때문에, 경아는 민망함 때문에 선택지에서 제외한 상태였는데 낙환의 병환으로 회사가 기울고 인력 유출이 심해지자 달려와 합류한 것이었다. 노력은 무색했다. 두 사람이 안간힘을 썼는데도 회사는 붕괴하다시피 했다. 낙환이 일선에서 물러난 지 꽤 되었으니 똑같이 일할 수 있다고 설득하려 했지만, 모든 계약이 사실은 낙환의 이름값으로 이루어진 것이었다. 사회적 결함 없는 남성 가장의 이름값이었다. 젊은 여자 둘이 대신할 수 없었다. 빌려 쓰는 권력이 그렇게 허망함을 배웠다. 계약이 날아가고 사람들이 떠나고 부암동의 집 하나 남기고 전 재산이 먼지처럼 사라졌다. 낙환의 돈뿐 아니라 묶여 있던 시선의 돈도 공중분해되었다. 기사회생을 어찌어찌 할 뻔도 했으나 곧바로 IMF가 닥쳤다. 관 뚜껑에 못을 박는다는 표현이 이런 것이구나, 자매는 실패를 받아들였다.

망연자실해 있을 수만은 없었다. 실패한 여자들을 받아줄 다른 회사들이 있을 거라 기대하지 않았다. 둘이서 남은 것들을 그러모아 조그맣게 온라인 광고 대행사를 차렸다. 기획자인 명혜가 비딩으로 일을 따오고, 웹디자이너인 경아가 구축과 운영을 맡았다. 경아에게 웹디자인을 공부하라고 권한 게 홍낙환의 마지막 선견

지명이었다. 벤처 버블 때 어느 정도 규모를 키울 수 있었다. 회현동의 중국요릿집 이층의 사무실에서 광화문으로 자리를 옮겼다. 웹이 모바일에 자리를 내어주고, 벤처 거품이 꺼진 자리에 스타트업들이 들어서며 시장은 계속 바뀌었지만 결국 커뮤니케이션이 핵심이었다. 클라이언트와의 커뮤니케이션도, 각자 성향이 다른 기획자 디자이너 개발자 사이의 커뮤니케이션도, 소비자와의 커뮤니케이션도 잘하려면 한도 끝도 보이지 않는 영역이지만 자매는 결국 해냈다. 이 사람 저 사람의 취향을 양떼 몰듯이 몰아 매번 어떻게 해냈는지 모르게 우당퉁탕 해냈다.

"나는 이제 은퇴할 거야. 태호씨도 은퇴했고, 화수랑 지수도 좀 서포트해주고 싶고, 내 시간도 보내고 싶어. 할 만큼 한 것 같아."

명혜가 은퇴 의사를 밝혔을 때 경아는 얼마나 아득했는지 모른다. 이십 년 전의 악몽을 다시 꿀 정도였다. 큰언니 없이 할 수 있을 것 같지가 않았다. 그렇다고 경아까지 남의 손에 회사를 넘기기에는 애착이 너무 컸다. 애착은 골머리를 아프게 했다. 머리를 식힐 때마다 자주 가는 컬러 팔레트 사이트에 가서 새로고침을 누르며 투덜거렸다. 어울리는 색들을 다양하게 조립해주는 그런 사이트를 들여다보는 일은 직업적으로 도움이 되었고 명상처럼도 기능했다. 막내의 마음으로 이제껏 살았는데, 이제 와서 바꿀 수 있을까? 리더십이라는 것은 지금껏 별로 사용해보지 않은 도구였다. 그게 자신 안에 있긴 있는지, 확인할 필요가 있었다.

두 사람이 애쓴 것과는 별개로 회사에 문제가 없는 것은 아니었다. 레드오션 중의 레드오션이다보니 공부를 많이 하고 온 신입들에게 마땅한 연봉을 주고 있지 못했다. 프로젝트가 꼬일 때 긴급 투입되는 중급, 고급 프리랜서들에게도 마찬가지였다. 직접 일을 할 때가 좋았지, 관리직은 어렵고 예민했다. 사원들이 좋아하는 부서장은 클라이언트가 싫어했고, 클라이언트가 좋아하는 이는 사원들이 싫어했다. 누가 능력 있고 무능한지 헷갈리기 십상이었고 어디를 개선해야 할지 막막한 부분들도 많았다. 그 모든 것을 큰언니 없이 결정할 수 있을까? 내내 모니터 뒤에 숨어 있다가? 차라리 명혜를 따라 같이 일을 그만둬버릴까 고민까지 했다. 규림이는 곧 대학 입시를 앞둘 것이고, 해림이는 별난 면이 있어 손이 많이 가니 말이다.

"이사님, 이사님이 계속 일하고 계신 게 저희에게 희망이에요."

그렇게 말해오는 후배들 때문에 그만두는 것을 미뤄왔다. 육아휴직이 제대로 지켜지는 여초 회사에서도 여자들은 회사를 그만두곤 했다. 주로 아이가 초등학교에 들어가서가 고비였다. 경아도 회사에서 학교로 몇 번이나 달려갔는지 모르고, 잠자리 쫓으러 다니는 남편은 그다지 도움이 되지 않았다. 가끔 명은이 부러웠다. 남매를 낳은 걸 후회하는 것은 아니지만 그 가벼운 삶이. 무엇에든 집중할 수 있는 여유가. 경아는 집중력도 기억력도 다른 온갖 수행 능력도 사실 산산조각난 채 십수 년을 살아왔다.

창립 멤버이자 임원이니까 그나마 그 모든 고비를 넘길 수 있었다. 그러니 경아가 여전히 일하고 있는 것은 사실 거짓 희망에 가까웠다. 거짓은 적나라하게 부정적인 어휘로 느껴져서 속으로는 '대충 희망'이라고 부르는 편이었다. 업계의 대충 희망이 되고 싶었다. 진짜 희망이 나타나기 전의 대타 같은 희망 말이다. 레드오션 업계에서 무난한 자질을 가지고도 오래 견디는 여자가 있다는 걸 보여주면 뒤따라오는 사람들도 힘을 얻겠지 싶어서.

명혜와 경아는 한참 회사의 체질 개선 오 개년 계획을 진행하던 중이었다. 적디적은 영업이익이 허락하는 한도 내에서 연봉을 인상했다. 어느 회사보다 유연한 탄력 근무제를 도입해, 회의 시간만 잘 맞추면 사실상 언제 출근해서 언제 가도 상관없었다. 초기에는 되레 크런치 모드에 악용되었기에 얼른 제도를 고쳐 막았다. 휴가를 늘리고 마음대로 쓸 수 있는 분위기를 조성했다. 회식을 전면 폐지했다. 원래도 거의 하지 않았지만 아예 공식적으로 없애버렸다. 다른 사람이 친 사고를 수습할 줄 아는 사람을 잘 파악해 힘을 실어주었다. 아침과 점심시간에 운동 프로그램과 자기계발 프로그램을 운영했다. 건강검진을 좋은 곳과 계약했다.

직원들이 회사 안에서 일할 때는 개선안이 효과가 있었다. 문제는 큰 프로젝트일수록 보안 등의 문제로 파견 근무를 하게 된다는 것이었다. 얼마 전에 유능한 팀이 단체로 퇴사했는데, 은행의 앱을 개발하러 갔다가 번아웃이 와서였다. 돈을 아무리 벌어봤자 사람이 나가버리면 손해였다. 금융계 특유의 소모적인 회의 시간, 진짜 일하는 게 중요한 게 아니라 일하는 게 바깥에 티가 나야 하는 겉치레 문화, 효율적이지 않은 결정 단계들, 여성 혐오적인 언행들과 부적절한 접근까지 어느 하나 괜찮은 게 없었던 모양이었다. 내 회사야 내가 바꾸면 되지만 남의 회사 조직 문화를 어떻게 해야 하나? 게다가 그쪽이 월등히 강한 갑일 때 어떻게 접근할 수 있을지 각이 서지 않았다.

"이사님, 시간이 부족한 게 아니에요. 위에서 결정을 못하는 거예요. 무조건 어깃장을 놓을 거기 때문에 일한 걸 미리 보여주지 않고 천천히 하나씩 풀고 있다니까요. 이게 무슨 쇼인지 모르겠어요."

"할일만 하고 빠져버려요. 내가 책임질게요."

"그렇게 하면 디자이너들은 여자라서 이기적이라는 말 들어요. 식권 앱을 확인하며 왜 야근하지 않느냐고 면박을 주더라고요."

"아니, 90년대야, 뭐야."

"그리고 그쪽 간부 한 사람이 자꾸 퇴근할 때 여직원들을 따라와요…… 특히 제일 어린 나윤씨한테 굉장히 부적절하게 굴고 있어요."

"그건 제가 해결하겠습니다."

해결은 쉽지 않았지만 분개한 상태로 끝까지 해냈다. 해줄 수 있는 것은 그 정도여서, 그 프로젝트 내내 프로젝트 매니저는 이유를 알 수 없는 염증 질환에 계속 시달렸다. 병원에 가면 의사들이 갸웃거렸다고 했지만 결국 스트레스 때문이었다. 프로젝트 리더는 위궤양에 걸렸고 퍼블리셔는 대상포진으로 입원까지 했다. 세 사람 다 건강상의 이유로 퇴사한다는데 잡을 수가 없었다. 건강을 회복하면 언제든 다시 와달라고 했지만, 직원들을 보호하지 못했다는 점에서 면이 서지 않았다. 은행들, 증권회사들, 대기업들은 완고하게 엉망이었다. 주로 돈이 나오는 상대들이지만 이대로는 긴 전망을 세울 수가 없다.

"그럼 뭐, 우리가 한국을 고쳐?"

명혜가 지겹다는 듯 말했다.

"윗대가리들 싹 날아가고 완전히 다른 사람들로 갈리기 전에는 안 돼. 나도 그러니까 은퇴하는 거야. 윗대가리로 할 만큼 했으니까."

"나는 언니가 우리 개선 계획을 포기한 게 섭섭할 뿐이야."

"우리 회사만 고쳐서는 답이 없잖아. 너 기획자의 기본이 뭔지 아니? 가능한 것과 불가능한 것을 초반에 판단하는 거야."

"나는 디자이너니까 되든 안 되든 끝까지 붙들고 있으라고?"

"내가 너를 아주 던지고 가는 것도 아니잖아. 은퇴하려고 신이사까지 잘 스카웃해다놨는데, 왜. 나는 할 만큼 했어. 정 부담스럽고 하기 싫으면 신이사한테 맡겼다가 매수자를 찾자."

새로 온 신이사에게 불만이 있는 것은 아니었다. 나이와 경력에 비해 칙칙하지 않은 사람이었는데, 다만 자신이 겪어보지 않은 일까지 상상할 수 있는 사람인지는 미덥지 않은 것이다. 무엇보다 팔십 퍼센트 이상 여성으로 이루어진 회사의 임원들이 죄다 남자가 되면 그만큼 꼴사나운 일이 없을 터였다. 꼴사납다는 말은 어쩜 그렇게 정확하게 제 뜻을 나타낼까? 그러니 '꼴'과 '사납다' 사이에 조사가 쏙 빠지고 그대로 붙어버린 게 틀림없다.

경아는 자리를 지키고 엉덩이로 뭉개기로 마음먹었다. 관절 좋은 사람이 의자에 오래 앉아 있을 수 있는 것처럼 말이다. 뭐가 뭔지 잘 모르겠을 때에는 더 똑똑한 사람이 나타나길 기다리는 수밖에 없다. 천천히 거품이 꺼지고 가라앉는 업계에서 살아남은 여자가 어디선가 나타나면 바통 터치를 할 것이다. 그전에 주 사 일제를 시도해본다거나 이런저런 실험을 하다가 망해버리면 어쩔 수 없는 일이지만…… 망했다 흥했다 모였다 흩어졌다 하는 것들은 그렇게 두렵지 않았다.

"나의 작은 권력은 그래도 이제 빌려 쓰는 권력이 아니지."

커피를 사러 가며 작게 말해보았다. 아무도 듣지 못하고 아무도 이해하지 못하지만 상관없었다.

26

화가로서 경력이 끊길 뻔하다가 팔 년? 아니, 구 년 만에 개인전을 하게 되었습니다. 그 기회를 놓치면 다시 안 올지도 모른다고 생각했어요. 심시선 선생에게 팸플릿과 도록에 실릴 평을 부탁했고, 선생은 전시회 전에 몇 번이나 작업 진척을 보러 오셨습니다. 완성되어가는 과정 자체를 보고 싶으셨던 걸까요? 두번째인가 세번째 오셨을 때 망설이더니 저한테 이렇게 말씀하셨습니다.

"아주 아름다워요. 무언가 엎드려 죽어 있는 것처럼 보이지만 아름다워요. 그런데…… 이것과 똑같은 것을 한 네 배 크기로 그려볼 생각은 없어요?"

저는 깜짝 놀라고 말았습니다.

"크기만 키워도 느낌이 또 다를 것 같아서."

그 아무렇지 않은 말이 제 안쪽의 어딘가를 건드렸습니다. 웅크리고 있었던 거예요, 마음이. 부엌 뒷방, 작업실 같지도 않은 작업실에서 작은 캔버스에 그리고 있었는데 웅크러든지도 못 알아챘던 겁니다. 생활이 너무 바쁘고 여유가 없었으니까. 내가 화가라는 걸 잊고 있는 시간이 더 길었으니까.

전시회 전에 큰 작품들을 몇 점, 늦지 않게 할 수 있었고 그때 이후로도 종종 점검합니다. 내가 나 자신을 작은 틀에 가두고 있지는 않나? 부엌 뒷방에 방치해두고 있지는 않나? 그림이 마음에 들지 않을 때에도 점검합니다. 이걸 네 배, 다섯 배, 열 배 크기로 그리면 달라 보일까?

"여자도 남의 눈치 보지 말고 큰 거 해야 해요. 좁으면 남들 보고 비키라지. 공간을 크게 크게 쓰고 누가 뭐라든 해결하는 건 남들한테 맡겨버려요. 문제 해결이 직업인 사람들이 따로 있잖습니까? 뻔뻔스럽게, 배려해주지 말고 일을 키우세요. 아주 좋다, 좋아. 좋을 줄 알았어요."

전시회에서 그렇게 흡족해하시던 심시선 선생이 가끔 뵙고 싶습니다.

—『그때 나를 구한 한마디』,
「화가 황민하가 기억하는 심시선」(2016)에서

장모님이 딸들을 기세 좋게 키운 것은 좋다고 생각하지만, 처제의 기세에 밀려 커피를 빼앗긴 것은 아쉽다고 태호는 속으로 투덜거렸다. 커피는 처제와 장모님만의 특별한 기억은 아니었던 것이다. 태호도 시선과 자주 커피를 마셨고, 일화로 치자면 훨씬 웃긴 일화가 있었다.

때는 시선이 심혈관계가 좋지 않다고 처음 진단받은 전후로, 그즈음만 해도 시선은 건강을 위해 노력하려 했기에 카페인을 줄이는 중이었다. 아주 성공적이진 않아서 명혜에게 잔소리를 듣기 일쑤였고 말이다. 가장 강력한 딸에게 닦달을 당하고는 꿍해 있는 모습이 안쓰럽기도 하고 우습기도 하고 그랬었다. 어느 날, 명혜 부부와 시선이 시내에서 잠깐 만나기로 했는데 명혜가 일 때문에 늦어 태호와 시선이 먼저 약속 장소에 도착했다.

"장모님, 얼른 커피 한잔 하실래요?"

"좋지."

시선의 눈이 반짝였고 태호는 주문을 하러 갔다. 일부러 속이려던 것은 아니었다. 그날따라 메뉴판에 디카페인 표시가 눈에 띄었을 뿐. 시선이 커피를 받아 즐거이 반쯤 마셨을 때, 태호가 물었다.

"어떻게, 커피맛이 좀 다르세요?"

"오늘따라 더 맛있어."

"아, 그럼 계속 디카페인 드시면 되겠네요."

"뭐?"

"그거 디카페인이에요."

잔을 쥔 시선의 손이 바르르 떨려서, 그제야 태호는 아차 했다. 마침 명혜가 도착했고 명혜는 처음엔 시선을 향해 한소리 하려다가 곧 시선과 편을 먹고 태호를 향해 온갖 비난을 쏟아냈다.

"당신은 우리 엄마한테 실험 같은 걸 한 거야? 디카페인인지 알아채나, 못 채나? 제정신이야?"

"명혜야, 네가 저렇게 무서운 남자랑 결혼한 줄 몰랐다! 살가운 사위 둬서 기쁘게 생각했는데……"

연극적으로 머리를 짚었었다.

"아니, 나는 장모님 커피 줄인다고 하시기에."

"그래도 말을 하고 권하는 거랑 몰래 바꿔치는 거랑 같아?"

무신경했다고는 반성하지만, 그날 이후 시선은 태호가 건네는 모든 음식을 의심의 표정으로 받았다. 처음에는 진심인 것 같았고 나중엔 두 사람 사이의 오래된 장난이 되었다.

또 한번은 그런 일이 있었다. 태호가 비행이 없는 날 딸들과 부암동에서 시간을 보낼 때, 누가 시선에게 정수기를 팔러 왔다. 태호는 시선의 지인을 전부 아는 것은 아니었지만 그 사람이 자주 보험을, 다단계 회사의 치약을, 온갖 쓸모없는 물건들을 팔러 온다는 걸 알았다. 그래서 뻔한 홍보 문구를 읊어댈 때, 좋은 사위로서 끼어들려고 했는데 시선이 지그시 발을 밟는 것이었다. 단호하게 꾹 누르던 시선의 공단 슬리퍼에 대한 기억은 아직도 태호를 웃게 한다. 결국 그날 정수기를 계약했다. 그 사람이 돌아가고 나서 태호가 따졌다.

"아니, 장모님, 척 봐도 장모님을 이용하는 거잖아요? 훨씬 좋은 정수기가 세상에 쌔고 쌨는데요. 필요하시면 제가 알아봐드릴 수 있었어요."

"목숨값을 여러 번에 걸쳐 치르는 거야."

"목숨값요?"

"저 사람이 그 먼 길을 와서 고향에 돌아오지 말라고 말해준 그이니까."

그런 이야기를 들은 듯도 했다. 은인의 이미지에 걸맞지 않게 험하게 늙은 얼굴에 어째선지 항상 하와이안셔츠를 입고 있었다. 겨울에도 안쪽은 하와이안셔츠였다. 명혜와 처제들은 그를 인천 삼촌이라 불러서, 처음부터 인천 사람인 줄 알았는데 아니었던 모양이었다.

"그렇지만 평생 이용당하실 수는 없죠."

"아니야. 저이는 정수기가 정말 좋은 물건이라 생각하고, 매번 좋은 물건을 나한테 챙겨준다고 생각하고 있어. 그렇게 생각하게 두는 것도 괜찮지."

이해할 수 없을 듯 이해할 수 있었다. 장모님은 그때 산 정수기

물로 커피를 내리면 맛이 부드럽다고, 본인도 별로 믿지 않으면서 주장했었다. 하와이에 와서 그 정통성 없는 하와이안셔츠를 떠올리려니 묘했다. 장모님의 알 수 없는 지인들은 하와이안셔츠 삼촌 말고도 많았다. 언젠가 장모님 댁 카펫에 거하게 토했던 술주정뱅이가 주말 오전 TV에 명창으로 나와 노래를 불러서 깜짝 놀랐던 적도 있었고, 주전부리를 굽다 작은 화재를 일으켰던 화가가 딸들의 교과서에 나와서 반가웠던 적도 있었고…… 하여간 개성들이 넘쳤다. 안온하고 말없는 집안에서 자란 태호에겐 매일매일이 가벼운 충격이었다. 태호의 집 사람들은 주로 농산물에 대해 듬성듬성 늘어놓는 게 대화의 전부나 다름없었다. 이 호박은 누구 집에서 얻었는데 아주 실하다고 선언하고, 올해는 매실을 꼭 담가야 할 것이라 계획하며, 절인 배추를 몇 박스 주문할지 의논했다. 그러다가 말이 잠시 끊겼고 다시 짭짤이 토마토와 해수 고구마에 대해 길지 않게 평가했다. 그런 집안이라서 태호의 열정적인 결혼을 두고 제대로 반대를 못했던 게 아닌가 싶다. 반대의 언어를 잘 갖추고 있지 않아서 어버버 넘어가버린 것이다. 명혜는 명혜대로 모친에게 모진 훈련을 받으며 자랐기에, 못마땅해하는 기색들을 상쾌하게 넘겨버리고는 농산물 토크를 네 시간이고 다섯 시간이고 해내서 태호 가족들의 마음을 얻었다. 유난히 맛있는 쌀과 새로 수입된 포도와 이종교배된 버섯에 대해 풍부한 스토리텔링을 해내는 건 광고장이에게 아무것도 아니었다.

"전형적인 집안에서 태어나 뭔지 알 수 없는 집안으로 장가를 왔지."

태호는 그렇게 자기 인생을 요약했다. 종잡을 수 없었던 장모를 태호는 인간적으로 좋아했고, 장모로부터 뻗어나온 기세 좋은 여자들에게 감탄하며 살았다. 아내와 딸들을 사랑했고 처제들이 행복했으면 했고 해림이 가끔 자신을 새처럼 갸웃갸웃하며 쳐다보는 것도 싫지 않았고……

그래서 이번에는 좀 그럴싸한 것, 멋진 것, 대단한 것을 가져오고 싶었다. 이 들쭉날쭉한 집안에 조화로운 배경 같은 존재라 해도 누가 매번 배경에 만족할 수 있을까? 당신 제법 스마트했네, 아빠한테 졌잖아, 형부 대단해요…… 그런 말들을 듣고 싶었다. 가족여행이라 해도 다 같이 움직이는 일이 없어 다른 사람들은 어떤 걸 준비하고 있는지, 얼마나 완성했는지 알 수가 없었다. 경쟁심을 불태우고 있다는 걸 명혜에게만 들켰다.

"아니, 내가 그래도 제일 어른인데 너무 모양 빠지는 걸 들고 올 수는 없잖아?"

"자기가 왜 제일 어른이야? 그건 나지."

명혜가 그다지 편하지 않은 침대를 어떻게든 편하게 만들려고 애쓰며 대답했다.

"내가 세 살 많은데?"

"응, 그렇지만 우리집은 모계 사회니까 내가 제일 어른이지."

"어, 그래…… 그럼 제일 어른의 배우자로서 너무 모양 빠지는 걸 들고 올 수는 없잖아?"

"자기, 전에도 여기 왔었잖아. 비행 오지 않았었어? 그때 뭐했어?"

"그냥 수영장 옆 의자에 누워 있었어."

"그럼 계속 누워 있어. 사람이 안 하던 짓 하면 탈나."

명혜는 태호가 기여하는 것 없이 굴러다니며 논다고 여기는 듯했지만, 모두 바쁘게 제 할일 할 때 다음날 아침에 먹을 빵을 사다 놓고, 물과 주스와 맥주를 냉장고에 채워넣고, 쓰레기를 버리고, 욕실 청소를 하는 건 태호였다. 매일 수건 빨래를 해서 너는 건 누가 하고 있다고 생각하는 거야…… 꾹 참고 생색은 내지 않기로 했다. 엔진음은 딱 지겨워서 차를 다른 사람들에게 양보하고 슬슬 걸어다니며 고심했다. 마음 같아서는 길 가는 사람들한테 이 동네 뭐가 특별하냐고 묻고 싶을 정도였다.

교신을 할 수 있다면 편할 텐데, 저도 모르게 떠올렸다. 특정 주파수에 물어보면 누군가 대답해주는 그런 게 지금도 가능하다면, 하고 말이다. 비행을 할 때면 관제탑과, 다른 파일럿들과 끝없이 교신을 했다. 여러 정보들이 오가지만 대개는 조언이었다. 바람과 비와 구름에 대한 끝없는 의견들은 잠들었을 때에도, 비행을 하지 않을 때에도 지지직거리며 귓가에 머무는 것만 같았다. 몇 년 전에 한 항공사 대표가 파일럿들은 오토파일럿 기능으로 쉽게 일하면서 투덜거린다고 인터넷에 써서 난리가 난 적 있었지만, 기계의 도움을 받는다 해도 시시각각 연속적인 판단을 내리는 일은 쉽지 않았다. 에너지가 들었다. 뇌가 에너지를 많이 소비하는 기관이란 것은 정말인 듯했다. 피곤하고 피곤해서 은퇴를 손꼽아 기다렸는데, 막상 조언들이 오가는 열린 주파수에서 홀로 떨어져나오고 나니 기묘한 고립감을 느끼게 될 줄은 몰랐다. 혼자서는 아무 판단도 할 수 없을 것처럼 흐리멍덩해졌다. 견장이 없는 어깨가 볼품없게 느껴져서 잘 적응하지 못했다. 그 마음을 알고 명혜가 함께 은퇴해준 게 아닐까, 고마웠다.

"은퇴부터 죽음까지는, 이제 우리 둘 사이의 경주야. 준비 땅, 하고 가다가 먼저 죽는 사람이 승자인 거지."

"왜 그런 이야기를 그렇게 유쾌하게 하는 거야?"

배우자가 막 위로되는 타입은 아니긴 해도, 어쨌거나 인생은 아직 순항고도에 있었다. 비록 화수가 다친 일이 가족 모두의 마음을 흔들었지만 태호는 시간이 지나면 곧 괜찮아지리라 믿었다. 비행기에 삼백 명이 타면 몇 명쯤은 상종하기 싫은 사람일 수밖에 없었다. 태호는 그 사건을 그 정도로 이해하고 있었다.

아니야, 자네 또 틀렸어. 더 생각해봐. 세상은 그렇게 단순하지 않아……

가끔 장모님의 목소리로 머릿속이 까끌거리면 태호는 그 목소리를 애써 외면했다. 저에겐 복잡한 걸 세세하게 따져보는 형질이 없어요, 반박하면서.

"기장님?"

슈퍼마켓에서 간단하게 장을 봐 나오는데 누군가 불렀고 반사적으로 돌아보았다. 일고여덟 명 중에 두 사람이 아는 승무원이었다. 그 두 사람과 한꺼번에 한 팀이었던 것이 아니라 따로따로 함께 일했으므로 태호의 머릿속에 잠시 혼선이 일었다. 부른 쪽도 미소 짓고는 있었지만, 젊은 사람들 특유의 은퇴자를 어찌 대해야 할지 몰라하는 어색함을 숨기지 못했다.

"아이고, 반가워라."

태호는 장 본 것을 다른 팔로 옮겨 들고 악수를 청했다. 분위기가 좀 나아졌다.

"왜 여기 계세요?"

"아, 가족여행 왔습니다."

"전 또 아예 살러 오신 줄 알았어요."

반바지에 간편한 차림새가 그런 오해를 불러일으킬 듯도 했다.

"안 그래도 고민이 있었는데 물어봐야겠다, 하와이에서 가장 멋진 게 뭐예요?"

"네?"

어리둥절해하는 옛 크루들에게 사정을 간단히 설명했다.

"그런 거라면 역시 말라사다죠?"

"말라사다죠."

자기들끼리 고개를 끄덕이더니 추천해주었다.

"기장님, 저기 길 건너에 분홍색 박스 들고 가는 사람 보이시죠? 저거예요."

"레오나즈 베이커리가 최고예요. 그런데 뜨거워야 해요. 식어버리면 그 맛이 안 나요. 맛 보여주고 싶어서 일부러 한국까지 사 갔는데, 표면의 설탕이 눅눅해지고 나니 시큰둥한 반응이더라고요."

"맛도 맛이지만 질감이 정말 독특해서 뜨거울 때 드셔야 될 거예요."

도넛일 뿐인 것 같았는데 여럿이 호들갑이었다. 어쨌든 태호는 귀한 정보에 감사를 표했고, 언제 서울에서 맛있는 걸 대접하겠다고 지켜지지 않을 약속을 했다. 지키려고 하면 오히려 폐가 될 그런 약속이었다. 딸들은 태호가 눈치 없이 굴지 않도록 언제나 단단히 단속을 했다. 그래도 돌아서며 생각했다. 아주 싫은 사람이었으면 긴가민가했을 때 부르지 않았겠지…… 다행이다, 먼 나라에서 얼핏 보고도 부르고 싶은 사람이어서. 잘못 살지 않았네, 싶었다.

그리고 그길로 레오나즈 베이커리에 가서 한입 먹어보고는 옛 동료들의 호들갑이 호들갑이 아니었음을 알게 되었다. 이거다. 이것을 사가야 한다. 조언은 정확해서 뜨겁지 않으면 아무 소용 없을 것 같았다. 태호는 은근히 용의주도한 성격이므로 네 개를 샀다. 나온 지 이십 분, 삼십 분, 사십 분, 한 시간 시간을 재서 먹어 보았다. 삼십 분 안쪽으로 식구들에게 먹여야 한다는 결론이 나왔다. 장모님의 기일이 코앞으로 다가와 있었다. 당일 직전에 차를 쓸 수 있을 것 같지 않았다. 따로 차를 렌트한다고 해도 금요일 저녁의 교통체증을 감안하면 곤란할 듯했다. 버스는 처남댁 말대로 느리게 달릴 것이고…… 자전거? 자전거라면 차라리 빠를까? 정기 신체검사를 잘 통과하기 위해 오십대부터 자전거를 탔던 태호는 어느 정도 자신이 있었다.

그날부터 숙소에 아침거리가 없거나, 물이 떨어지거나, 빨래와 쓰레기가 쌓이거나 욕실이 어수선해졌다. 태호가 자전거를 빌려 레오나즈 베이커리에서 숙소까지의 가장 좋은 경로를, 타이머로 재가며 탐색하기 시작했기 때문이었다. 첫날은 그럭저럭 버텼는데 둘째 날엔 견디지 못하고 아웃렛에 가서 패드 바지를 하나 샀다.

27

늘 철쭉이 흔하고 시시한 꽃이라고 생각했습니다. 봄이 와도 철쭉을 대단히 반기는 이는 없지 않나요? 그런데 어느 날 밤 산책을 나갔다가 송이째 떨어져 있는 흰 철쭉을 보았고, 지나가던 자동차의 헤드라이트가 그 꽃을 비추는 순간 그것이 살면서 본 가장 아름다운 흰색이란 걸 깨달았습니다. 빛날 준비가 되어 있어서 거의 스스로 빛나는 것처럼 보이는 그런 흰색요. 그것을 칠십대에야 깨달았으니, 늦어도 엄청 늦은 거지요.

여전히 깨닫지 못한 게 너무 많다는 생각이 듭니다. 어떤 날은 바람 한 줄기만 불어도 태어나길 잘했다 싶고, 어떤 날은 묵은 괴로움 때문에 차라리 태어나지 않았더라면 싶습니다. 그러나 인간만이 그런 고민을 하겠지요. 철쭉은 그런 것 따위 아랑곳하지 않을 겁니다. 오로지 빛에만 집중하는 상태에 있지 않을까, 도무지 짐작할 수 없는 철쭉의 마음을 짐작해봅니다. 바깥의 빛이 있고 안의 빛이 있을 터입니다.

밤 산책에서 또 근사한 것을 발견하면 꼭 전하겠습니다.

—XXX라디오 짧은 코너 〈작가가 보내온 엽서〉(2004)에서

체이스는 소형 아파트에 살고 있었는데, 아파트라고는 해도 삼층짜리 건물이었다. 체이스의 집에도 전기 플레이트는 구비되어 있었지만 제대로 요리를 해주고 싶다고 공용 부엌으로 데려갔다. 지수는 재료를 한아름 들고 따라가면서 공용 부엌이라는 특이한 공간에 대해 이해하려고 노력했다.

"공용이라니? 그럼 쉽게 더러워지지 않아?"

"아, 평소에는 별로 안 써. 가끔 다 같이 모일 때나 쓰지. 여기, 청년과 노인을 위한 주택사업으로 지어졌거든. 막 독립했거나 아니면 규모를 줄이고 있는 사람들이 와서 사는 거라 서로 교류하고 살라는 설계인 것 같아."

공용 부엌은 비어 있었지만, 맞닿은 라운지엔 몇 명의 노인들이 TV를 보거나 창밖 정원을 바라보며 편안하게 앉아 있었다. 체이스는 노인들과 인사하고 지수를 소개시켜주었다.

"요리 같이 할게."

"포이 만들 줄 알아?"

"아니."

"그럼 너도 가서 앉아 있어."

"네가 시키는 대로 하면 되잖아?"

지수는 다시 한번 제안해보았으나 체이스가 손짓으로 물러나게 해서, 긴 소파에 가 앉았다. TV에서는 날씨 뉴스가 나오고 있었다.

"며칠 잔잔하던 끝에 드디어 탈 만한 파도가 왔습니다, 와우, 워호우! 이십이 피트에서 삼십육 피트의 파도가 예상됩니다. 서퍼들, 많이 기다리셨습니까?"

건장한 기상캐스터가 감탄사를 많이 쓰며, 즐겁게 격앙된 목소리로 외치다시피 말했다. 지수는 피트를 미터로 환산해보았다. 한국이었더라면 어선들에게 심각한 어조로 주의를 당부했을 만한 높이였다. 정말 다르구나, 다른 곳에 와 있구나, 정신이 번쩍 들 정도였다. 우윤이 잘하고 있는지 가볍게 걱정되기도 했다.

"있잖아, 나 한국에 가본 적이 있어."

오후의 여유를 누리고 있던 노인 중 가장 연장자로 보이는 할아버지가 말을 걸어왔다. 지수는 반갑게 그쪽으로 몸을 기울였다.

"아, 정말요? 어디요?"

"인천."

인천이라면, 공항 쪽일 수도 있고 매력 있는 옛 시가지일 수도 있고 송도일 수도 있을 듯했다. 지수는 스몰토크를 이어가기 위해 머릿속 정보를 한껏 끌어모으려 준비했다.

"인천에서 뭐하셨어요? 누구 만나셨어요?"

"전쟁 때 갔어. 상륙 작전 때."

"아, 그때요……"

너무 예전이고 쉬운 주제가 아니라 스몰토크에 실패하고 말았다. 나이 가늠을 못했는데 심시선보다 열 살은 위인 모양이었다.

"사진 있어? 요즘 사진?"

다행히 할아버지 쪽이 이어주었다. 지수는 얼른 인천 사진을 찾아 보여주었다.

"요즘 가면 전혀 못 알아보겠네. 우리가 어디를 지났는지 찾을 수 없겠어. 그때 죽은 사람들 기념비 있어, 이 섬에. 체이스한테 데려다달라 해."

포이를 만들던 체이스가 다 듣고 있었던 듯 데려가주겠다고 대답했다.

"그리고 또, 뭐뭐 하려고?"

할머니 한 분이 자리를 옮겨오며 물어왔다. 지수는 자신의 이야기를 하는 데에 거리낌이 없어서, 뭘 하려고 하와이까지 왔는지 시시콜콜 털어놓고 무지개 사진을 찍으려다가 실패한 결과물들도 보여주었다.

"이쪽에서 드시지 않을래요?"

체이스가 포이와 포케와 샐러드를 들고 야외 테이블로 향했다. 지수도 가서 세팅을 도왔다. 느릿느릿 노인들이 옮겨왔다.

"무지개, 커야 해?"

아까의 참전용사가 물었다.

"아뇨, 별로 안 커도 돼요."

"크니까 멀리서 찍어야 하고 멀리서 찍으니까 흐리게 나오는 거야. 작은 무지개라도 된다면 내가 알려줄게."

지수가 기뻐하자 노인은 기꺼이 늘 무지개가 생긴다는 작은 폭포의 위치를 설명해주려 했는데, 그것은 구글 맵에 표시해주는 방식이 아니었고 결국 체이스가 대신 들어야 했다.

"그, 동네 애들이 자주 가는 계곡 있잖아. 새로 만든 길에서 약간 들어가서. 아니, 거기 말고…… 예전에 뭐 지었다 허물어버린 거기 뒤편으로 올라갈 수도 있고."

한참 걸렸지만 체이스는 이해해냈고, 식사를 끝마치면 지수와 함께 가보기로 했다. 지수는 역시 말해보길 잘했다고 콧노래를 불렀다. 집을 나서기 전 한 할머니가 코바늘로 모자를 떠주고 싶다고 해서 머리둘레를 재느라 약간 지체되었다.

어째선지 〈푸니쿨리 푸니쿨라〉를 흥얼거리며 트레킹을 시작했는데, 내려오는 아이들과 마주치자 아이들이 같은 곡조를 휘파람으로 복사하며 지나갔다.

"금방 들었어? 쟤들이 내가 흥얼거리던 걸 훔쳐간 거?"

"훔치면 안 돼?"

체이스가 웃었다.

"아니, 귀여워서. 엄청 사춘기 얼굴을 하고서는 남이 부르던 노래를 잘도 따라 하네. 놀리는 건가?"

"애들이 다니는 계곡이라 그랬으니, 맞게 가고 있나보다."

노래를 흥얼거리는 지수에 비해, 길을 찾기 위해 집중하는 중인 체이스는 여유가 없는 듯했다. 비가 왔던 주의 오전 열한시에서 오후 세시까지는 확실하다고 했는데도, 어렵게 찾은 후에 무지개가 없을까봐 초조해했다.

"없으면 없는 거지."

"시간 낭비한 거잖아."

"시간 낭비 좀 할 수 있지."

"하지만 이제 네가 돌아가는 날까지 나는 쉬는 날이 없어. 오늘이 마지막이야. 저녁엔 잠깐 시간을 낼 수도 있지만."

그 말에는 지수도 느긋함을 살짝 잃었다.

"여기서 오른쪽이려나?"

길인지 아닌지 불분명한 풀숲 사이로 들어갔다. 빌려 신은 등산화가 커서 지수의 발바닥이 신발 안에서 미끄러졌다. 실망스러워도 실망하지 말아야지 다짐했다. 무지개를 찾아주고 싶어하는 무지개 섬 사람의 마음을 다치게 하지 말아야지, 하고 말이다. 앞서

가던 체이스가 갑자기 멈춰 서서 등에 이마를 부딪칠 뻔했다.

"있어."

"있어?"

"정말로 있어."

두 사람은 백팩을 바닥에 내려놓았다. 폭포는 폭포라고 부르기에도 민망할 만큼 작았다. 그래도 며칠 전 비가 왔었기 때문에 물줄기는 제법 힘차게 흘러내렸고 나무들 사이로 들어오는 햇빛이 포말과 만나 미니 무지개를 만들고 있었다.

"미니 무지개네. 미니미니해."

지수의 말에 체이스가 역시 너무 작나, 하고 지수를 돌아보았다. 하지만 지수는 그 무지개가 완벽하다고 생각했다. 도망가지 않는 무지개가 거기 있었다. 지수의 그다지 최신형이 아닌 휴대폰으로도 잘 찍혔다. 두 사람은 신나서 찍고 찍고 또 찍었다. 백 장도 넘게 찍은 것 같았다. 처음엔 무지개에 집중하다가 나중엔 좀 셀피 파티가 되어버렸지만 어쨌든 만족스러웠다.

"이제 됐어?"

"응, 큰 화면으로 봐야 알겠지만 이중에 하나는 제대로 찍혔겠지."

"숙제 끝냈네?"

"끝내버렸어. 가뿐하다."

그러고 보니 퀴어 친구를 무지개 찾기 여정에 동참시켜버린 셈이어서, 너무 전형적인 것을 요구했나 뒤늦게 눈치가 보였다. 막상 체이스는 레인보우 스테이트 주민의 긍지로 피로도 잊은 듯 보여 지수는 지나치게 신경을 쓰진 않기로 했다. 다시 백팩을 메기 전에 감사의 제스처로 체이스를 꽉 안아주었다. 두 사람의 땀방울이 합쳐졌지만, 숲의 냄새가 강렬해서 상관없었다. 내려올 때는 어쩐지 아쉬워서, 올라갈 때보다 오래 걸렸다. 그래서인지 체이스의 집에 도착하니 방 문고리에 완성된 모자가 걸려 있었다. 더운 기후에서 뜨개질을 하려면 심심하시겠다 짚었던 게 무색하게, 시원한 종이 실로 만든데다 레이스처럼 바람이 통과할 수 있는 형태라 곧바로 쓰기 딱이었다. 감사 인사를 하려고 갔더니 어디론지 외출하고 안 계셔서 문 밑으로 쪽지를 밀어넣었다. 지수는 내심 생각했다. 음악인으로 잘 풀리지 않으면 여행 프로그램 피디에 도전해봐도 좋겠다고.

28

빛나는 재능들을 바로 곁에서 지켜볼 수 있었던 것은 행운이었다. 누군가는 유전적인 것이나 환경적인 것을, 또는 그 모든 걸 넘어서는 노력을 재능이라 부르지만 내가 지켜본 바로는 질리지 않는 것이 가장 대단한 재능인 것 같았다. 매일 똑같은 일을 하면서 질리지 않는 것. 수십 년 한 분야에 몸을 담으면서 흥미를 잃지 않는 것. 같은 주제에 수백수천 번씩 비슷한 듯 다른 각도로 접근하는 것.

사실 그들은 계속 같은 일을 했다. 그리고 조각하고 빚고 찍고…… 아득할 정도의 반복이었다. 예외는 있지만 주제도 한둘이었다. 각자에게 주어진 질문 하나에 온 평생으로 대답하는 것은 질리기 쉬운 일이 아닌가? 그런데도 대가들일수록 질려하지 않았다. 즐거워했다는 게 아니다. 즐거워하면서 일하는 사람은 드물다. 질리지 않았다는 것이 정확하다.

그러므로 만약 당신이 어떤 일에 뛰어난 것 같은데 얼마 동안 해보니 질린다면, 그 일은 하지 않는 것이 낫다. 당장 뛰어난 것 같지는 않지만 하고 하고 또 해도 질리지 않는다면, 그것은 시도 해볼 만하다.

—『어쩌다보니 마지막으로 남은 사람』(2002)에서

마지막 레슨 날이었는데 파도가 높았다.

"오늘 벌써 초보 여덟이 구조됐어. 내일은 안 돼?"

앤디가 은근한 만류를 담아 말했다. 마치 우윤이 아홉번째가 될 거라고 경고하는 것만 같았다. 우윤은 파도를 담으려고 손목에 실리콘 물병을 묶은 채였다. 단단하게 묶은 매듭처럼 물러설 생각이 없었다.

"오늘이 마지막이라 꼭 타야 해."

"뭐, 구조된 여덟은 내 학생들이 아니었지. 다른 멍청이들이 가르쳤으니까. 그럼 가자, 파도도 아까보다는 괜찮은 것 같고."

물위에 떠 있는 사람들이 확실히 전날보다 적었다. 물빛이 짙었다. 파도를 기다리자니 위가 조여들었지만 처음 한두 번 넘어질 때 넘어지는 순간을 고를 수 있어서 심하게 빠지지 않았다. 어쨌든 잘 넘어지는 법은 배웠군, 보드에 기어오르며 우윤은 생각했다. 보드에 기어오르는 것도 전날보다 쉬웠다.

"괜찮은 녀석이 오는데?"

그렇게 말하면서 앤디가 보드를 힘껏 밀어주었다. 앤디의 말을 곧이곧대로 믿고 힘을 낸 것은 아니었다. 전보다 빠르고 큰 파도, 흩어지지 않는 파도였고 우윤은 느낄 수 있었다. 이건 탈 수 있어. 이 파도는 탈 수 있어. 보드는 흔들리지 않았다. 마치 맨땅 같았다. 우윤은 쉽게 무릎을 세우고 몸을 일으켰다. 부드러운, 분절 없는 동작이었다. 보드는 계속 나아갔고 우윤은 그 위에서 한 번도 느껴보지 못한 쾌감을 느꼈다. 달리는 것도 아니었고 나는 것도 아니었다. 단순히 미끄러지는 것과도 달랐다. 보드 밑에 느껴지는 힘은 우윤이 만나보지 못한 거대한 동물의 일부 같았다. 바다의 힘, 지구의 힘, 모험과 죽음의 힘. 우윤은 계속 계속 나아갔다. 환호하며, 웃으며, 자부심을 느끼며. 백 미터를 나아갔는지 백오십 미터를 나아갔는지 잴 수는 없었지만 그보다 길게 느껴졌다.

문제는 방향 조절을 전혀 할 수 없었다는 데에 있었다.

"미안합니다! 방향을 못 바꾸겠어요! 조심하세요!"

우윤은 내내 크게 외쳤고, 다행히 우윤의 진로에 있던 사람들이 아슬아슬 우윤을 피해주었다. 스키를 처음 타는 사람이 주변에 피해를 끼치며 활강하듯이 우윤도 그저 직선으로 파도를 타버린 것이다. 그 와중에 부스러지는 파도에 슬쩍 실리콘 물병을 가져다댈 여유는 놓치지 않았다.

"해냈네, 결국 해냈어!"

앤디가 자기 보드를 타고 쫓아와 우윤을 축하해주었다.

"와, 나 너 거의 포기했었는데!"

"포기했었다니……"

역시 그쪽이 솔직한 심정이었구나 싶어 멋쩍어졌다.

"아직 삼십 분쯤 남았어. 이렇게 잘 탔을 때 더 해보자."

우윤은 몇 번 더 시도했고 다시 그렇게 멋지게 타지는 못했지만 전보다는 나았다. 그럴싸했다. 경직되었던 부분들이 기분좋게 풀어졌고 깊이 빠졌다가도 물을 먹지 않고 올라왔다. 보드 위에 앉아 떠 있기만 해도 좋았다. 우윤과 똑같이 물에 흠뻑 젖은 죽음이, 어린 시절 그렇게 두려워했던 대상이 투명한 팔을 우윤의 어깨에 잠시 두르고 기이한 격려를 해주었다.

"큰 파도 체질이네. 그런 사람들이 있지."

레슨이 끝나고 헤어질 때 앤디는 뒤에서 찍은 우윤의 동영상을 보내주었다. 무려 한국 회사의 메신저를 쓰고 있어서 놀랐다. 두 사람 다 바로 작별인사를 하지는 못했다. 기쁨에 가득차 있었기 때문이었다. 앤디는 자신의 세계를 우윤에게 성공적으로 전했다는 것에, 우윤은 생각할 수 있는 가장 두려운 행위 중 하나를 그럭저럭 해냈다는 것에 기쁨을 느껴서 서로 그것을 친밀감으로 착각했다.

“나의 가장 멋진 수강생. 포기하지 않았다고, 다음에 배우러 오는 사람들에게도 네 이야기를 할 거야.”

“누가 여기 와서 서핑을 배울 거라고 하면 꼭 앤디를 추천할게.”

두 사람은 모래 묻은 손으로 굳은 악수를 하고 헤어졌다. 우윤은 보드를 반납하는 게 아쉬웠다. 언젠가 자신만의 보드를 가지게 될지도 몰랐다.

말하지 못했지만 밤에 차를 타고 앤디가 일하는 주류 판매점을 지나간 적이 있었다. 유리창 너머로 앤디를 보았을 때, 바다에 있을 때와는 표정이 달랐다. 다가가서 알은척을 한다면 우윤을 기억하지 못할 것만 같았다. 앤디가 피부암에 걸리지 않으면 좋겠다, 우윤은 서핑 선생님을 위해 잠깐 바랐다.

개운하면서도 서글픈 마음으로 숙소에 돌아왔을 때, 온 가족이 흥분해서 서성대고 있었다. 우윤은 처음엔 누가 다쳤나 당황했다.

“문을 안 잠그고 나간 거야?”

“문이 아닐 수도 있어. 창문도 열려 있었잖아.”

“이게 무슨 꼴이람.”

얼른 둘러보니 집안이 온통 뒤집어져 있었다. 찬장과 서랍이 열려 있고 소파 좌판이 떨어진데다 바퀴 달린 여행 가방들이 대각선으로 던져져 있었다. 난정이 우윤을 발견하고 와서 와락 안았다.

"엄마는 괜찮아? 엄마 아빤 뭐 잃어버린 것 없어?"

"현금 조금. 너도 얼른 확인해봐."

방에 가보니 온 짐을 넓게 펴바른 듯이 엉망이었지만 거울 앞의 목걸이는 그대로였다. 할머니가 준 목걸이에는 정말로 개인적이고 감정적인 가치밖에 없어서 도둑들이 가져갈 필요를 못 느꼈던 모양이었다. 여름 니트 하나가 사라진 줄 알았는데 다시 보니 지수가 입고 있었다.

"으아, 이어폰 오늘 들고 나가서 다행이다. 도둑맞을 뻔했네."

"제일 귀중품이 이어폰인 거야?"

"정말 큰맘 먹고 산 거라고."

"어쩌다 여행 끝물에 이렇게……"

"몰라, 우리 언니가 문단속 안 한 걸까봐 엄마 아빠 조용한 것 좀 봐."

"아무도 그런 거 안 따질 거야."

마지막으로 숙소를 나선 것은 화수일 확률이 높았지만 명탐정처럼 그런 걸 확인하려는 사람이 있을 리 없었다. 화수는 휴대폰을 도둑맞았다고 했다. 우윤은 화수의 휴대폰이 신형이었는지 잠시 떠올렸다가 사 년은 된 기종에 케이스가 너덜너덜할 정도로 닳아 있었던 것을 기억해내고는 안심했다. 그 안에 담겨 있던 내용을 잃어버린 것은 낭패이려나? 백업은 또다른 문제일 텐데 경황없는 와중에도 잠잠한 화수의 얼굴을 보니 짐작하기 어려웠다. 도둑들은 초보가 아닌지 신용카드 같은 것은 전혀 건드리지 않고 현금만 가져갔으며, 숙소의 구형 TV나 토스터 같은 것에도 손을 대지 않았다.

"없어."

부엌에 선 경아가 황망히 중얼거렸을 때, 아무도 심각하게 생각하지 않았다.

"커피 원두가 다 없어졌어."

"그래? 귀신같은 놈들일세. 그걸 또 쏙 가져갔단 말이지?"

명혜가 허탈하게 웃었다.

"엄마 커피란 말이야. 딱 한 잔 완벽하게 올리려고 했어. 이제 내일인데 어떡해?"

"메모해놨잖아, 아침에 사러 가면 되지. 내가 같이 가줄게."

경아가 속상해하고 있다는 것을 깨달은 명은이 얼른 위로하려 했다.

"메모는 하다가 말았어. 어떡해? 나 기억이 하나도 안 나. 뭐가 무슨 맛이었는지, 다시 한번 확인하려고 했는데 전혀 기억도 안 나고…… 게다가 그 원두들 정해진 요일의 마켓에서만 살 수 있단 말야. 망했어. 어떡해?"

그쯤에선 경아가 울먹울먹하다가 엉엉 울기 시작했기 때문에 누구보다도 규림과 해림이 놀라버렸다. 엄마가 우는 것을 한 번도 본 적이 없었던 것이다. 다 큰 어른이 도둑맞은 원두 때문에 입을 땅콩 모양으로 만들며 울어버렸고, 당황한 명혜와 명은이 일단 경아의 등을 도닥거려주었으나 별로 도움은 되지 않는 듯했다. 난정이 규림과 해림에게 방에 가서 스마트폰 게임을 하라고 권했고 지수가 둘을 데리고 갔다.

"이모."

그때까지 골똘히 서 있던 화수가 경아에게 다가가 양쪽 어깨를 잡았다.

"지금 생각나는 원두 뭐예요?"

"응?"

"다 잊어버린 건 아닐 거 아니야. 떠오르는 이름 있어요?"

경아가 빼끔거리다가 원두 이름 하나를 댔다.

"그럼 그게 정답인 거예요. 제일 좋았으니까 기억나는 거지."

화수가 단언했다.

"그냥 이름이 쉬웠던 게 아니고?"

경아는 여전히 반신반의하는 것 같았다. 우윤은 화수에게 조력하기로 마음먹었다. 얼른 검색해보니 흔히 유통되는 것은 아니었지만 삼십오 분 거리에 납품받는 곳이 있었다.

"오, 지금 당장 살 수 있다."

우윤이 화면을 보여주자 경아가 머쓱한 듯 쓱 눈가를 닦았다. 명혜와 명은이 웃음을 꾹 참고 가방과 차 키를 챙겼다. 손위 자매들은 지금은 잘 참을 테지만 시간이 지나면 이 일로 경아를 끈질기게 놀릴 것이었다. 화수가 명혜를 보며 티나지 않게 '엄마, 웃으면 안 돼' 하고 주의를 주었고 명혜가 고개를 끄덕였다.

"그럼 화수야, 우리는 가게 문 닫기 전에 경아 커피 사올 테니까 경찰에 신고하고 도난 확인증 받아놔. 여행자보험 들긴 했는데 현금은 해당 안 되고 네 전화기 정도 보상받을 수 있겠다. 원두는 될지 안 될지 모르겠네……"

"적어도 이백 달러어치 이상이었다고!"

경아가 마지막으로 불만을 표시한 후 언니들을 따라나섰다. 그때까지 구석에서 굳어 있던 명준과 태호가 집 정리를 시작했다. 우윤과 화수는 방에 가서 규림과 해림을 들여다보았다. 둘은 지수에게 게임을 가르치고 있었다. 평소에 기계를 자주 만지는 것치고는 죽을 쑤고 있는 걸로 보였다.

"엄마 이제 안 울어?"

해림이 물었다.

"응, 안 울어. 얼른 다시 사러 갔어."

"왜 그런 걸로 울었지?"

사랑하는 사람에게 잘해주고 싶었던 거야, 그 사람이 죽고 없어도. 우윤은 말해주고 싶었지만 그보다는 건조한 답을 택했다.

"속상하면 울 수도 있지."

지수가 게임을 포기하고 해림에게 넘긴 후 어깨에 푹 기댔다. 마지막으로 엄마가 우는 걸 보았을 때는 할머니가 돌아가셨을 때였고, 그때의 엄마는 밥을 먹다가도 울고 머리를 감다가도 울어서 무서웠었다. 부모가 우는 걸 보는 것은 정말로 무섭지. 어른들이 유약한 부분을 드러내는 것은 정말로 무서워…… 그 생각을 하다가 화수와 우윤을 보니 둘 다 비슷한 기억을 떠올리고 있는 듯했다.

말해지지 않는 것들로 우리는 연결되어 있지. 이럴 때는 무척 가족 같군. 세 사람은 그렇게 눈빛을 주고받았다.

29

엄마의 비녀가 어디 있을지 가끔 궁금해한다. 순도가 높지 않은 은에 작은 호박이 박힌 비녀였다. 은은 검게 산화되어 있었지만, 엄마는 그것을 아꼈고 언젠가 나에게 주려고 했다. 차라리 누가 훔친 것이면 좋겠다. 엄마와 함께 어딘지 모를 땅에 묻혀 있을 걸 생각하면 가슴을 쥐어뜯고 싶어지니까. 그 땅에 첨단산업단지가 들어설 계획이라고 들었다. 수십 명이 묻힌 땅을 그대로 밀어버린다면 이 나라에 미래가 있을 것인가? 기억하지 않고 나아가는 공동체는 본 적이 없다. 그래서는 안 된다고 몇 통의 진정서를 쓰는 새벽이면 자꾸 엄마의 비녀가 떠오른다.

이제는 이름도 잊은 여자들을 그리워하기도 한다. 하와이에는 진주 음식을, 순천 음식을, 또 해주와 안주 음식을 재현하려는 아주머니들이 살았다. 아주머니들의 이름을 잊고도 음식맛은 가끔 혀끝에 돈다. 내가 먹었던 한식 중에 가장 대단했던 것은 그때 먹었던 것이다. 그 친절을 어찌 잊고 있었을까? 그렇게 다른 재료로도 익숙한 음식을 만들어 막 도착한 이를 살찌우려 했던, 월세 걱정을 하면서도 어려운 고국에 돈을 보내던 사람들을. 이제 내가 그 아주머니들보다 나이가 많은데, 나는 영영 음식을 못하는 사람으로 남았으니 비척거리는 젊은이가 찾아와도 먹일 것이 없다. 나이가 들면 자연스럽게 손맛이 생길 줄 알았는데 아니었다. 아무것도 당연히 솟아나진 않는구나 싶고 나는 나대로 젊은이들에게 할 몫을 한 것이면 좋겠다. 낙과 같은 나의 실패와 방황을 양분 삼아 다음 세대가 덜 헤맨다면 그것은 의미가 있을 것이다.

—『잃은 것들과 얻은 것들』(1993)에서

상헌은 분명히 과일이 없을 거라고 추측했다. 특이한 것, 굉장한 것을 찾다가 기본을 까먹었을 사람들이라고 말이다. 공항에서 숙소로 가는 길에 과일 가게에 들러 다양한 종류의 과일을 넉넉히 샀다. 특히 초콜릿 사포테가 반응이 좋지 않을까 기대되었다.

"쉽지 않을 텐데?"

처음 화수와 결혼하려고 마음먹었을 때 태호가 그렇게 말했었다. 상헌은 그때 그게 무슨 말인지 이해하지 못했다. 화수는 누구나 꿈꿀 만한 배우자였기에 괜한 으름장인 줄 알았다. 화수의 가족에 대해서도 더 바랄 것이 없다고 여겼다. 인품이 높다고 평가받는 태호를 오래 따랐고, 명혜는 무섭긴 해도 어려운 사람이 아니었다. 마음에 있는 말을 그대로 꺼내놓는 성격이 오히려 편했다. 자유분방한 지수 걱정은 조금 했었나? 지수가 만들어내는 파격은 오히려 반길 만한 것이었으니 기우였다.

넘어지지 않을 것 같은 사람, 그게 화수였다. 균형 감각이 좋았다. 온화하면서 단호한 성격, 과거를 돌아보되 매몰되지 않고 미래를 계획하되 틀어져도 유연한 태도, 살면서 만나는 누구와도 알맞은 거리감을 유지하는 판단력, 일과 삶에 에너지를 배분하는 감각…… 이를테면 요새 유행하는 명상 앱의 차분한 목소리를 닮았던 것이다. 현재에 건강히 집중하는 모습이. 그런 화수가 넘어질 거라고는 생각하지 못했다. 넘어져도 바로 일어설 수 있을 줄 알았다. 어떤 미친놈의 태클에 이렇게 오래 엎드려 있을 줄은 몰랐다.

"그냥, 미친개에게 물렸다고 생각하고 이제 그만……"

"나한테 그렇게 말할 거면 아예 말을 걸지 말아줘."

화수는 정말로 대화하기 싫다는 듯 커다란 베개 밑으로 머리를 넣어버렸다. 언제나 암막 블라인드가 내려져 있는 침실과 기이할 정도로 늘어난 잠은 상헌을 거부하기 위한 변명이 아닐지, 아니라는 걸 알면서도 의심하게 되었다. 섹스리스 커플 같은 것은 남의 이야기라고 생각했고 자신의 일이 될 줄은 상상도 못했던 것이다. 상황이 나쁜데 섹스를 하고 싶은 게 아니었다. 화수에게 욕망의 대상이 되고 싶었다. 삶의 대상이. 그 요구를 이기적이지 않은 방식으로 하는 법을 찾지 못해 자꾸만 덜 아문 곳을 덧나게 했다.

"그 새끼가 너한테 염산을 던졌다고, 왜 나를 미워해? 왜 나에 대한 사랑이 죽었어?"

보채고 싶지 않으면서도 보채고 말았다.

"그것 말고도 많은 게 죽었어, 내 안에서. 회복할 시간을 줘."

죽지 않았다고 말해줄 줄 알았는데 죽었다고 말해버려서 상처를 받았다.

"기다리면, 다시 살아나?"

그 물음에 화수는 대답하지 않았다. 헛된 약속은 하지 않는 사람이라 사랑했는데, 이제는 헛된 약속이라도 해주길 바랄 뿐이었다. 결혼에 대해 비이성적으로 높은 기대를 했던 것은 아니다. 모든 것은 변하고 만다는 것을 알고 있었고, 그 변화의 폭까지 감당하려고 했는데…… 감당 가능한 폭이 아니었다. 난기류인 줄 알았건만 추락하는 중이었다. 아득한 절망감에, 죽은 남자보다도 죽은 듯이 느껴지는 날들이 이어졌다. 옛날 사람들이 왜 부관참시를 했는지 이해 가능했다.

장모님이 하와이행을 계획한 건, 화수를 위한 것이 아닐까 생각했었다. 어떤 전환을 위한 은근한 설계이겠거니 눈치를 보았다.

상헌은 그래서 일정을 조정할 수 있었음에도 일부러 느지막이 도착하기로 마음먹었던 것이다. 전환을 하려면 공간에 여유가 있어야 하지 않을까 했다. 전환을 하고 난 화수를 만나고 싶기도 했고 말이다. 그러나 도착 전날 화수는 갑자기 연락이 되지 않았고, 지수가 말해줘서야 휴대폰을 도난당했음을 알 수 있었다. 묻기 전에 그 정도는 알려줘야 하지 않나 불안해졌다. 지수를 통해 숙소에 도착할 시간을 다급하게 전하는 것 정도만 가능했다.

장인 장모는 사위가 온다고 숙소에 남아 있을 사람들이 아니었고, 화수만 상헌을 기다리고 있었다. 문을 열어준 화수가 잠깐 입을 벌렸다 다물었는데, 발화되지 않은 질문들을 대충 들을 수 있었다. 비행은 힘들지 않았어? 피곤하지 않아? 찾는 데 어려웠어? 과거의 화수라면 물었을 것이었다.

"크루즈 타러 가지 않을래?"

"크루즈?"

"혹등고래가 오는 계절은 아니지만 배를 타고 나가면 좋지 않을까? 노을도 보고."

화수가 원하지 않는다면 미리 지불해뒀던 크루즈 예약을 그냥 날릴 셈이었다. 의외로 화수는 선선히 따라나섰고, 상헌은 그것을 회복의 기미로 지나치게 확대해석하지 않으려 조심했다.

고래가 없다고 배를 놀리기보다는 해산물 뷔페와 오픈 바로 대신하는 모양이었고, 해변에서 봐도 크게 다르지 않을 노을을 배를 타고 보길 원하는 사람들이 기대보다는 적지 않았다. 한국보다 술잔이 미세하게 큰 것 같았다. 배가 해변에서 충분히 멀어졌을 때는, 전 세계에서 온 사람들이 자제하려 애쓰는 시늉 없이 폭음한 후 선실이나 선실 밖의 벤치 여기저기 늘어진 후였다. 잔잔한 흔들림에 잠드는 사람도 많았다. 코까지 골며 잘 거면 굳이 배를 탈 필요가 있었나, 아직 남아 있는 늦은 오후의 햇빛에 화상을 입진 않으려나 여러 생각이 들었지만 참견할 수 없는 일이었다. 화수와 상헌은 유리를 흉내낸 플라스틱 잔을 들고 갑판을 걸었다.

"회사에 돌아가는 거, 미루지 않아도 괜찮겠어?"

"응."

대답은 예상했던 것보다 빨리 돌아왔다. 화수는 난간에 편안하게 기댔다. 키가 큰 편인 화수에게 한국의 난간은 늘 낮은 느낌이었는데 하와이의 난간은 알맞았다.

"그 일로 그만둔 사람으로 기억되고 싶지 않아. 돌아가는 사람들 쪽에 속하고 싶고, 내가 거기 앉아 있으면 다들 정신이 번쩍 들겠지. 우리 회사는 정신이 좀 들어야 해."

어떤 인과는 명확히 기억되어야 한다고 화수가 주섬주섬 설명했고, 상헌은 이해할 수 있을 것도 없을 것도 같았다.

"계속 다닐 거라고?"

"다니다가 다른 이유로는 가볍게 그만둘 수 있을지도 모르겠어. 지금으로선 몰라. 모르는 것을 아무리 붙들어봐야 계속 모르지."

"할머님 책에 그렇게 쓰여 있었어?"

"그런 건 아닌데, 한 번에 대단한 시야를 얻을 수 없다는 것은 알게 되었달까. 어두운 곳에서 짚어가며 넘어져가며 탐색할 수밖에 없다는 걸."

"나랑은?"

중요한 물음이 너무 유치하게 나온 거 같아 상헌은 부끄러웠다. 화수가 그 부끄러움을 모른 척해주며 대답해왔다.

"상헌씨랑은 할머니가 인용한 글을 나도 인용해서 말할 수 있을 것 같네. 사랑은 돌멩이처럼 꼼짝 않고 그대로 있는 게 아니라 빵처럼 매일 다시, 새롭게 만들어야 하는 거래.* 여전히 그러고 싶어?"

"질문을 질문으로 받는 게 어딨어?"

"나는 원하지만…… 살면서 얻길 바라는 게 달라질 것 같아. 다른 모양의 빵을 만들고 싶을 것 같아. 계획했던 모양이 아니라. 그래도 나랑 빵을 만들길 원해?"

"왜 그전까지와 달라져야 해? 우리 인생을 바꾸는 게 왜 그 새끼 때문인데?"

화수는 비스듬히 끄덕였다. 그 말에 반쯤만 동의한다는 듯이.

---

* 『하늘의 물레』, 어슐러 K. 르 귄 지음, 최준영 옮김, 황금가지, 2010.

“그 점은 나도 싫은데 외부의 충격에 영향받지 않는 인생이 어딨겠어? 그렇지만 내가 그날 이후로 곱씹고 있는 건 내 불행, 내 상처가 아니야. 스스로가 가엽고 불쌍해서 이러고 있는 게 아니라고. 그보다는 세상의 일그러지고 오염된 면을 너무 가까이서 보게 되면, 그 전으로 돌아갈 수가 없게 되는 거야. 그걸 설명할 언어를 찾을 때까지는. 어떤 건지 이해가 가? 내가 찾아야 할 걸 찾는 동안, 계속 곁에 있고 싶어? 그럴 수 있겠어?”

“모르겠어. 정말 하나도 모르겠어.”

상헌은 벤치 하나에 주저앉았다. 상헌이 앉자 화수도 그 옆 벤치에 와 앉았다. 잠들어 있는 사람들 사이에서 둘만 깬 채 낮은 목소리로 대화했다.

“몰라도 돼.”

“어떻게 그게 돼?”

“알게 되면 말해줘. 괜찮으니까.”

왜 나를 위해 싸워주지 않아, 하고 상헌은 요구하고 싶었지만 참았다. 아무것도 괜찮지 않다고 외치고 싶었지만 낮은 목소리에 졌다. 화수가 상헌의 손목께를 천천히 오래 쓰다듬어주었으므로 진정되었다. 결혼을 매 순간 갱신하는 계약으로 생각하는 집안의 딸과 결혼하는 게 아니었어. 알면서도 뛰어들었지. 바보였지…… 속으로만 푸념했다.

그래도 굉장한 노을이 졌다.

"선셋이라는 단어 좋지 않아? 에스 자가 두 번이나 들어가잖아."

화수가 말했고, 오랜만에 그 옆모습이 좋아 보였으므로 상헌은 누그러지고 말았다. 대답은 이미 알지만 한참 끌다가 말해줘야지, 마음먹었다. 심술에도 시옷 자가 두 번 들어가니까.

30

언젠가부터 나는 애방처럼 말하고, 애방처럼 웃고, 애방처럼 싸웠다. 무엇보다 애방처럼 사람을 좋아하게 돼서 끝없이 불러모으고 연결시키고 판을 벌였다. 언제부터였을까, 내가 내 친구의 유령을 갑옷처럼 두르고 살기 시작한 것은? 아무것도 입지 않고 추운 겨울 길거리를 헤매고 있는 것처럼 느껴질 때도 나는 유령들을 입고 있었다. 유령들은 고운 목도리가 되어주었다. 때때로 투명한 격벽이 되어 눈물과 웃음이 섞이지 않게도 해주었다. 눈물은 눈물 따로, 웃음은 웃음 따로였다. 그리하여 어떤 것도 흐려지거나 변질되지 않았다. 남들이 나를 발가벗은 뻔뻔한 여자라 할 때에도 내가 개의치 않았던 것은 그런 까닭이다.

딸들이 전시 팸플릿과 도록들을 정리해주다가 푸념한 적이 있다.

"아니, 엄마는 무슨 국전에도 끼고 국전 반대쪽에도 끼었어?"

"추상에도 기웃, 극사실주의에도 기웃했네."

"민중미술 평론하다가 포스트모던으로 넘어가다니 엄마야말로 박쥐다."

변명하자면 내가 그 사람들을 다 좋아했다. 그것만이 나의 일관성이었다. 뭘 하나 제대로 했으면 덜 민망했겠지만, 그렇다고 이 친구 팔짱을 끼었다 저 친구 어깨에 기대며 살아온 지난날이 굉장히 부끄러운 것도 아니다. 딸들에겐 내가 갈지자로 걸었던 것을 비밀로 해달라고 하고는 이렇게 직접 써버리다니 역시 염치없는 글쟁이인가? 평론보다 해외 체류 시절과 살면서 겪은 자잘한 일에 대한 글들이 더 많이 팔리고 읽혔다는 점에서 진지하게 여겨지기는 이미 물건너간 일이라고 편히 생각하고 있다.

—『사랑은 아무 관련이 없었다』(2000)에서

시선으로부터 뻗어나온 가족들은, 오전부터 바삐 집을 나서거나 구석에서 마지막 마무리를 하며 도사렸다. 별것 아닌 일에 진심을 다해 도사리는 것이 이 집안 사람들의 공통점이구나 서로 헛웃음을 웃으면서도 끝까지 그랬다.

기이한 제사는 화수가 프로퍼 익스프레션의 사장님과 함께 들어설 때 시작되었다. 작은 트럭에서 이동식 조리대가 내려졌고, 세팅을 마친 사장님이 곧바로 반죽 계량에 들어갔다. 명혜가 뛰어나와 제대로 참여할 거라 기대하지 않았던 큰딸이 얼마나 일을 크게 벌였는지 당황해하고 반가워했다.

"그러니까, 주인공은 당신의 어머니인 거죠? 오늘 그분을 기리기 위해 보물찾기를 했다면서요?"

사장님은 재밌어하는 것 같았다.

"네, 그렇게 하면 좋지 않을까 했어요. 이렇게 와주시다니 감사합니다."

왜 그냥 팬케이크를 사오지 않았지, 하고 명혜는 화수를 힐끔 쳐다보았지만 설명은 나중에야 가능할 것이었다.

"좋은 아이디어네요, 이런 식으로 기리는 것은. 특별히 맛있게 만들어드릴게요."

다행히 팬케이크가 좋은 냄새를 풍기기 전에 태호가 자전거로 드리프트를 하다시피 하며 도착했다. 태호는 팬케이크 코너를 보고 놀란 듯했지만, 질 수 없다 판단했는지 아직 뜨거운 말라사다 도너츠를 사람들의 입에 물렸다.

"지금 먹어, 지금 당장 먹어야 해."

"네? 나중에 디저트로……?"

"좀 이따 먹으면 안 돼?"

태호는 망설이는 사람들에게 발끈했다.

"아냐, 지금 먹으라고. 식기 전에 오느라 얼마나 고생했는데! 먹으면서 장모님 생각해."

뺨에 흐르는 땀방울들로 고생이 시각화되었기에, 얼른 다들 도넛을 먹었다. 별로 배고프지 않은데 강요한다며 툴툴거린 후에 한 입 베어물자마자 감탄했다.

"뭐야, 솜사탕과 도넛을 합친 것 같네. 이 기묘한 밀도는?"

"사탕수수 산지라선지 표면의 설탕이 설탕이 아니라 무슨 마법의 가루네요."

"이야, 아빠 선방했네?"

상에 올릴 하나만 남기고 곧 박스가 깨끗하게 비었으므로 태호는 의기양양하게 옷을 갈아입으러 갔다. 다른 사람들은 상을 차렸다. 그럴듯한 상 같은 게 있을 리 없었기에 정원의 낮은 테이블을 두 개 가져와서 붙였다. 침대 시트를 씌우자 대충 제사상처럼 보였다. 가운데 좋은 자리에 자신의 공양물을 놓기 위해 가벼운 신경전이 벌어졌고, 명혜가 전체적인 조화를 위해 자리를 이리저리 바꾸기도 했지만 결과물의 들쭉날쭉함은 어쩔 수 없었다.

"으음, 생각했던 것보다……"

명혜가 상을 내려다보며 난감해할 때 경아가 불쑥 고개를 들이밀었다.

"더 개판이지? 언니, 이렇게까지 될 줄은 몰랐지? 후회되지?"

"아니, 개판이라기보다는 참…… 다채롭네."

상의 왼쪽 구석에는 명준이 호놀룰루 미술관의 분관인 언덕 위의 스팔딩 하우스에서 만들어온 블록 탑이 놓였다. 해양 쓰레기로 만든 재생 플라스틱 블록이어서 색깔이 바랜 듯 흐릿했다. 언뜻 보기에는 촛대처럼도 보였는데 일단 명준의 의도는 탑이었다고 했다. 명은은 그 탑의 양식이 신라 말이나 고려 초 때의 것처럼 보인다며 간만에 남동생에게 칭찬 비슷한 것을 해주었다.

명은은 뒷줄 가운데에 잘 말려서 두꺼운 종이에 붙인 레후아꽃과 등산화 밑창에 끼여 있던 작은 화산석 자갈을 올렸다. 등산화 틈에 끼여 따라온 것이니 일부러 훔친 것은 아니라 괜찮지 않을까 했다. 그 곁으로 태호의 도넛과 화수의 팬케이크가 무척 경쟁적인 모양새로 놓였다.

가운뎃줄엔 난정이 박물관에서 만들어온 레이 목걸이와 서점에서 사온 하와이 배경 소설이 한 권 놓였다. 레이만 하려다가, 언젠가 시선이 픽션은 존재하는 사람들과 존재하지 않는 사람들의 대화라고 했던 것이 생각나 책도 한 권 올리기로 했다. 픽션은 한 권도 쓰지 않았지만 애호가였던 것을 알았다.

"숙모, 목걸이 너무 멋진데요. 무슨무슨 꽃이 들어간 거예요?"

지수가 레이를 탐내듯이 만지며 물었다.

"랜턴 일리마, 투베로즈, 푸메리아, 파칼라나, 피카케. 패턴을 만들고 싶었는데 처음 해보는 걸로는 무리였어. 손님이 레이를 바다에 던져서 꽃들이 해안으로 돌아오면 하와이에 다시 찾아올 사람인 거래."

"로마의 그 분수 같은 건가요?"

"응, 근데 실은 꼭 빼고 던지라더라. 아무것도 아닌 면실이지만 거북이가 먹고 죽을 수 있다고."

"아이고, 플라스틱이 아니라도 죽는구나. 고작 면실 정도로도. 이따가 밤에 꽃잎만 떼어서 던져보기로 해요."

거북이가 죽는다는 말에 눈이 동그래진 해림이 지수의 손을 꼭 잡아왔다. 지수는 해림이 실을 끝까지 챙길 걸 알았다.

상의 가운데 중 가운데에는 해림의 깃털 컬렉션이 펼쳐진 형태로 놓여 있었다. 가장 좋은 자리를 어린이에게 양보한 셈인데 해림은 여전히 불만족스러운 듯했다. 붉고 노랗고 화려한 깃털들이 본래 하와이 종이 아니라 거의 외래종들의 것이어서 그랬다.

"하지만 너 평범하고 작은 새 좋아한다며?"

"그렇다고 적응을 잘한 종들이 잘하지 못한 종들의 자리를 다 먹어들어가길 바라는 건 아니라고."

해림의 초조함을 아무도 이해하지 못했다. 깃털 컬렉션에서 살짝 떨어진 오른쪽에 놓인 보드카 샷 잔에는 투명한 듯 뿌연 액체가 들어 있었다. 상차림 후에 몇 명이나 "이게 뭐지? 술인가?" 하며 그 잔에 든 것을 냄새 맡거나 맛보려 들어서 우윤이 심각한 표정으로 지키고 있었다. 우윤이 탔던 가장 멋진 파도의 거품이었다.

맨 앞줄에는 상헌이 사온 과일들이 왼쪽에, 경아의 커피가 가장 좋은 가운데에, 규림이 올려둔 종이 증서가 오른쪽에 놓였다.

"이건 무슨 증서인데?"

"할머니 이름을 붙인 산호 다섯 개가 타히티 바다에 심겼다는 증서."

"시선즈 코럴. 넘버 원에서 파이브……"

"산호마다 다른 이름 붙이기는 귀찮아서."

"네가 이걸 어떻게 했어?"

"환전해온 거 체이스 선생님한테 드리고 체이스 선생님이 신용카드로 해줬어."

규림은 더 나은 다이버가 된 다음에 산호 정원사로 합류해 이십대를 보낼 계획이란 것은 털어놓지 않았다. 해림이라면 말했을 테지만, 일부러 불투명한 표정으로 생각을 털어놓지 않는 점이 청소년다웠다.

상 뒤의 흰 벽에 빌려온 미니 프로젝터로 무지개 사진들을 쏜 것은 지수였다. 제일 건성인 척하며 화려하게 준비했다고 핀잔을 들었다. 명혜가 주름치마를 입고 상 앞에 섰다.

"엄마는 어디 축사를 하러 가면, 꼭 오 분 안쪽으로 끝내는 걸로 유명했습니다. 그래서 축사 요청이 자주 들어와 노년에 고생했지만요. 나이들수록 말이 짧아야 한다고 강조하던 사람 딸이니까, 저도 짧게 이야기하고 훌라를 추겠습니다. 각자 의미 있는 것들을 찾아 즐거운 시간을 보낸 것 같아 기쁘고, 내년부터 평소대로 제사를 지내지 않는 집으로 돌아가겠지만 한 번 정도는 하길 잘한 것 같네요. 서로의 보물에 대해 이야기를 나누는 시간과 엄마를 떠올리는 시간을 가지며 오늘밤을 보냅시다. 원래는 하지 않는 출장 요리를 해주신 프로퍼 익스프레션 사장님께도 박수를 부탁드려요."

명혜가 큰 손짓과 함께 말했기 때문에 팬케이크 가게 사장님이 얼른 호응해주었다. 마지막 다섯 장만 더 굽고 끝낼 참이었다. 하와이 사람이 쳐다보고 있다는 게 압박일 만도 한데 둘째 딸에게 음악을 틀게 한 명혜는 배운 대로 근사한 훌라를 춰냈다. 언어에 가까운 춤이라는 것을 보는 사람들도 느낄 수 있었다.

가족끼리 단출해진 다음에는 소파와 바닥에 모여 앉아 심시선 이야기를 했다.

"한번은, 어떤 인테리어 잡지에서 우리집을 촬영하고 싶다는 거야. 한집에 오래 살았고 엄마가 그 잡지에 글도 몇 번 쓴 적 있어서 그랬겠지. 엄마가 계속 거절하다가 결국 받아들였는데 촬영팀이 왔다가 그냥 갔어. 선생님, 안 되겠습니다, 선생님 판단이 맞았네요, 하고 가버렸어."

"전문가들이 안 된다고 해버렸구나?"

"엄마가 어찌나 민망해하던지. 그게 몇 날 며칠을 치운 거였는데."

"할머니 집 그 정도는 아니었잖아?"

"너희가 봤을 때는 몇 차례 전쟁을 치른 다음이었다고."

시선과 관련된 '한번은' 시리즈는 각자 몇 개씩 가지고 있어서 게임처럼 밤새 되풀이할 수 있을 정도였다. 어떤 일화는 스물다섯 번쯤 반복되어 누구든 똑같이 말할 수 있었다. 명은이 난정을 놀리기 위해 미역국 사태를 언급했다.

"올케가 우윤이 낳았을 때 엄마가 올케 주려고 백화점에서 미역 사십만원어치를 지른 거야. 그런데 그걸 상의를 안 하고 지르는 바람에 올케는 미역국을 안 먹는 사람인 걸 나중에 알고 난감해진 거지. 처치곤란이 된 그 미역이 다 내 뱃속에 들어갔어…… 엄마가 그해에 나 볼 때마다 미역국 안 먹을래, 조금만 더 먹어라, 해서 어찌나 지겹던지. 애도 안 낳은 내가 일 년 내내 미역만 먹었어. 나중엔 미역냉국에 미역무침까지 먹었다니까. 생각만 해도 다시 좀 올라오는 것 같다. 전부 내가 제일 만만해가지고 말이야."

"아니, 그 이야기를 대체 몇 번을 하시는 거예요? 미역국뿐 아니라 국을 아예 안 먹는다니까? 된장국도 안 먹고 뭇국도 안 먹고 원래 안 먹는 사람이라고요. 미리 좀 물어보시지."

우윤과 명준이 그래서 우리집 사람들은 국을 안 먹지, 참 건강한 식습관이야, 하고 난정 편을 들어주었다.

"엄마가 나 입시미술 할 때 학원에 왔었어. 선생님이 내가 색채감이 좋다고 칭찬하니까, 엄청 당연하다는 듯 자기 닮아서 그렇다고 대꾸하는 거야. 요새 말로 하면 리액션형 인간이었잖아. 상대방에게 맞장구를 치다가 툭 튀어나온 말이었는데, 자기도 좀 흠칫했던 것 같았지만 뻔뻔하게 끝까지 밀어붙이더라고. 온 국민이 내가 친딸 아닌 거 잊지 않는데 혼자 맨날 착각했어. 엄마가 착각할 때마다 좋았어."

"야, 울지 마. 또 울지 마. 세 명 낳으면 네 명 낳았다고 착각할 수도 있지. 뭘 그런 거에 울어?"

경아가 또 울려고 해서 명혜가 제지했다.

"언니는 몰라! 부모 셋을 잃는 마음을 언니는 모른다고!"

"물론 우리는 모르지만, 세상에 또 부모 네다섯을 묻는 사람도 있지 않겠니? 너무 아프게 생각하지 마."

"부모 네다섯을……?"

그즈음에서 지수가 끼어들었다.

"아이고, 우리가 그러겠네요. 나중에 엄마, 아빠, 이모들, 이모부, 숙모, 삼촌 다 돌아가시고 나면 부모 일곱을 잃은 게 되겠네."

지수의 다정한 건지 막 죽여버리는 건지 모르겠는 발언을 듣던 명준은 왜 호칭들을 나열할 때 자신이 맨 마지막인지 약간 마음에 걸렸지만, 흘려보내고 자신의 기억을 늘어놓기 시작했다.

"유학가기 전에, 엄마랑 산책을 자주 했단 말이야. 그때 부암동에 개 키우는 사람들이 많았지. 여전히 개 키우기 정말 좋은 동네고. 어느 날, 거의 곰만하게 커다랗고 북슬북슬한 개가 조그만 요크셔테리어가 오는 걸 보더니 한 이십 미터 앞에서부터 납작 엎드려 꼬리를 살랑살랑하며 기다리더라고. 인사하고 싶은데 자기 덩치에 요크셔테리어가 겁먹을까봐 미리 몸을 낮춘 거지. 엄마가 그 장면에 감탄하면서 나한테 그런 남자가 되어야 한다고 그랬어."

"나도 처음 듣는 이야기네."

난정이 놀라워했다.

"어린 마음에 기분이 나빴거든. 누나들이랑 경아한테는 뭔가 더 괜찮은, 그럴듯한, 진취적인 말을 많이 해주면서 나한테는 동네 개를 닮으라니? 그리고 나는 그 큰 개가 암컷일 거라고 생각했어. 수컷이 그렇게 젠틀할 리 없다고 봤어. 그래서 엄마 없이 혼자 동네 길을 하루에 네 번씩 다니며 그 개랑 다시 마주치려고 했어. 한두 번 마주치긴 했는데 북슬북슬해서 암컷인지 수컷인지 잘 모르겠더라고. 그래서 결국 주인한테 물었는데……"

"암컷이었어요?"

"아니, 수컷이라는 거야. 그때는 게다가 중성화도 잘 안 시키던 시대잖아? 테스토스테론 탓을 하지 말아야겠구나, 깨닫는 계기였지. 반항하려던 맘에 확인한 건데 지금 와서는 굉장히 유용한 충고였구나 싶어."

"그러니까 개 키우자."

"그러자, 아빠."

모녀가 주제에서 빗나가는 제안을 슬쩍 얹자 명준이 얼버무리며 대답하지 않았다.

"결혼하고 우리집에서 장모님 댁에 그렇게 음식을 해서 보냈잖아. 우리 어머니가 그런 걸 좋아하셨지. 그 시대 어머니들 대부분이 그랬듯이. 나는 그러려니 하고 있었는데 몇 년 있다가 어머니가 장모님이 반찬통을 하나도 돌려주시지 않았다는 거야. 괜히 부담드린 것 같으니 마음 편히 빈 통으로 돌려주셔도 괜찮다고 가서 전하라며 나한테 종용해서…… 김치통 같은 거 또 사기 좀 그렇잖아? 나는 장모님이 참 편해하는 사위였거든. 그래서 반찬통을 찾으러 가서 말했더니 장모님이 화들짝 놀라시는 거야. 얼른 부엌을 뒤져 반찬통을 잔뜩 싸주셨지. 그러고 좋은 과일 바구니를 또 우리집에 보내셨고. 그런데……"

반전이 있나? 반전이 있을 만한 이야기가 아닌데? 하며 다 같이 태호 쪽으로 몸을 기울였다.

"그 반찬통이 정말 하나도, 단 하나도 우리집 것이 아니었어."

"뭐라고? 엄마 너무했다."

"재차 말하긴 애매하고 유리에 스텐에 더 좋은 것들이었으니까, 우리 어머니도 포기하고 넘어가셨지. 다음해부터는 그냥 비닐에 싸서 보냈고."

"할머니가 환경오염의 주범이었구나……"

"식구도 많고 일거리도 많고, 엄마가 요리하는 대신 사먹는 걸 알고는 사람들이 전국에서 뭘 엄청 보냈어. 여자들이 좋아하는 여자였잖아. 그리고 그 시대 여자들은 다른 여자가 귀엽다 싶으면 김치를 보냈다고. 김장철엔 각지의 김치가 왔다니까. 그 통을 어떻게 일일이 기억했겠냐고."

명은이 어떻게든 시선 편을 들려고 항변했다.

"그래서였구나! 그래서 내가 유년 시절을 비 오는 날마다 할머니 이웃집들에 김치전 배달을 하며 다 보냈구나!"

"지수야, 넌 과장 좀 하지 마. 뭘 유년을 다 보내긴 다 보내?"

"아냐, 이모. 일곱 살 넘어서는 비만 오면 김치전을 오십 장씩 돌렸다고."

"지수 누나 말이 맞아요. 나한테도 시켰어."

규림이 슬쩍 지수에게 동질감을 표했다. 어린아이가 돌리면 덜 부담스러운 걸 시선이 이용했던 모양이었다.

"그럼 엄마가 못 돌려받은 그릇도 좀 있겠네. 뜬뜬이다. 엄마 돌아가시고 벽장만 열면 반찬통이 쏟아져서 기함을 했다니까."

"아니, 그보다 미묘하게 할머니 놀리는 이야기만 계속 나오잖아? 할머니 귀신이 하와이까지 따라와서 못마땅해하고 있겠다."

이번엔 우윤이 시선의 편을 들었다.

"그럼 네가 좀 이야기해봐. 할머니랑 좋았던 기억을."

"나 방학 숙제 삼아 우표 수집할 때, 할머니한테 오래된 우표나 외국 우표가 있나 갔었거든. 사실 쓰지 않은 우표여야 하지만 초등학생이니까 소인이 모서리에 찍혀 있어도 신나게 모았는데, 하다보니 할머니도 신났던 거야. 결국 할머니 집에 사나흘 자면서 편지란 편지의 우표를 모조리 뜯었어. 그런데 할머니가 나랑 그거 하다가 마감을 까먹어버리셨더라고."

"어머, 나 그때 기억난다."

"그것도 하필 일간지 마감을 까먹어서 큰 난리였지. 전화도 안 받고 그렇게까지 열심히 할 게 뭐야?"

"아마 그게 엄마 인생 유일한 펑크였을걸?"

"재밌다 싶으면 한 방향으로 잘 미끄러지는 사람이었으니까. 그런 성향은 조심해야 해. 우리 안에 그 성향 다 있다?"

"있지, 있지."

난정은 시선이 죽기 전 해에 무슨 예감이 있었는지 원하는 책을 전부 가져가라고 해서 손수레를 끌고 매주 부암동 집에 들렀던 이야기를 할까 하다가 말았다. 차를 끌고 갔으면 한두 번이면 되었을 것을, 매번 혼자 손수레를 끌고 갔었다. 열 번 남짓의 방문을 시선이 얼마나 반겼었는지, 진심을 알아봐줬었는지 이야기하고 싶은 마음과 그것을 죽고 없는 사람과 둘만의 기억으로 남기고 싶은 마음이 싸우다가 후자가 이겼다. 너무 어렸기에 별 기억이 없는 해림이 소외감을 느끼며 앉아 있지는 않은지 신경쓰였고, 한 사람쯤은 말없이 있는 것도 좋을 듯했다. 하여간 시선의 식구들은 말이 너무 많았다.

"할머니가 양산을 줬어요. 여름에 갔더니 돌아가는 길 햇빛이 강하다며. 오래된 레이스 면 양산이었는데 내가 좋아했더니, 그다음 주랑 그 다다음 주에 가도 매번 양산을 주시는 거야. 할머니는 그렇게 정교한 듯 단순한 사람이었죠. 화수가 양산을 좋아하는구나, 그럼 또 줘야지."

"양산도 자주 선물받는 품목이었지."

"여전히 잘 쓰고 있는데 세월을 못 이기고 살 한두 개가 부러진 양산들이 있어요. 고치고 싶은데 요즘은 그런 거 수리해주는 데가 싹 없어졌더라고요. 어릴 때는 있었던 것 같은데."

"네가 잘 쓰다가 네 딸들한테도 물려줘."

경아가 말했다.

"아니, 왜 꼭 딸들만 나올 거라 생각해? 아들이 나올 수도 있지. 내 친구 손자가 그렇게 내 친구를 좋아한대. 왜인가 했더니 할아버지가 해달라는 대로 다 해주니까 거대 로봇 부리듯이 부린다는 거야. 나도 되고 싶다, 거대 로봇."

태호가 조종당할 날을 기다린다는 듯이 보탰다.

"낳지 않아."

화수가 결국 말해버렸다. 잠시 말들이 뚝 그쳤다.

"……사람이 사람에게 염산을 던지는 세계에 살러 오라고 할 수 없어요. 도저히."

지수는 화수가 '남자가 여자에게'를 '사람이 사람에게'로 순화시킨 게 순간적으로 불만스러웠다. 어른들과 지지부진한 토론을 하기 싫어서 그랬겠지만 더 정확히 말했으면 했다. 어느 대륙 어느 문화권에서건 투척자는 99퍼센트 남자였다. 여자들이 사흘에 한 번 꼴로 염산을 던지면 제대로 주목하려나 싶었다.

"그렇지만 우리가 널 도울 건데."

"너에겐 온갖 자원이 갖춰져 있잖아. 너만큼 혜택받은 경우가 또 어디 있다고?"

명혜와 경아가 안타까워하며 설득을 시도했다.

"할머니 덕에 중산층이 몰락하는 시대에 몰락하지 않을 수 있었죠. 행운이란 걸 알아요. 그래도 요즘 여자들이 아이를 낳지 않는 걸 모조리 경제적인 이유로 설명할 수는 없어요. 공기가 따가워서 낳지 못하는 거야. 자기가 당했던 일을 자기 자식이 당하는 걸 상상하는 것만으로도 견딜 수가 없어서. 혼자서는 지켜줄 수 없다는 걸 아니까. 한국은 공기가 따가워요."

화수가 고개를 저었다.

"한국만 그런 거 아니야, 더 심한 나라들도 많아."

"그렇다면 더더욱."

"네가 아니면 누가 낳아?"

"나보다 덜 다친 사람. 나보다 세상을 덜 괴로워하는 사람이. 뉴스를 그냥 통과시킬 수 있는 쪽이."

거기까지 말하자 설득도 그쳤다. 뉴스는 화수에게 와 독하게 고이곤 했다. 일곱 살짜리가 공원 화장실에서 강간당하고, 스물한 살짜리가 그저 이별을 원했단 이유로 목이 졸렸다. 앞으로도 통과시킬 수 없을 거란 걸 알았다. 명혜는 한숨을 폭 쉬며 방안을 시선으로 훑었다.

"끝나겠구나, 이 아름다운 가게가."

"고모, 가게 같은 건 끝나야 해."

우윤이 말했다. 명혜가 울컥하더니 갑자기 명은의 등을 짝 소리나게 때렸다.

"너 때문이야. 네가 너무 가볍고 재밌게 사니까 우리 딸들이 너한테 배워서 이러잖아."

명은이 항변하려고 입을 빼끔빼끔하는데 지수가 먼저 반격했다.

"아니, 잠깐, 왜 나는 당연히 안 낳을 거라 치고 넘어들 가는 건데? 나는 낳을 수도 있어. 해림이 귀엽잖아. 해림이 같은 것 갖고 싶다고."

"나를 것이라고 하지 말아줘."

해림이 작게 투덜거렸다.

"너는…… 그래, 쾌락주의자만이 시대를 이길 수 있지."

명혜가 둘째 딸의 반박을 받아들였다. 우윤과 규림과 해림은 각자의 이유로 시선에게서 뻗어나온 가지의 끝이 되기로 조용히 마음먹었고 말이다.

화수는 멈추고 끊겨 전달되지 않을 것들을 헤아려보았다. 어릴 때 엄마들이 머리를 묶어주던 여러 방식, 변형된 자장가들, 절판된 그림책들, 배앓이를 할 때의 민간요법, 카나페 레시피들, 냉동실의 미니 눈사람, 잔 흠집으로 뒤덮여 그것이 무늬처럼 된 반지, 함께 제야의 종소리를 듣기 위해 모이던 습관, 카드놀이의 이례적인 규칙, 죽고 없는 사람들이 가득한 사진 앨범들, 무겁지만 시원한 대나무 돗자리, 변색된 병풍, 마흔 살짜리 화분, 우표 부분이 다 뜯겨나간 편지들, 홀수로 남은 잔들……

"그렇지만 상실감도 물려주지 않을 수 있겠네."

화수가 중얼거리자 우윤이 알아들었다는 듯 고개를 끄덕였다.

"그건 그것대로 좋겠다."

생략된 부분도 전해진다는 점에서 안도감이 들었다.

31

말을 너무 많이 했어요. 그러려던 건 아닌데, 공중으로 흩어지는 말들보다는 글로 고착시키는 걸 하고 싶었는데 사람들이 계속 시키는 바람에. 물론 중간쯤부터는 떨지 않고 떠드는 것이 내 역할인가보다, 받아들이긴 했습니다마는…… 말하는 여자는 미움받으니까, 뭐 기왕 미움받고 있는 내가 해버리자, 그런 마음도 있었습니다. 스스로를 아낄 줄 아는 사람들은 노출되는 자리를 신중히 삼갈 줄 아니 누군가는 내 또래 여자들의 이야기를 해야 했지요. 남들이 걷는 길에서 벗어난 내가 자격이 있나 싶으면서도 길에서 벗어나야 길이 보일 때가 있으니 계속 했어요. 그러나 말이란 건 그렇습니다. 일관성이 없어요. 앞뒤가 안 맞고, 그때의 기분따라 흥, 또다른 날에는 칫, 그런 것이니까 그저 고고하게 말없이 지낼 걸 그랬다 뒤늦은 후회도 합니다.

어쨌든 나는 이제 그만 말해야겠습니다. 내게 오는 말할 기회를 이제 젊은 사람에게 주십시오. 어차피 세상에 대해 할말은 다 했고, 앞으로의 세상은 내가 살아갈 세상이 아닐 테니 내 의견은 중요하지 않습니다. 나 다음 사람이 또 나처럼 화살을 맞고 싸움에 휘말리고 끝없이 오해받을 걸 생각하면 아득하지만 말할 수 있는 사람이 해야 합니다. 신경줄이 너무 가늘지만 않으면 할 수 있어요. 맞는 말도 제법 했고 틀린 말도 적잖이 한 것 같은데 내가 멈추면 다음 사람이 또 맞는 말과 틀린 말을 섞어 하겠지요.

이제 나의 남은 말들은 정말로 의미 있는 사람들하고만 쓸 겁니다. 그러니 이제 그만 전화해요. 그만 불러요. 오늘은 작별인사를 하러 왔습니다.

—〈명사와 함께하는 저녁〉(2005)에서

미술관에 그 그림을 보러 간 것은 출국날이었다. 저녁 비행기니까 체크아웃을 하고 보러 가기로 한 것이었다. 종잡을 수 없이 괴팍했던 제사 비슷한 것을 지내고, 그다음 날 그 그림을 보러 가는 것이 어쩐지 맞는 순서 같았다. 각자의 속도와 경로로 다른 작품들을 관람하며 보이지 않는 선을 그리다가 시선의 초상 앞에서 모

였다. 〈마이 스몰 퍼키 하와이안 티츠〉 앞에서.

100호 캔버스 정도로 보였으나 직접 짰는지 세로가 좀 길었다. 낡고 커다란 의자 위에 구겨진 듯 연출된 천이 걸쳐 있고 나신인 시선은 원래의 피부보다 짙게 그려져 있었다. 하와이에서 뒤셀도르프로 간 지 얼마 안 되어서 그렇게 그렸는지, 이국적인 면을 강조하기 위해서 그랬는지는 알 수 없었다. 아마도 마티아스가 께느른한 표정을 요구했을 터이나, 젊은 시선은 가족들이 모두 아는 뾰족한 얼굴로 딴생각을 하고 있는 듯 보였다. 다른 삶을 원하는 얼굴, 자기 삶을 계획하는 얼굴, 가진 것 없이 비극에서 시작해도 뭔가를 이루고 말 얼굴이었다. 턱을 청록색 퍼 워머에 묻고 먼 탈출에 눈을 던진 채였다.

"엄마의 어떤 본질 같은 게 포착되어 있긴 하네."

"포착하는 줄도 모르고 포착했겠지. 썩을 새끼."

"썩기야 이미 다 썩었겠지만…… 어떻게 그림 제목을 저따위로 붙일 수 있어? 사람을 한 쌍의 젖꼭지로 취급하면 어떡해?"

분개해서 입술을 씹을 때였다.

"근데 티츠tits는 저기 그림자로 그려진 박새들 같은데."

해림이 말했다. 사전을 찾아보느라 잠시 부산스러워졌다. 해림의 주장은 그럴듯했다. 가슴이라면 i가 아니라 ea를 쓰는 티츠를 더 많이 쓰니까.

"그렇다고 저 제목이 용서가 돼?"

경아가 여전히 불만스러워하며 물었고 모두 고개를 저었다. 안 되지, 제목도 일어난 일들도 전부 용서가 안 되지, 돌림노래처럼 부정했다.

명혜가 그림 앞에서 돌아섰고, 그러자 다른 가족들도 돌아섰다. 그림을 떼어서 불태운다든지 하는 식으로 해외 뉴스를 만들 의도는 없었다. 그림 앞에서 애도할 사람을 애도하고 화를 낼 사람에게 화를 내고 단호히 돌아서는 것은 괜찮은 마무리였다.

공항에 도착해서는 간단한 회계 보고가 있었다. 여행 경비의 일부를 시선의 인세로 충당했기 때문에 조목조목 사용처를 밝혔는데 아무도 제대로 듣지는 않았다. 명혜가 어련히 알아서 잘했으려니 했다. 명준이 졸다가 명혜에게 한소리를 듣고, 경아가 대충 하라고 그랬다가 또 한소리를 들었다. 한참 그러고 있는데 체이스가 달려왔다. 체이스에 대해 각자 상상하고 있던 바가 달랐기 때문에 가족들이 웅성이며 지수와 체이스를 바라보았다. 이게 드라마에서나 보던 공항 씬인가 재밌어하면서.

"왜 전화를 안 받았어?"

"아, 미술관에서 무음으로 해놨었나봐."

"뉴스 봤어?"

"무슨 뉴스?"

칠레 연안에서 유조선이 침몰했다고 했다. 그 소식에 다들 안

타까워했다. 다행히 인명 피해는 없었지만, 기름 유출로 인한 영향은 몇 년이 갈지 몇십 년이 갈지 몰랐다. 체이스는 태평양 야생동물 구조단체의 회원이라며, 현장에 갈 계획에 대해 빠른 속도로 말했다.

"두 시간 뒤에 출발이야."

"그렇구나."

"너도 같이 가지 않을래?"

가족들이 깜짝 놀랐고 지수는 놀라지는 않았지만 어리둥절해했다.

"내가 가서 할일이 있나? 디제이인데? 선상 파티를 할 것도 아니고."

"주로 바닷새들이나 펭귄을 씻기는 일일 거야. 밤에는 디제이도 필요할지 모르겠다."

새들을 씻긴다는 말을 알아듣고 해림이 거의 비명에 가까운 소리를 냈기 때문에 가족들은 골치 아프게 되었다고 생각했다.

"깃털이 더러우면 체온 유지가 안 되고, 원유를 입으로 없애려 애쓰다가 먹어버리면 죽거든."

상황을 파악하지 못한 체이스가 계속 설명했고 지수는 이 사태를 얼른 마무리해야 한다는 걸 깨달았다. 지수에게 여행은 어쩐지 덜 끝난 느낌이긴 했다.

"갈게, 비행기표는 취소해야겠네."

자기도 가고 싶다고 우는 해림을 달래던 우윤이 입모양으로 잘 다녀오라고 인사했다. 지수도 얼른 해림을 토닥이며 데려가주지 못해 미안하다고, 마음 같아선 함께 가고 싶지만 아직 너무 어리다고 뻔한 말들을 중얼거렸다. 해림은 얼굴이 다 젖을 때까지, 눈 위의 모반이 어린 시절처럼 빨개질 때까지 울었지만 지수에게 가라고 했다. 가서 열심히 씻기라고 당부했다.

"엄마, 나 걱정 안 해?"

공항에서 헤어지면서 지수가 명혜에게 물었다.

"걱정해야 해?"

"맨날 이리저리 돌아다니고 제멋대로 사는데?"

"아, 뭐."

명혜가 안경을 위로 올렸다.

"심시선 여사 닮았으면 어떻게든 살아남겠지."

곁에서는 난정이 비행 시간이 다른 우윤을 안고 놓질 못하고 있었다. 그러나 난정도 명혜의 말에 어느 정도 위안을 얻었다. 우윤이는 약해 보이지만 시선으로부터 뻗어나왔지. 지지 않고 꺾이지 않을 거야. 그걸로 충분할 거야.

"뭔가, 나도 따로 가야 하는 분위기인가?"

화수가 웃지도 않으면서 농담을 했으므로 싱겁게들 웃었다. 상헌만 지수의 우발적인 행로 변경을 말려보려고 소용없는 노력을 하다가 눈치를 보고 관두었다.

돌아가는 비행기의 좌석 배치는 빠진 사람이 있고 합류한 사람이 있어 올 때와 바뀌어야 했다. 울다 지친 해림이 경아와 앉고 규림이 흔쾌히 혼자 앉기로 했다. 명은은 화수의 옆자리를 상헌에게 양보하고 명혜와 태호 줄에 앉았다. 자매는 창가에 앉아 오아후섬을 내려다보았다. 언젠가 시선이 저기 있었다는 게 믿기지 않았고, 또 어쩐지 젊은 시선이 저 짙은 초록과 파랑 사이를 여전히 오가고 있을 것만도 같았다. 밤이 되면 미술관의 그림 밖으로 슬쩍 걸어나오든지 말이다. 액자를 넘어 나와 입을 수 있게 주름치마를 근처 어디 숨겨두고 왔어야 했는데…… 명혜의 상상이 엉뚱한 형태를 띠기 시작했다.

창에서 고개를 돌리니, 흩어진 구름들만큼이나 흩어져 앉은 가족들이 보였다. 눈을 마주치면 의아해하거나 장난스러운 표정을 지었다. 경아가 잠든 해림의 티셔츠를 가리키며 "노란색을 입었어, 내가 몰래 넣어놓은 걸 입었어" 하고 기뻐하며 속삭였다. 해림의 티셔츠 색깔 말고도 무언가 바뀌었다는 생각이 들었지만, 그것에 대해서는 앞서 짚기보다는 천천히 발견해나가기로 마음먹고 등을 기댔다.

우리는 추악한 시대를 살면서도 매일 아름다움을 발견해내던 그 사람을 닮았으니까. 엉망으로 실패하고 바닥까지 지쳐도 끝내는 계속해냈던 사람이 등을 밀어주었으니까. 세상을 뜬 지 십 년이 지나서도 세상을 놀라게 하는 사람의 조각이 우리 안에 있으니까.

작가의 말

"우린 정말 하와이에서 만나 제사를 지내야 해."

엄마가 자주 하시던 농담이다. 엄마의 형제들은 언제나 한두 사람쯤 북미나 중남미에 있었으므로 그럴듯했다. 한 번도 실천에 옮긴 적은 없는데, 소설에서 해보고 싶었다. 가족의 농담 하나를 빌리고 비극 하나도 빌렸다. 한국전쟁중에 국군의 손에 돌아가신 작은할아버지가 계시다. 그 죽음이 만약 적군에 의한 것이었다면 이토록 오래 곱씹지 않았을 것이다. 내가 이제 그 작은할아버지보다 열다섯 살쯤 많다는 게 신기하게 느껴질 때가 있다. 그 비극을 소설 속에서 민간인 학살로 바꾼 것은 현재 많은 민간인 학살지들이 예산 부족으로 제대로 발굴되지 않고 개발지역에 포함되어가고 있기 때문이다. 기억하지 않고 나아가는 공동체는 있을 수 없다고 믿는다.

이 소설은 무엇보다 20세기를 살아낸 여자들에게 바치는 21세기의 사랑이다. 심시선의 이름은 돌아가신 할머니의 이름을 한 글자 바꾼 것인데, 할머니가 가질 수 없었던 삶을 소설로나마 드리고자 했다. 나의 계보에 대해 종종 생각한다. 그것이 김동인이나 이상에게 있지 않고 김명순이나 나혜석에게 있음을 깨닫는 몇 년이었다. 만약 혹독한 지난 세기를 누볐던 여성 예술가가 죽지 않고 끈질기게 살아남아 일가를 이루었다면 어땠을지 상상해보고 싶었다. 쉽지 않았을 해피엔딩을 말이다. 또 예술계 내 권력의 작동 방식에 대한 소설이기도 하다. 단순하게 그리기 위해 배경을 뒤셀도르프로 옮겼다. 혹 뒤셀도르프에 연고가 있는 분들이 슬퍼할까봐 해명하자면, 한 사람의 영향력이 크게 작용할 유럽의 작은 도시이면 어디든 상관없었다. 뒤셀도르프가 미술의 도시이고 수로가 아름답기에 골랐을 뿐이다. 이미정 개인전 〈The Gold Terrace〉, ORGD의 2019년 전시 〈모란과 게〉, 전태일기념관 기획전 〈시다의 꿈〉 등 시각예술 전시에 참여했던 것에서 큰 영향을 받았다. 관여하는 감각이 다른 장르가 어떻게 교차되는지 다시 못할 경험을 했다. 더하여 한국 사회를 감아도는 따가운 혐오의 공기에 대한 긴 토로이기도 하고, 늘 관심을 가지고 있는 제국주의와 생태주의에 닿아 있는 부분도 적지 않고, 여느 때처럼 친밀감과 이해를 향해 썼다. 소설을 쓰면 쓸수록 나는 열심히 숨기고, 독자분들은 가끔 내가 숨기지 않은 것도 발견해가시는 것 같다. 변함없이 즐거운 보물찾기다. 마지막으로 직업과 관련하여 인터뷰를 해주신 분들께 감사를 전하고 싶지만 혹 누가 될까 소중한 이름들을 가려두고자 한다.

농담 하나, 비극 하나에서 출발해 2016년부터 2020년까지 여과해낸 모든 것에 대한 이야기를 즐겁게 읽으셨길 바란다. 존재한 적 없었던 심시선처럼 죽는 날까지 쓰겠다.

2020년 여름

정세랑

참고 자료

- 『노동야학, 해방의 밤을 꿈꾸다』, 김한수 지음, 따비, 2018
- 『보살상』, 박도화, 대원사, 1990
- 『보현행원품』, 김현준 옮김, 불교신행연구원 엮음, 효림, 2018
- 『새들의 천재성』, 제니퍼 애커먼 지음, 김소정 옮김, 까치, 2017
- 『새의 감각』, 팀 버케드 지음, 노승영 옮김, 에이도스, 2015
- 『신여성 도착하다』, 강민기 외 지음, 국립현대미술관, 2017
- 『어서 와, 여기는 꾸룩새 연구소야』, 정다미 글 · 이장미 그림, 한겨레아이들, 2018
- 『크리처와 캐릭터 디자인하기』, 마크 타로 홈스 지음, 안영진 옮김, 비즈앤비즈, 2018
- 『팰컨』, 헬렌 맥도널드 지음, 김혜연 옮김, 경향미디어, 2017
- 『하와이 사진신부 천연희의 이야기』, 문옥표 외 역주 및 해제, 일조각, 2017
- 『하와이 원주민의 딸』, 하우나니-카이 트라스크 지음, 이일규 옮김, 주강현 해제, 서해문집, 2017
- 『하와이 한인사회의 성장사 1903~1940』, 이선주 · 로버타 장 지음, 이화여자대학교출판부, 2014

- 『Hawai'i's birds and their habitats』, H. 더글라스 프랫 지음, 잭 제프리 외 사진, 뮤추얼, 2013
- 『Pele』, 푸아 카나카올레 카나헬레 구술, 디트리히 바레즈 삽화, 비숍 박물관출판부, 1991

- www.coralgardeners.org
- www.susanscott.net

문학동네 장편소설
시선으로부터,
ⓒ정세랑 2020

1판 1쇄 2020년 6월 5일
1판 38쇄 2024년 7월 30일

지은이 정세랑
책임편집 김영수 | 편집 강윤정 이재현
디자인 김마리 유현아 | 저작권 박지영 형소진 최은진 오서영
마케팅 정민호 서지화 한민아 이민경 안남영 왕지경 정경주 김수인 김혜원 김하연 김예진
브랜딩 함유지 함근아 박민재 김희숙 이송이 박다솔 조다현 정승민 배진성
제작 강신은 김동욱 이순호 | 제작처 한영문화사

펴낸곳 (주)문학동네 | 펴낸이 김소영
출판등록 1993년 10월 22일 제2003-000045호
주소 10881 경기도 파주시 회동길 210
전자우편 editor@munhak.com | 대표전화 031) 955-8888 | 팩스 031) 955-8855
문의전화 031) 955-2696(마케팅) 031) 955-2679(편집)
문학동네카페 http://cafe.naver.com/mhdn
인스타그램 @munhakdongne | 트위터 @munhakdongne
북클럽문학동네 http://bookclubmunhak.com

ISBN 978-89-546-7221-4 03810
* 이 책의 판권은 지은이와 문학동네에 있습니다.
이 책 내용의 전부 또는 일부를 재사용하려면 반드시 양측의 서면 동의를 받아야 합니다.

잘못된 책은 구입하신 서점에서 교환해드립니다.
기타 교환 문의: 031) 955-2661, 3580

www.munhak.com